Für Pia

Wer auf Rache aus ist, der grabe zwei Gräber.

Chinesisches Sprichwort

1

30. April

In siebenundsiebzig Metern Tiefe lag das Skelett, in eine schwarze Kunstlederdecke eingeschlagen und gut verschnürt wie in einem Kokon, und schien zu warten. Siebzehn Jahre wartete es schon, was für ein langes Larvenstadium! Aber Skelette haben Zeit, viel Zeit.

Am oberen Ende klaffte der Kokon gerade weit genug auseinander, dass der kahle Schädel halb aus seiner Verpackung lugen konnte. Die leeren Augenhöhlen starrten ins Grün, ein samtiges, gruftiges Grün, das den Konturen der Kiesel und toten Hölzer ihre Schärfe nahm und die Unterschiede zwischen Tag und Nacht verwischte. Es verwandelte die Auswüchse der Schleimalgen, die die beiden Felsbrocken in der Nähe des Kokons überzogen, in tannengrüne Rauschebärte. Sie verliehen den Steinen das Aussehen von Marsbewohnern, die sich als Weihnachtsmänner verkleidet hatten.

Das Skelett grinste – nicht wegen der kostümierten Marsmenschen, sondern weil kahle Schädel das eben so machen. Es bleckte dabei die Zähne, die wie eine Ahnung von Weiß und Metall durch das moosige Grabesgrün schimmerten. Ein Ausbund an Gutmütigkeit, als blicke es ohne Groll auf sein viel zu kurzes Leben zurück und habe sein grausames Schicksal akzeptiert, das eigentlich keinerlei Anlass zum Grinsen bot. Über Emotionen wie Rache, Wut, Trauer und Neid war es ebenso erhaben wie über die Temperatur des Wassers, die in dieser Tiefe selbst im Sommer selten über vier Plusgrade hinausging. Wenn es überhaupt etwas empfand – das Gefühlsleben von Skeletten ist leider weitgehend unerforscht –, dann höchstens eine gewisse Langeweile. Denn in den siebzehn Jahren seiner Anwesenheit in dieser grünen Gruft war nichts Nennenswertes passiert.

Sandkörnchen waren durch den Kokon gesickert, hatten sich auf den toten Körper gelegt, waren in jede seiner Poren gedrungen und hatten mit ihren mikroskopisch kleinen Zähnen an ihm genagt und den Verfall des Gewebes vorangetrieben, bis an Schädel, Brustkorb und Gliedmaßen nur noch die blanken Knochen übrig geblieben waren. Lediglich die etwas fetteren Körperteile wie Po und Bauch hatten sich mit der Zeit in eine feste wächserne Substanz verwandelt. Auch am Kokon selbst hatten die Sandkörnerzähnchen geknuspert, hatten das Kunstleder poröser gemacht, die Verschnürung gelockert und dem Totenschädel dadurch einen Ausblick ermöglicht.

Sonst tat sich nichts.

Ab und zu bekam das Skelett Besuch von Schwarzreutern, die Verstecken spielten, nach Plankton schnappten und pietätlos über die kunstlederne Verpackung laichten, aber Pietät war nun einmal nicht die Stärke dieser kümmerlichen Saiblingsart. Vereinzelt huschte die ein oder andere Rutte vorüber, und der ein oder andere Barsch hielt im Schatten des Kokons Siesta.

Taucher kamen nie in diese Gegend.

Die siebzehnjährige Abwesenheit menschlicher Gesellschaft wuchs sich von anfänglicher Langeweile zu handfester Unzufriedenheit aus, die das Skelett wie ein Algenvorhang umwaberte: spitzzüngig und schleimfingrig.

Computerspiele und Fernsehen – die Lieblingsstrategien der Lebenden gegen Fadesse – kommen für Wasserleichen leider nicht in Frage. Kopfkino dagegen sehr wohl. Immer wieder rief das Skelett Erinnerungen an Erlebtes auf und ließ die Bilder wie einen Film ablaufen. Die Filme waren in ödem Schwarz-Weiß gehalten, manchmal rissen sie, oder das Bild fror ein und zerfiel schließlich in einzelne Pixel, aber es war besser als gar keine Unterhaltung.

Zu den Lieblingsstreifen des Skeletts gehörte Tims zehnte Geburtstagsparty (mit dem Schoko-Fondue, den vielen Kerzen und Clarissas Schal, der Feuer fing, was in Schwarz-Weiß nicht besonders eindrucksvoll herüberkam); außerdem der Skiunfall (bei dem sich Tims linker Stock in einer Wurzel verfing, worauf sich der Arm verdrehte, der Knochen brach, Tim stürzte, mit dem Rettungsschlitten abtransportiert wurde und schließlich den ersten und letzten Gips seines Lebens verpasst bekam). Am allerliebsten schaute sich das Skelett jedoch den einzigen Horrorstreifen im Repertoire seines Kopfkinos an: Tims Tod.

Auch an diesem 30. April, an dem es vor Langeweile beinahe platzte, kramte es ihn hervor. Der Film stammte vom Gründonnerstag vor siebzehn Jahren. Der zehnjährige Tim hatte soeben den letzten Tag seines Schnupperkurses im Sportklettern hinter sich gebracht. Er war froh darüber, denn Klettern konnte er nicht leiden. Erstens war er zu pummelig dafür, zweitens fehlte es ihm an der nötigen Kraft in den Armen und drittens am Balancegefühl. Er hatte sich nur dazu überreden lassen, damit ihm etwas noch Anstrengenderes wie Fußball oder Kickboxen erspart blieb. Geduldig wartete er auf dem Parkplatz vor der Kletterhalle auf seinen Vater, der versprochen hatte, ihn abzuholen und mit ihm ins nächste Sportgeschäft zu fahren. Dann sollte Tim endlich das neue Fahrrad bekommen, das er sich zum Geburtstag gewünscht hatte.

Um sich die Wartezeit zu verkürzen, aß er einen Schokoriegel, aber sein Vater kam nicht. Auch nach dem fünften und letzten Riegel nicht. Wieder einmal hatte er Tim vergessen, wieder einmal würde die viele Arbeit schuld sein oder irgendeine andere Erwachsenen-Wichtigkeit. Tim ärgerte sich. Er hob einen Kieselstein auf und warf ihn auf das Schild mit dem P. Der Stein prallte ab, traf ein Auto. Zum Glück hatte es niemand gesehen. Lustlos schlenderte Tim über den Parkplatz. Es blieb ihm nichts anderes übrig, als zu Fuß zu gehen, zumindest bis zum Busterminal. Der Fahrradkauf würde wohl bis zum Sankt-Nimmerleins-Tag verschoben werden.

Plötzlich stand wie aus dem Nichts ein Mann vor ihm, den er noch nie zuvor gesehen hatte, und sprach ihn an. »Na, haben sie dich versetzt?«

Natürlich wusste er, dass man nicht antworten musste, wenn einen ein Fremder ansprach. Aber der Mann sah nett aus. Etwas älter als sein Papa, sorgfältiger gekämmt und auch schöner angezogen, mit Anzug und Krawatte. In Schwarz-Weiß wirkte die Krawatte unauffällig, aber war sie nicht weinrot gewesen, mit winzigen goldenen Fröschen drauf?

»Versetzt«, bestätigte Tim, und der Fremde fragte ihn, wo er wohne. »Vögelebichl«, antwortete Tim und war auf der Hut, weil das ging den Fremden nun wirklich nichts an, Krawattenfrösche hin oder her. Der Mann meinte, das träfe sich gut, denn er wohne ganz in der Nähe und würde ihn gern mitnehmen. Das sei überhaupt kein Problem. Er zeigte auf seinen Wagen. Wow! Kein biederer Familienopel, wie Papa ihn fuhr, sondern ein schnittiger Porsche. Wie von fern schrillten Warnglocken in Tims Kopf, doch sie ließen sich ganz leicht abstellen. Von wegen niemals bei Fremden einsteigen! Dann hätte ihn Papa halt abholen sollen!

Der Mann lächelte, die feine Narbe auf seiner linken Wange grub sich dabei tiefer in die Haut, die Frösche auf der Krawatte lächelten auch, und Tim setzte sich auf den Beifahrersitz. Der Porsche fuhr los, dann fror das Bild ein, wackelte und zerfiel in schwarz-weiße Quadrate, die sich in flimmerndes Schneegestöber auflösten.

Das machte nichts, denn das Skelett wusste ja, wie es weiterging, es kannte das Ende, hatte alles bestimmt schon Tausende Male gesehen. Es hätte neue Bilder gebraucht, mehr Erinnerungen, doch die hatte sein kurzes Leben leider nicht hergegeben.

Die aus Langeweile entsprungene Unzufriedenheit wuchs sich zur Bitterkeit aus, und die Zähne der Bitterkeit waren mindestens so scharf wie die der Sandkörnchen. Sie knabberten von innen am Skelett und nagten die blanken Knochen dünn und zerbrechlich. Das gutmütige Grinsen des Totenschädels verwandelte sich in ein grimmiges – obwohl man das im gruftigen Grün der Unterwasserwelt nicht sehen konnte. Dennoch, es war eine winzige Veränderung.

Chaosforscher behaupten, winzige Veränderungen wie der Flügelschlag eines Schmetterlings in Brasilien können in Texas einen verheerenden Tornado auslösen. Warum sollte dann ein grimmiger werdendes Grinsen nicht auch die Grenzen seiner grünen Welt durchdringen und jenseits des wässrigen Horizonts Fatales bewirken?

Beispielsweise ein Unwetter mit taubeneigroßen Hagelkörnern, das die Glasfenster der Hotelveranden in Scherbenhaufen verwandelt; oder ein Seebeben, das die Wassermassen zu tsunamigleichen Wellen türmt, dass sie über die Ufer schwappen und die umliegenden Häuser samt Mann und Maus fortspülen.

Hätte es gekonnt, das Skelett hätte an dieser Stelle den Kopf geschüttelt. Nach Tod und Zerstörung war ihm nicht zumute, ihm, dem es nur um Abwechslung ging. Und wäre ihm ein Wunsch gewährt worden, es hätte sich keine Katastrophe gewünscht, sondern bloß ein Miniunglück, denn es war ein bescheidenes Skelett.

So stellte es sich vor, dass auf dem Schiff, das gerade siebenundsiebzig Meter über ihm die Wasseroberfläche durchpflügte, ein Feuer ausbräche. Ein klitzekleines Feuerchen nur, das aber unter den lachenden, feiernden und ziemlich betrunkenen Fahrgästen eine Panik auslösen würde; womöglich griffe es auf die Kleidung eines Fahrgasts über, worauf dieser kopflos ins Wasser spränge, mit dem einzigen Ziel, die Flammen in den Fluten zu löschen, und ohne zu bedenken, dass die Kälte und die Anzahl seiner Promille seinen ohnehin mangelhaften Schwimmkünsten abträglich wären; kaum schlügen also die Wellen über seinem Kopf zusammen, begänne er, hysterisch herumzuzappeln, anstatt koordinierte Schwimmbewegungen auszuführen; der Kälteschock brächte ihn zum Hyperventilieren, gleichzeitig geriete er durch sein hektisches Wassertreten immer mehr in Bedrängnis; Wasser würde in seinen Kehlkopf gelangen und einen Hustenreiz auslösen; statt Luft einzusaugen, würde er Wasser schlucken, immer wieder, bis ihm der Sauerstoffmangel im Gehirn das Bewusstsein rauben würde; kurz darauf fingen seine Glieder an zu zucken, er bekäme Krämpfe, Schnappatmung würde einsetzen. Dann das finale Luftholen, ein letztes Aufbäumen der Atemorgane und schließlich der Atemstillstand; nur das Herz würde noch einen Extragalopp einlegen, einige hilflose Schläge lang, bis es sein unsinniges Unterfangen einsähe und stillstünde. Und Kopf voraus sänke der Körper des soeben Ertrunkenen hinab, immer tiefer, siebenundsiebzig Meter tief, bis er nur einen Steinwurf vom kunstledernen Kokon entfernt liegen bliebe, genau zwischen den beiden Weihnachtsmarsianern.

Bei dieser Vorstellung wandelte sich das grimmige Grinsen des Totenschädels in ein beinahe liebliches Lächeln zurück – obwohl man das im gruftigen Grün der Unterwasserwelt nicht sehen konnte. Ein zuversichtliches Lächeln. Denn die Gewissheit, dass der Ertrunkene gesucht werden würde, lag wie ein süßer Duft in den lodengrünen Wassermassen des Tiroler Achensees, und der kahle Totenschädel erschnupperte diesen Duft, obwohl seine Nase nur noch aus zwei knöchernen Löchern bestand.

Endlich kämen Taucher, scharenweise Taucher. Endlich würden sie sich an diesen abgelegenen Ort verirren. Mit Spezialkameras und schwerem Gerät würden sie antanzen, und in ihrem Schatten schwämme ein Versprechen nach Veränderung:

Nach siebzehn Jahren und sechzehn Tagen würde die Leiche schmetterlingsgleich aus ihrem Kokon schlüpfen, bereit, sich in einen neuen Daseinsabschnitt zu stürzen wie in einen abenteuerlichen Flug.

2

2. Mai

Vor dem Institut für Gerichtsmedizin blieb Revierinspektorin Selma Tappeiner stehen. Sie nahm eines der Haargummis, die sie immer am Handgelenk trug, und band ihre Mähne zu einem Pferdeschwanz zusammen. Dann straffte sie die Schultern und zog das Shirt unter ihrer Jeansjacke glatt.

Wurz hielt ihr die Tür auf. »Kommst du?«

»Gleich.« Nicht dass sie Angst gehabt hätte. Bisher war ihr noch nie schlecht geworden, nicht einmal beim Anblick eines Selbstmörders, der sich den eigenen Kopf weggepustet hatte. Aber die Anwesenheit des Todes forderte Respekt. Wenn Selma sterblichen Überresten gegenübertrat, ließ das Wissen, dass es sich dabei vor Kurzem noch um einen lebendigen Menschen gehandelt hatte – einen Menschen mit Hoffnungen, Wünschen, Plänen, Ängsten –, etwas in ihr verstummen. Es ließ sie innehalten, brachte die Maschinerie der Rädchen in ihrem Kopf zum Stillstand und öffnete die verborgene Kiste mit den unangenehmen Fragen. Fragen, die das Gehampel, das sich Alltag nannte, nie aufkommen ließ: nach dem Sinn des Lebens zum Beispiel, nach Gott, dem Tod und den wahren Werten. Für all diese Fragen musste Selma sich wappnen, denn sie würden ihr mehr zusetzen als der Geruch, der sie erwartete.

Wurz verdrehte die Augen, hielt ihr aber weiterhin geduldig die Tür auf. Sie schenkte ihm ein Lächeln, gab sich einen Ruck und trat mit Schwung ein.

Professor Prantl und seine attraktive Kollegin Dr. Sibylle Sarnthein hatten unter Aufsicht der Staatsanwältin Heidrich bereits mit der inneren Leichenschau begonnen. Der Tote lag auf dem Rücken, ein Tuch bedeckte seine Scham. Das aufgedunsene Gesicht hatte nur noch wenig Ähnlichkeit mit dem geschminkten und nach allen Regeln der Kunst retuschierten Konterfei, das wochenlang von Tausenden Wahlplakaten gestrahlt hatte. Der Körper auf dem Metalltisch hatte nichts mehr mit dem politischen

Oberhaupt des Landes zu tun, er war nur noch ein in Auflösung begriffenes Stück Fleisch, das von zwei hochkarätigen Medizinern zerschnitten, inspiziert und analysiert werden würde. Die Körperhöhlen des Toten waren schon eröffnet, nicht durch den berühmten Y-Schnitt, der bei amerikanischen Fernsehserien so beliebt war, sondern in Form eines T, dessen oberer Querbalken leicht bogenförmig von Schlüsselbein zu Schlüsselbein verlief, während sich der Längsbalken vom Brust- bis zum Schambein zog. Das Brustbein und die angrenzenden Rippen wurden soeben von Sibylle Sarnthein entfernt.

Währenddessen zupfte Prantl sein hellgrünes Nylonhäubchen zurecht und begrüßte die Neuankömmlinge mit einem Nicken. »Machen Sie es wie die Staatsanwältin«, sagte er. »Tupfen Sie sich unsere Spezialcreme gegen Verwesungsgerüche unter die Nase.« Sein Skalpell deutete dabei wie ein verlängerter Zeigefinger auf eine große Box mit einzeln abgepackten Beuteln. Er lächelte spitzbübisch. »Wasserleichen sind immer eine besondere Herausforderung, olfaktorisch gesprochen.«

Selma schlug das Angebot aus, sie fand den Vanilleduft von Carry-On mindestens so widerlich wie das süßliche Aroma von verwesendem Menschenfleisch. Sie gab der Heidrich die Hand, die trotz der Creme schon ziemlich blass um die Nase war. Aus dem Augenwinkel sah sie, dass Wurz dem Blick der Staatsanwältin auswich. Die beiden würden sich nie grün werden, nicht in diesem Leben.

Sibylle Sarnthein, die trotz der lächerlichen Kopfbedeckung wie immer zum Anbeißen aussah, entnahm dem Brustkorb des Toten die Organe und klatschte sie auf den Beistelltisch, als wäre das schmatzende Geräusch, das dabei entstand, Musik in ihren Ohren. Selma fragte sich, ob ihre Bewunderung für das Können der jungen Gerichtsmedizinerin überwog oder ihr Abscheu vor deren Abgebrühtheit. Bevor sie sich darüber im Klaren wurde, hatte Prantl bereits die Lunge präpariert.

»Eindeutig Tod durch Ertrinken«, schlussfolgerte er.

»Dann hat er also Wasser in der Lunge?« Die Heidrich stellte die Frage nicht, sie würgte sie hervor. Dabei sah sie aus, als bereute sie alles, was sie an diesem Tag gegessen hatte.

Sexy Sibylle lachte auf. »Faszinierend, was?«, sagte sie zu Prantl, als wäre die Heidrich nicht anwesend. »Das Märchen vom Wasser in der Lunge ist nicht auszurotten, nicht mal bei Staatsanwältinnen.« Auch sie konnte Frau Dr. Überheblich offensichtlich nicht leiden.

Prantl wartete nicht, bis die Heidrich ihre Stirn zu Ende gerunzelt hatte. »Im Gegenteil, im Gegenteil, liebe Frau Doktor«, dozierte er. »Typisch für Menschen, die in Süßwasser ertrinken, ist eine trockene, zu leichte und dabei völlig überblähte Lunge. Sehen Sie?« Er deutete auf das unförmige Organ, das einem in der Sonne porös gewordenen Luftballon glich. »Und hier haben wir ein weiteres Charakteristikum.« Mit einer Pinzette zeigte er auf mehrere rötliche Tupfen, die verwaschen wirkten. »Sogenannte Paltauf'sche Flecke. Das Überblähen des Lungengewebes führt nämlich zum Zerreißen der Alveolarsepten. In der Folge tritt aus den Kapillaren Blut aus und wird durch die intraalveoläre Flüssigkeit hämolysiert.« Prantls Rede wurde leidenschaftlicher. »Das frei werdende Hämoglobin sorgt dann für diese unscharf begrenzten roten Flecke in der Pleura.«

Selma konnte sich ein Grinsen nicht verkneifen, als sie den genervten Blick der Heidrich auffing, die keinen Sinn für die Schönheit der Details hatte, sondern die Obduktion nur möglichst schnell hinter sich bringen wollte.

Als Stunden später die frisch einberufene »Soko Achensee« zum ersten Mal im Besprechungsraum des Landeskriminalamts zusammenkam, zwirbelte Oberst Peter R. Gschwandtner, seit wenigen Wochen zum neuen Chef berufen, seinen Schnauzer und eröffnete die Sitzung mit einer Moralpredigt. Nach jedem zweiten Satz wischte er seine Hände an der Lodenhose ab, was umso mehr auffiel, als er versuchte, es unauffällig zu tun. Selma schloss daraus, wie sehr er unter Strom stand. Kein Wunder! Nach einem Raubüberfall auf eine Tabaktrafik, der wegen eines reuigen Täters rasch aufgeklärt werden konnte, hatte es Gschwandtners zweiter Fall in sich. Dass nach einem Brand auf einem Ausflugsschiff zwei Personen im Achensee ertrunken waren, wäre ja noch relativ unspektakulär gewesen. Aber bei einem der Toten handelte es sich ausgerechnet um Rüdiger Rist, den Tiroler Landeshauptmann! Vor ziemlich genau einem halben Jahr hatte Rist das höchste politische Amt des Landes vom freiwillig aus dem Leben geschiedenen Pepi Linder »geerbt«, vor wenigen Tagen war er – aller Parteiskandale zum Trotz – durch einen überraschenden Erfolg bei den Landtagswahlen darin bestätigt worden. Und nun dieses Desaster! Selma hätte nicht in Gschwandtners Haut stecken mögen. Der Druck, der vonseiten der Politik und der Medien auf seinen Schultern lastete, war enorm. Die Frage, ob es sich um einen tragischen Unfall oder um einen ausgeklügelten Mordanschlag auf den Landesvater handelte, bewegte ganz Tirol. Ganz Tirol forderte eine rasche Lösung des Falles. Und ganz Tirol traute es der heimischen Kripo nicht zu, denn um den Leumund der Exekutive stand es nicht zum Besten.

»Ich verlange zweihundertprozentigen Einsatz von allen Beteiligten«, deklamierte Gschwandtner. Bei jedem »ei«, das seinen Mund verließ, zeigte er seine Schneidezähne, die zu groß und dunkel verfärbt waren wie bei einem Kettenraucher. Dabei ging das Gerücht, dass Gschwandtner Vegetarier sein sollte und Alkohol, Nikotin und Koffein verschmähte. Vielleicht wirkte er deshalb so verkniffen. »Bis morgen erwarte ich erste Ergebnisse. Wir wollen uns bei der Pressekonferenz ja nicht blamieren.«

Typisch. Pluralis Majestatis, dachte Selma. Aber blamieren würde sich höchstens er, der Neue, der das Maul bei seiner Antrittsrede so voll genommen hatte. Von wegen »angestrebte Aufklärungsrate von einhundert Prozent«, »mit dem alten Schlendrian aufräumen« und »ganz neue Ära für die Tiroler Kriminalpolizei«.

Sie zwinkerte ihrem Nebenmann zu. Doch Wurz reagierte nicht darauf. Mit leerem Blick starrte er ins Nichts, wie einer, der bereits aufgegeben hatte. Verdammt, wo war sein Kampfgeist geblieben? Sein Tiroler Dickschädel und sein Ehrgeiz? Natürlich war er furchtbar enttäuscht gewesen, als man ihm, Oberleutnant Toni Wurz, dem interimistischen Kripochef, der das Tiroler Landeskriminalamt nach Heisenbergs Pensionierung fast drei Jahre lang geleitet hatte, den Emporkömmling Gschwandtner vor die Nase setzte. Bis zuletzt hatte er auf eine fixe Berufung gehofft, hatte keine Anstrengungen und Mühen gescheut, alles dafür zu tun, und auch einige Erfolge vorweisen können. Trotzdem hatten alle außer ihm mit einem Wechsel gerechnet, schließlich war Wurz zu jung für einen derart verantwortungsvollen Posten. Außerdem fehlten ihm die nötigen politischen Kontakte in die oberste Etage.

Nun war der Exchef oder »die Zwischenlösung«, wie Spusi-Chef Bartsch ihn boshaft genannt hatte, nur noch ein Schatten seiner selbst. Den Ringen unter seinen Augen zufolge schlief er schlecht. Sein markantes Bergbauerngesicht wirkte grau. Obwohl Selma im letzten Jahr immer wieder mit ihm zusammengekracht war, nicht zuletzt wegen seiner Vorurteile Ausländern gegenüber, tat er ihr jetzt leid. Sie nahm sich vor, in Zukunft netter mit ihm umzugehen.

Der Wechsel in Gschwandtners Tonfall riss sie aus ihren Gedanken. »Wer fasst die bisherigen Erkenntnisse zusammen?« Sein Blick schweifte in die Runde. Verächtlich streiften die wässrigen Äuglein Wurz, der davon nichts mitbekam; bohrend richteten sie sich auf den vor sich hin grinsenden Sepp Weinreich, aber Weinreich war zu cool und zu phlegmatisch, um sich dadurch aus der Ruhe bringen zu lassen; taxierend ruhten sie auf Bartsch, bis der Chef der Spusi die Stirn runzelte und zurückstarrte – immerhin war er bei Weitem der Dienstälteste und würde Schikanen jeder Art einfach bis zur Pensionierung aussitzen; über Selma sahen die wässrigen Äuglein hinweg, als ob sie nicht existierte, und blieben schließlich bei Mark Mitterhofer hängen.

Auf Gschwandtners wohlwollendes Nicken sprang der lange Dünne von seinem Stuhl auf und räusperte sich. Er war auf dem besten Weg, sich zum Liebling des Chefs zu mausern, und genoss diesen Zustand in vollen Zügen.

»Am Abend des 30. April, genauer gesagt kurz nach zwanzig Uhr, brach die ›MS Stadt Innsbruck‹ von Pertisau aus zu einer Sonderfahrt auf«, las Mitterhofer von seinem Skizzenblock ab. »An Bord waren der Tiroler Landeshauptmann, seine engsten Freunde und die wichtigsten Parteifunktionäre, insgesamt siebenundneunzig Personen inklusive Schiffspersonal und den Angestellten einer Cateringfirma.«

»Was ham s' denn eigentlich gfeiert? Den Wahlausgang?« Weinreich fischte die letzte Zigarette aus seiner Packung und steckte sie sich hinters Ohr.

»Der ist doch schon am Wochenende zuvor ausgiebig begossen worden«, knurrte Bartsch und faltete die Hände über seinem Backhendlfriedhof, der im letzten halben Jahr enorm gewachsen war und die Wildschweinbegräbnisstätte von Obelix wie ein Hungerödem aussehen ließ. »Obwohl ja ein Stimmenverlust nicht wirklich ein Grund zum Feiern ist.«

»Der vielleicht nicht, aber die Tatsach, dass es trotzdem wieder glangt hat.« Weinreich schnaubte. »Seit Generationen wählen die Tiroler schwarz, ganz wurscht, was die Parteibonzn aufm Kerbholz ham. Als wär's a angeborne Hautfarb, die auch mit Seife und einer Wurzlbürschtn nimmer weggeht.« Den missbilligenden Blick Gschwandtners ignorierte er. »Aber vielleicht gibt's ja doch noch a höhere Gerechtigkeit, die mit dem Sauhaufn aufräumt.« Weinreich rieb sich die Nase. »Erst der Linder – peng! Und jetzt der Rist – splasch! Zeichnen müsstma können, das wär fei was für a Comic.«

Bevor Gschwandtner explodieren konnte, klinkte Mitterhofer sich wieder ein. »Nein, nein, gefeiert wurde nicht der Wahlsieg, sondern der Geburtstag vom Landeshauptmann. Er ist am 30. April fünfzig geworden. Seine Parteifreunde haben ihm das Fest ausgerichtet und eigens die ›MS Stadt Innsbruck‹ dafür gemietet, die ja offiziell erst am nächsten Tag ihren Betrieb aufgenommen hätte.« Stolz wie Oskar zelebrierte Mitterhofer seinen Wissensvorsprung. Er hatte die Hausaufgaben gemacht! »Dem Anlass entsprechend war das Catering vom Feinsten: Champagner, Kaviar, Lachs, Gänseleberpastete und andere ausgesuchte Delikatessen.«

Selmas Magen knurrte. »Stimmt es, dass auch Prostituierte mit an Bord waren, Mark? Unter den ›Freunden des LH‹, wie du das so vornehm ausgedrückt hast?«

Mitterhofer lief rot an. »Also ich weiß nur von einigen Damen eines Escortservice. Alles ganz seriös.«

Naivität hat einen Namen. Selma schüttelte den Kopf.

Weinreich lachte. Er fischte die Zigarette hinter seinem Ohr hervor und steckte sie sich zwischen die Lippen, unangezündet natürlich.

»Meine Herren!« Gschwandtner ließ seine Faust auf die Tischplatte niedersausen. »Was ich hören will, sind Fakten, keine kulinarischen Details und erst recht keine Mutmaßungen. Das Politisieren verbitte ich mir in diesem Rahmen, das gehört bestenfalls an den Stammtisch.«

»Momenterl, bittschön.« Weinreichs Lippen ließen die Zigarette fallen. »Das mit den Gunstgewerblerinnen ist fei a Fakt und keine Mutmaßung, gell?«

Gschwandtner zog das Taschentuch aus seinem Revers – weinrote Seide mit dem eingestickten Monogramm PRG – und wischte sich den Schweiß von der Stirn. »Mitterhofer, fahren Sie fort. Wie ist es zu dem Feuer gekommen?«

»Das ist auf der Rückfahrt passiert, gegen halb zehn. Ungefähr zehn Minuten nachdem das Schiff die Gaisalm passiert hat. Da die Passagiere zu dem Zeitpunkt schon ziemlich viel Alkohol intus hatten, gehen die Zeugenaussagen auseinander, Chef. Ein Beobachter behauptet, das Feuerzeug des Bauernbundobmanns sei explodiert, als er dem Landeshauptmann Feuer geben wollte.«

»Ja mei, was für a hübsches Bildl!«, freute sich Weinreich. »Weil ohne den zündenden Funken vom Bauernbund wär der Rist nie LH worden.«

Mitterhofer ließ sich nicht beirren. »Dagegen wollen zwei weitere Zeugen gesehen haben, dass der Landeshauptmann auf einen harmlosen Klaps seiner schönen Begleiterin hin das Gleichgewicht verloren hat. Er hat sich am Heizpilz festgehalten, der direkt neben ihm stand, und ist mitsamt dem Gerät umgefallen. Die Begleiterin ist furchtbar erschrocken und hat ihm sofort wieder auf die Beine geholfen. Aber sein Anzug hat Feuer gefangen. Der Bauernbundobmann wollte löschen, indem er die nächstbeste Flüssigkeit über den LH kippte. Leider hat er eine Flasche Slibowitz erwischt, und schließlich standen beide Männer in Flammen und sind schreiend über die Reling gesprungen.«

Selma kniff ihre Lippen zusammen. Wenn es nicht so tragisch ausgegangen wäre, hätte man über diesen Schildbürgerstreich lachen mögen.

»Das Feuer griff auf die Überdachung des Achterdecks über, und unter den Leuten brach eine Panik aus. Der Einzige, der geistesgegenwärtig reagiert hat, war der Bürgermeister von Stinz. Er hat ›Mann über Bord‹ geschrien und den beiden einen Rettungsring zugeworfen. Genützt hat das aber nur dem Bauernbundobmann. Der Landeshauptmann war zu weit weg und hat anscheinend keine vernünftigen Schwimmbewegungen gemacht, um den Ring zu erreichen, sondern nur hilflos herumgezappelt.«

Gschwandtner sprang auf. »Sonst hat niemand geholfen?«

»Doch. Der siebzehnjährige Lehrling Andi Müller ist ins Wasser gesprungen, angeblich in rettender Absicht. Jedenfalls hat Müller den um sich hauenden LH packen wollen. Unglücklicherweise hat er dabei einen kräftigen Schlag abbekommen und das Bewusstsein verloren. Dann sind beide untergegangen. Die Leiche von Müller haben die Taucher noch nicht gefunden.«

»Schade um den jungen Burschen!«, platzte Bartsch heraus.

»Ja, gell, das hab i mir fei auch schon denkt!«, bestätigte Weinreich. »Wie heißt's so schön? Zivilcourage ist aller Laster Anfang.«

Gschwandtner wurde bleich vor Zorn. »Mäßigen Sie sich, meine Herren!« Feine Spucketröpfchen sprühten über den Tisch.

»Hast du a Glück, Selma, dich betrifft's nicht, das Mäßigen, bloß die Herren«, sagte Weinreich halblaut, aber laut genug für die Ohren des Chefs.

»Schluss jetzt, Weinreich!«, donnerte Gschwandtner. Dann senkte er die Stimme zu einem Flüstern. »Oder wollen Sie ein Disziplinarverfahren riskieren?« Ein bösartiges Funkeln trat in die wässrigen Äuglein. Sofort kehrte absolute Stille ein, man hätte eine Staublaus husten hören können. »Konzentration ist angesagt! Wir müssen unser Augenmerk auf diesen Andi Müller lenken. Wer war er? Hat er sich politisch betätigt? Wollte er den Landeshauptmann womöglich nicht retten, sondern sichergehen, dass er ertrinkt? Und wer war diese ominöse Begleiterin, die Rist geschubst hat? Hatte sie ein Motiv für einen Mord? War sie vielleicht Müllers Komplizin? Mitterhofer, übernehmen Sie das. Bartsch, Sie halten Ihre Leute an, noch einmal das gesamte Schiff unter die Lupe zu nehmen. Suchen Sie nach Hinweisen, die auf ein Attentat deuten. Spuren von Sprengstoff, Brandbeschleuniger, was weiß ich. Und Sie, Weinreich, Sie ermitteln in Sachen Heizpilz. Knöpfen Sie sich die Firma vor, recherchieren Sie, ob es je Unfälle gegeben hat, und wenn ja, welche. Ich habe unsere Kriminaltechniker bereits angewiesen, das Gerät mit Hochdruck auf eventuelle Manipulationen oder Defekte zu untersuchen.«

Weinreich öffnete den Mund, als wollte er etwas erwidern, schloss ihn aber unverrichteter Dinge wieder. Er hatte wohl begriffen, dass Spielereien mit dem Feuer ein böses Ende nehmen konnten.

Mit einer nachlässigen Handbewegung deutete Gschwandtner auf Wurz. »Sie befragen alle Übrigen, die auf dem Schiff waren. Richten Sie Ihr Augenmerk auf Personen mit einschlägigem Vorleben, Motive für einen Mord am Landeshauptmann et cetera. Nehmen Sie vor allem den Kapitän und seine Leute sowie das Personal der Cateringfirma unter die Lupe. Aber natürlich auch die Parteifreunde.«

Selma seufzte. Damit hatte Wurz die umfangreichste Arbeit ausgefasst, eine Aufgabe, die für einen allein viel zu zeitraubend war. Vermutlich würde Gschwandtner ihr also auftragen, Wurz zu assistieren.

Aber sie täuschte sich. Gschwandtner erhob sich bereits und packte seine Unterlagen zusammen. »Das wär's einstweilen.«

Was? Sie musste sich verhört haben. Fassungslos nahm sie ihre Brille ab. Er hatte sie einfach übergangen. Schon wieder hatte er sie übergangen! Das durfte und wollte sie sich von diesem Meine-Herren-Patriarchen nicht gefallen lassen. Sie wartete, bis alle anderen das Besprechungszimmer verlassen hatten, dann ersuchte sie ihn um ein Gespräch unter vier Augen.

Widerwillig bat er sie in sein Büro, deutete auf einen der unbequemen Besuchersessel, ohne sich selbst zu setzen. Nein, er drehte ihr sogar den Rücken zu und schaute aus dem Fenster. »Wo drückt der Schuh?«

Selma atmete durch und streckte sich, um das Möglichste aus ihren ein Meter fünfundsechzig Körpergröße herauszuholen. Auch wenn es nicht angenehm werden würde, sie musste klare Verhältnisse schaffen. »Schon beim Raubüberfall auf die Tabaktrafik vor zwei Wochen haben Sie mich aus der Ermittlungsarbeit ausgeklammert. Haben Sie ein Problem mit weiblichen Kriminalbeamten?«

»Der Raub wurde von Wurz, Weinreich und Mitterhofer in wenigen Tagen geklärt. Mehr Aufwand war nicht nötig.«

»Weil der Täter sich schließlich gestellt hat. Aber das konnte vorher niemand ahnen. Also noch einmal, liegt es daran, dass ich eine Frau bin?«

Gschwandtner wandte sich ihr zu. Ein süffisantes Lächeln zuckte um seine Mundwinkel, auf eine Antwort wartete Selma vergeblich.

»Oder stört es Sie vielleicht, dass meine Mutter Türkin ist?« Obwohl ihr Türkisch nur zum Radebrechen reichte, war sie ausgesprochen stolz auf ihre Herkunft. »Oder dass ich lesbisch bin?« Immer heraus damit, dachte sie, alle Karten auf den Tisch, dann gibt es keinen Grund für Gerüchte und Mauscheleien hinter meinem Rücken.

Er hob nicht die Brauen, seine Pupillen weiteten sich nicht vor Überraschung, offensichtlich war ihm also schon das ein oder andere zugetragen worden, von wem auch immer.

»Halten Sie Kriminalbeamte in leitender Funktion prinzipiell für Chauvinisten, Rassisten und Homophobe?«, fragte er. »Oder nur, wenn es sich um Ihre Vorgesetzten handelt?« Sein Lächeln war abgeblättert, jetzt musterte er sie wie einen absonderlichen Käfer. Zu klein, um ernst genommen zu werden, aber lästig genug, um an Insektenspray zu denken. »Ihr Verdacht ist lächerlich. Ich beurteile meine Mitarbeiter ausschließlich nach ihrer Leistung. Sie sind nun mal mit Abstand die Jüngste und Unerfahrenste im Team. Beweisen Sie sich! Zeigen Sie mir, was Sie draufhaben, und ich werde Sie mit angemessenen Aufgaben betrauen, Frau Tappeiner«, sagte er mit einer ironischen Betonung auf dem Wort »Frau«. »Einstweilen kümmern Sie sich um ausstehende Berichte, die wegen des ertrunkenen Landeshauptmanns zu kurz kommen. Um den Bericht über die jüngste Serie von Fahrraddiebstählen zum Beispiel.«

Sie holte Luft, um ihm zu sagen, dass man sich nur beweisen konnte, wenn man eine Chance bekam, eine echte Chance, nicht Bürokram, für den Linda zuständig war. Doch bevor sie zu Wort kam, klopfte es, und Linda platzte herein. »Entschuldigung, aber …« Die Stimme der Sekretärin flatterte, als wäre etwas Aufregendes passiert.

»Was ist denn?«

»Die Taucher haben jetzt den zweiten Toten geborgen, diesen jungen Burschen.«

»Andi Müller, na endlich. Aber das hätten Sie mir auch später sagen können, Frau Strillinger, ohne mitten in ein persönliches Gespräch zu platzen.«

Linda warf trotzig ihren Kopf zurück. »Das war noch nicht alles. Dabei haben sie nämlich eine dritte Leiche entdeckt.«

»Was?« Gschwandtner riss seine Augen auf. »Aber außer dem Landeshauptmann und diesem Hilfskellner werden keine weiteren Personen vermisst!«

Linda machte einen Schritt auf ihn zu. »Es soll sich um ein Skelett handeln. Ein Skelett, in eine Art Plane eingewickelt. Nur der Schädel schaut heraus.« Die Sekretärin pausierte, fast schien es, als genieße sie die Wirkung, mit der die Bombe einschlug. »Angeblich eine Kinderleiche, die schon ewig da unten liegen muss.«

Nach ein paar Sekunden der Sprachlosigkeit, in denen Gschwandtners Mund offen stand und Selma barrierefrei die schlechten Zähne bewundern konnte, hatte er sich gefasst. »Ist die Staatsanwaltschaft informiert?«

Linda nickte. »Staatsanwältin Heidrich hat bereits die Gerichtsmedizin beauftragt, Prantl ist schon unterwegs.« Mit vor Stolz geblähten Nasenflügeln stakste sie hinaus, sichtlich zufrieden, dass er ihr diesmal keinen Fehler nachweisen konnte.

»Also gut.« Gschwandtner wandte sich an Selma. »Dann lassen Sie das mit den Fahrraddieben einstweilen. Fahren Sie zum Achensee und schauen Sie sich diese Kinderleiche an. Vielleicht kann Prantl schon eine erste Einschätzung über die Liegezeit geben. Anschließend knöpfen Sie sich alle Vermisstenmeldungen der letzten Jahre vor. Beginnen Sie bei den jüngsten und arbeiten Sie sich so lange in die Vergangenheit zurück, bis Sie fündig werden.«

Darauf wäre ich auch selbst gekommen, dachte Selma. Sie verließ das Chefbüro mit einem zufriedenen Lächeln. Wenigstens hatte sie doch noch eine standesgemäße Arbeit bekommen, obwohl das nur der Tatsache geschuldet war, dass Gschwandtner alle anderen Kräfte für die Causa Rist benötigte, die natürlich Priorität hatte. Aber das machte ihr nichts aus. Sie würde sich schon noch den Respekt verschaffen, der ihr zukam. Bei Wurz hatte sie das auch hingekriegt. Männer – insbesondere höherrangige – musste man erziehen. Schließlich konnten sie nichts dafür, dass die Natur bei ihren Chromosomen um einen Buchstaben zu weit gegangen war.

3

14. Mai, 16.50 Uhr

Er lässt sich von seinem Konzipienten den Entwurf des Ehevertrags reichen und überfliegt ihn. Der junge Mann sieht ihn dabei erwartungsvoll an, während er sich verschämt am Nasenflügel kratzt, der leuchtet, als brüte er einen Pickel aus.

»Ausgezeichnet, Tom, wirklich gute Arbeit. Nicht zu glauben, dass das Ihr Erster ist.« Der Neue macht sich prima. Wenn das so weitergeht, kann er ihm bald das unliebsame Feld des Ehe- und Familienrechts überlassen und sich ausschließlich seinen Spezialgebieten Straf- und Wirtschaftsrecht widmen. Zufrieden reibt er seine Hände und stellt belustigt fest, dass sein Kompliment das ganze Konzipientengesicht rot anlaufen hat lassen wie einen Pavianhintern. Der entzündete Nasenflügel fällt gar nicht mehr auf.

Stolz nimmt der Gelobte den Vertrag wieder an sich, verabschiedet sich in den Feierabend und schwebt beglückt von dannen.

»Ach, noch eins, Tom.«

»Ja bitte?«

»Nehmen Sie diesen albernen Nasenring raus und desinfizieren Sie die Wunde, ja?« Er senkt seine ohnehin leise Stimme zu einem Flüstern. »Sonst wird Ihre Nase über Nacht zum Ballon, und Sie wollen doch nicht Ihre hübsche kleine Freundin erschrecken, was?«

Wie auf Knopfdruck kehrt das gerade im Ablaufen begriffene Rot ins Konzipientengesicht zurück. Kein Pavianhintern, sondern ein rotes Lampion. Bei Stromausfall könnte Tom das Büro erleuchten.

»Außerdem kenne ich keinen Anwaltsanwärter, der sich Metall in irgendwelche sichtbaren Körperteile tackert. Das widerspricht unserem Image von Seriosität, ist schädlich fürs Geschäft.«

Mag. Thomas Scheuring nickt beflissen und hält dabei die Hand vor das missglückte Piercing. Dann wendet er sich ab und rauscht hinaus.

Christine sieht von ihrem Schreibtisch auf. »Brauchen Sie mich heute noch, Chef?«

»Eigentlich wollte ich Ihnen einen letzten Brief diktieren. Aber es eilt nicht. Wenn es Ihnen morgen lieber ist …«

»Mein Mann hat Geburtstag. Und ich habe zwei Karten fürs Landestheater besorgt.«

»Ich bitte Sie, Christine.« Er geht auf sie zu, tätschelt ihre Schulter. »Das ist doch selbstverständlich.« Genau genommen passt es ihm sogar hervorragend in den Kram, wenn sie heute früher Schluss macht. Außerdem ist er froh, ihr auch einmal einen Wunsch erfüllen zu können. Christine ist eine Perle. Tüchtig, vertrauenswürdig, diskret. Kurz gesagt: unbezahlbar. »Richten Sie ihm bitte meine Glückwünsche aus. Was wird denn gegeben?«

»›Anatevka‹.« Sie strahlt wie ein kleines Mädchen unterm Weihnachtsbaum.

»›Wenn ich einmal reich wär …‹«, trällert er und nimmt sich vor, seine Frau auch mal wieder ins Landestheater auszuführen. Wenn eine gestandene Oper auf dem Spielplan steht, kein hollywoodisiertes jiddisches Singelsangel. Mindestens Puccini oder Richard Strauss, am liebsten Wagner. In Wagners großem Jubiläumsjahr kann das doch nicht zu viel verlangt sein!

Christine schenkt ihm ihr ungetrübtes Kleinmädchenlachen, das sie sich all die Jahre bewahrt hat – eine Mischung aus Dankbarkeit, Bewunderung und Loyalität. Er hilft ihr in den Mantel, wünscht ihr einen vergnüglichen Abend und schließt hinter ihr die Tür.

Die Zeit, die ihm bleibt, bevor seine Frau ihn zu Hause erwartet, will er für wichtige organisatorische Angelegenheiten nützen. Doch zuerst genehmigt er sich einen Whisky. Er wählt den achtzehnjährigen Talisker, den er für Besprechungen mit der gehobenen Klientel reserviert hat, schenkt ein. Im Licht der Schreibtischlampe leuchtet die kostbare Flüssigkeit in einem Ton zwischen dunklem Bernstein und goldigem Karamell. Der Geschmack ist unbeschreiblich – eine Mischung aus Torf, Rauch, Leder und Moosbeeren, einem Hauch Meersalz und einer Prise Pfeffer im Abgang. Er leckt sich die Lippen.

Dann tritt er zu dem einzigen Bild, das er sich in sein spartanisch eingerichtetes Büro gehängt hat: »Kapelle im Gebirge« von Oskar Mulley. Das großformatige Ölgemälde zeigt ein schmutzig weißes Kirchlein, das einem Pilz gleich aus der schroffen Felserhebung im Vordergrund herauswächst und seinen winzigen Turm in den gewittergrauen Himmel reckt wie einen zu kurz geratenen Mittelfinger; stolz und frech, obwohl es so hart an den Abgrund gebaut ist, dass es jeden Augenblick von diesem verschlungen werden kann. Wie in seinen meisten Werken hat Mulley die Ölfarbe dick mit dem Spachtel aufgetragen. Der Farbüberschuss bildet Erhebungen und Grate an der Oberfläche der Leinwand, die dazu verleiten, daran herumzuzupfen wie an abstehendem Wundschorf.

Vorsichtig nimmt er das Bild ab und öffnet den dahinter verborgenen Safe. Er holt sein Tablet heraus, das er ausschließlich für die Angelegenheiten der Brüder verwendet. Natürlich befinden sich keinerlei private Daten darauf. Die Seriennummer hat er aus dem BIOS gelöscht, als Internetverbindung nützt er das nächstbeste ungesicherte Fremd-WLAN. Dank der eigens installierten Richtantenne kann er in einem Radius von mehr als einem halben Kilometer suchen, und das mitten im Stadtzentrum. Die Auswahl ist immer noch erstaunlich groß, obwohl das Sicherheitsbewusstsein der Menschen in den letzten Jahren zugenommen hat. Durch einen zusätzlichen Wireless-Hub, auf dem er ständig die MAC-Adresse verändert, verwischt er seine Spuren vollständig. Diskretion ist der Schlüssel seines Erfolgs, nicht nur in seinem Beruf als Anwalt.

Zuerst ruft er seine E-Mails ab. Einar hat zwei Neue rekrutiert, dafür verdient er Lob und Anerkennung. Vielleicht ist es an der Zeit, ihm mehr Verantwortung zu übertragen? Außerdem hat Pater Simon geschrieben. Er benötigt wieder einmal Geld, natürlich für einen guten Zweck. Diesmal bittet er um Unterstützung für das Buch, an dem er jahrelang gearbeitet hat. Sein Lebenswerk trägt den unförmigen Titel: »Der selige Andreas von Rinn, unschuldiges Kind und Märtyrer der wahren katholischen Kirche«. Eine Summe von dreitausend Euro fehle dem Pater noch, dann könne er das Buch in einem Druckkostenzuschussverlag publizieren. Bei den jährlichen Prozessionen zu Anderls Geburtstag würde er es nicht zu knapp unter die zahlreichen Anderl-Verehrer bringen und dabei das Darlehen innerhalb von zwei Jahren wieder einspielen.

Er antwortet dem Pater. Schreibt, für wie wichtig er dieses Buch erachte. Für alle, die die wahren Werte von Tradition, Heimatliebe und Christentum hochhalten, und besonders für die Jungen, denen diese Werte erst nahegebracht werden müssen. Deshalb seien die Brüder bereit, die geforderte Summe auf fünftausend Euro aufzustocken, damit in keiner Hinsicht an dem Buch gespart werde. Neben einem knackigeren

Titel empfiehlt er Pater Simon ausdrücklich, sich um einen Lektor und einen Grafiker zu kümmern, der das Cover modern und ansprechend gestalten solle. Er überlegt kurz, stellt im Kopf einige Berechnungen an und schreibt dann, die Brüder würden auf eine Rückerstattung des Darlehens verzichten, dafür aber ab sofort eine sechzigprozentige Beteiligung an den Buchverkäufen und am Devotionalienhandel verlangen, den der Pater betreibe. Dass sie damit ein Vielfaches des gespendeten Betrags einnehmen werden, bindet er ihm natürlich nicht auf die Nase. »In der Hoffnung, dass das Buch viele Menschen ansprechen und sie auf den rechten Weg bringen möge. Mit deutsch-christlichem Gruß, Ihr ergebener W.«

Er liest sich alles noch einmal durch, nickt zufrieden und sendet die E-Mail ab.

Nach einem zweiten Schluck Talisker schließt er den Mail-Client und öffnet den Ordner mit den Fotos. Er klickt sich durch die letzten Bilder. Als er in Munins bleiches Antlitz blickt und den verwunderten Ausdruck in den weit aufgerissenen Augen betrachtet, überkommt ihn eine milde Anwandlung von Mitleid. »Unglückseliger Dummkopf. Warum hast du nicht auf mich gehört?« Er streicht über das Foto und schüttelt den Kopf. Unglaublich, dass er – die Vorsicht in Person – so leichtfertig war, sich auf Munin zu verlassen. Damals, vor siebzehn Jahren. Anstatt die Sache selbst zu Ende zu bringen. Aber er hat daraus gelernt und konnte Schlimmeres verhindern. Und das Glück ist mit dem Tüchtigen, nicht wahr, Opa? *Er hebt sein Whiskyglas und prostet dem Porträt auf seinem Schreibtisch zu. Es zeigt seinen Großvater im Jahr seiner Hinrichtung. Mit stolz geschwellter Brust trägt der Generalmajor mit der Habichtsnase sein Ritterkreuz. Schade, dass er diesen beeindruckenden Mann nicht mehr erleben durfte. Als es klingelt, zuckt er zusammen und hätte beinahe den Whisky verschüttet.*

Zum Teufel! Bestimmt hat Christine etwas liegen lassen. Ihr Handy vielleicht oder gar die Eintrittskarten? Er versteckt das Tablet unter einigen Blättern Papier, dann öffnet er die Tür. »Haben Sie was ver–«

Er erstarrt, als er seinen Fehler bemerkt. Nicht Christines fröhlich-blaue Augen blitzen ihm entgegen, sondern unbekannte steingraue. Bevor er reagieren und die Tür zuschlagen kann, wird er grob nach innen gestoßen. Er prallt gegen die Garderobe, kann im letzten Moment einen Sturz abfangen; stützt sich von der Wand ab; ballt die Rechte zur Faust, bereit, zurückzuschlagen, da fällt sein Blick auf das Messer. Seine Überraschung wandelt sich in Angst, die wie ein eisiger Schauer über ihn hinwegrollt und ihn für einige Augenblicke handlungsunfähig macht.

»Was wollen Sie? Geld?«, fragt er, als er sich wieder gefasst hat. »In meinem Safe habe ich zehntausend.«

Er weiß nicht, woher das Gefühl kommt, aber er spürt mit jeder Faser seines Körpers, dass es nicht um Geld geht. Dass sein Trick nicht funktionieren wird.

Die Angst kehrt zurück, kein Schauer diesmal, sondern eine ausgewachsene Lawine, deren Schneemassen über ihn hinwegfegen, seinen Brustkorb zusammenpressen und ihn lebendig begraben.

4

4. Mai

»Kruzifixsakrament«, brummte Heisenberg. Kopfschüttelnd legte er die Tiroler Tageszeitung weg. »Sind jetzt alle komplett übergeschnappt? Seitenweise Artikel über Rüdiger Rist, dagegen verkümmert die Weltpolitik zum Dreizeiler.«

Valentina lachte auf. »Was erwartest du? Wenn der oberste Landespolitiker unter dubiosen Umständen ums Leben kommt, sind die Zeitungen natürlich voll davon, und es wird über Mordkomplotte und Attentatspläne spekuliert.« Sie köpfte ihr Frühstücksei.

»Was heißt da dubios? Wenn jemand in alkoholisiertem Zustand in eiskaltes Wasser springt, hat er halt gute Karten, zu ertrinken.«

»Sei bloß froh, dass du dich nicht darum kümmern musst. Dein Nachfolger ist wirklich nicht zu beneiden.« Sie beugte sich vor und strich über seinen Arm.

Er versank im unergründlichen Grünbraun ihrer Iris, ließ das Buttermesser fallen und legte seine Hand an ihre Wange. *Jetzt die Zeit anhalten.* Himmel, ging es ihm gut. Die letzten Monate hatten sich zu den wahrscheinlich glücklichsten seines Lebens gemausert. Abgesehen von seinen ersten Jahren mit Thea, natürlich. Wer hätte das gedacht? Nach seiner Krebserkrankung und vor allem nach Theas Tod hatte er sich bereits aufgegeben, hatte eigentlich nur noch auf den Sensenmann gewartet und dabei in Selbstmitleid geschwelgt. Dann war Valentina wie ein Feuerwerksknaller in sein Leben geplatzt. Nach einigen Startschwierigkeiten und anfänglichen Missverständnissen hatte sie alles gründlich durcheinandergewirbelt und neue Farben in sein Alltagsgrau gebracht. Satte Herbstfarben und diese fabelhafte Leichtigkeit. Endlich konnte er wieder auf Menschen zugehen, Lebensfreude und Genuss empfinden und die Freiheiten eines Pensionisten ausleben, mit einer wunderbar warmherzigen Frau an seiner Seite. Nur der Zustand seiner Bandscheiben hielt ihn davon ab, aufzuspringen, die wunderbar warmherzige Frau hochzuheben und im Kreis zu wirbeln. Stattdessen drückte er ihre Hand und flüsterte ihr ein zärtliches »Mein Paradiesvogel« zu.

Und weil er wusste, dass Paradiesvögel Freiheit brauchten und man sich nicht an sie klammern durfte, ließ er die Hand gleich wieder los und strich weiter Butter auf seine halbierte Semmel, dann Marillenmarmelade.

Valentina löffelte ihr Ei, während sie im Alpenjournal blätterte, der neuen Abendzeitung, die sie seit Kurzem abonniert hatten, damit sie am Frühstückstisch gemeinsam lesen konnten, ohne Streit. »Hier haben wir dasselbe in Grün. Lauter Nachrufe, Porträts und Lobhudeleien über Rüdiger Rist und mehr oder weniger abstruse Erklärungsmodelle für seinen Tod. Kaum etwas über den jungen Kellner, der ihn retten wollte.« Sie schnaubte. »Und nur einen mickrigen Artikel über die dritte Leiche.«

Heisenberg schluckte. »Welche dritte Leiche?«

»Na, bei der Bergung der beiden Ertrunkenen sind die Taucher auf eine teilskelettierte Kinderleiche gestoßen.« Sie ließ das Blatt sinken und runzelte die Stirn. »Wenn du nicht ein chronischer ›Tirol heute‹-Verweigerer wärst, wüsstest du's. Gestern haben sie ausführlich darüber berichtet.«

»Ein totes Kind?« Dass er Nachrichtensendungen mied, hatte einen guten Grund. Das Elend in der Welt konnte er doch nicht ändern, da wollte er die bunten Bilder darüber gar nicht erst in seine vier Wände lassen. Ihm genügten die trockenen Informationen, die er anderntags in der Zeitung las. Ab und zu verpasste er was, das nahm er für seinen Seelenfrieden gern in Kauf. »In der TT steht jedenfalls nichts drin.« Vielleicht hatte er es auch überblättert.

»›Die Gerichtsmediziner konnten das Kind anhand des Zahnstatus identifizieren‹«, las Valentina vor. »›Es handelt sich um den seit siebzehn Jahren vermissten Tim Kabiersch.‹«

Kabiersch, Kabiersch. Vor siebzehn Jahren, also 1996 vermisst, das bedeutete, es war in seiner Zeit als Kripochef passiert. *Kruzifixsakrament!* Etwas klingelte in seinem Kopf. Schemenhaft setzte die Erinnerung ein. Der kleine Tim! Die Bilder wurden schärfer. Ein blonder Junge, zehn Jahre alt, rundes Gesicht, Babyspeck. Nach dem Sportklettertraining nicht nach Hause gekommen. War das nicht im Winter gewesen? Nein, zu Ostern, jetzt wusste er es wieder. Kurz davor hatte es einen Raubmord in Landeck und eine blutige Fehde zwischen konkurrierenden Innsbrucker Zuhältern gegeben, zwei Fälle, an denen seine Leute hart zu knabbern hatten. Seine Abteilung war hoffnungslos unterbesetzt gewesen und alle miteinander überarbeitet. Daher hatte Heisenberg aufgeatmet, als im Fall des vermissten Tim auf einen anonymen Anruf hin rasch ein Verdächtiger festgenommen werden konnte: Kasper Morgenroth, ein bekannter Enthüllungsjournalist und der Klettertrainer des Buben. Ein Zeuge hatte Tim zuletzt in seinem Wagen gesehen. Die Indizien waren erdrückend. Heisenberg erinnerte sich an eine blutdurchtränkte Decke und die besudelte Kleidung des Kleinen in einem Müllsack in Morgenroths Garage. Genug Blut, um davon auszugehen, dass der Junge tot war. Was die Fotos des ermordeten Tim, die später in Morgenroths Nachtkästchen gefunden wurden, belegten. An Tims Unterhose wiesen die Kriminaltechniker Spermaspuren Morgenroths nach. Der Journalist stritt alles ab. Doch wenige Tage nachdem er in Untersuchungshaft genommen wurde, hängte er sich in der Gefängnisdusche auf. Sein Selbstmord kam einem Geständnis gleich. Und alle Spuren hatten auf Kindesmissbrauch und Mord hingedeutet, obwohl Tims Leiche nie aufgetaucht war. Bis jetzt.

»Ein tragischer Fall, aber längst gelöst«, murmelte Heisenberg. »Gut, dass sie den Leichnam gefunden haben. Hoffentlich können die Eltern endlich damit abschließen.« Er biss in seine Semmel. Aber sie war nicht knusprig wie sonst, sondern kaute sich zäh, und die Marillenmarmelade hatte einen bitteren Beigeschmack. Bevor er sich darüber klar werden konnte, ob das am Auftauchen des Tim Kabiersch lag oder an der Marmelade – immerhin stammte sie noch von Thea und war also mindestens drei Jahre alt –, riss ihn die Türklingel aus seinen Gedanken.

Valentina legte die Zeitung weg. »Wer kann das sein, noch vor acht?«

Heisenbergs Puls beschleunigte sich. »Vermutlich unsere Nachbarin.« Er wischte seine Marmeladenfinger an der Serviette ab.

»Die alte Wohlfahrtstätter?«

Mist, er hatte Valentina noch nichts gesagt. Vergessen? Verdrängt? Jetzt war es jedenfalls zu spät. Jetzt musste er sie vor vollendete Tatsachen stellen, und das würde ihr auf alle Fälle gegen den Strich gehen. Seufzend stand er auf und stapfte in den Flur, um zu öffnen.

Es war wirklich Erna Wohlfahrtstätter. Sie trug ihr bestes Kostüm und lächelte ihn scheu an. An ihrem rechten Arm hing ein Korb, der bis an den Rand mit Dosen und Schachteln gefüllt war. In der Linken hielt sie eine Leine. Der daran befestigte Bulldoggenmischling musterte Heisenberg skeptisch, wobei seine Augen hervorquollen, als wäre er mit Derrick verwandt. Die Haut des Tieres schlug Falten, offensichtlich war sie ihm mindestens um eine Nummer zu groß.

»Bleibt es dabei?«

Zum Unterschied von den meisten Damen ihres Alters war Frau Wohlfahrtstätter keine Freundin überflüssiger Worte. Immer knapp und auf den Punkt. Eine schätzenswerte Eigenschaft, fand Heisenberg.

»Aber natürlich, wie besprochen. Ich werde ihn hüten wie meinen Augapfel.« Schließlich hatte sie ihm schon mehr als einmal einen Gefallen getan. Dass sie ihm die fabelhafte Frau Önder als Haushaltshilfe vermittelt hatte, würde er ihr nie vergessen. Deshalb hatte er auch zugesagt, ohne zu zögern. Und ohne Valentina zu fragen.

»Vergelt's Gott, Herr Heisenberg.« Sie überreichte ihm Korb und Leine, bückte sich zu ihrem Hund und streichelte ihn. »Brav sein, Heino. In ein paar Tagen bin ich wieder da.« Heisenberg schenkte sie ein schiefes Lächeln und fügte ein gemurmeltes »Hoffentlich« hinzu.

»Ganz bestimmt. Alles Gute! Oder soll ich lieber sagen Hals- und Beinbruch?«

Valentina schlug die Hände über dem Kopf zusammen. »Ein Hund? Hier, in dieser Wohnung?«

Kruzifixsakrament. Warum hatte er sie nicht vorgewarnt, schließlich wusste er es seit Wochen. Aus Schlamperei oder womöglich aus Feigheit? Aber was konnte sie schon gegen einen harmlosen Hund haben! »Versteh doch, ich konnte ihr die Bitte nicht abschlagen. Und es ist ja nur für ein paar Tage, während sie im Krankenhaus liegt.«

»Was fehlt ihr denn?«

»Sie bekommt eine neue Hüfte.«

»Was? Ein paar Tage? Das ist nicht dein Ernst! Eine Hüftoperation ist ja kein Kinkerlitzchen. Garantiert dauert das ewig, bis sie wieder auf dem Damm ist. Nach dem Klinikaufenthalt muss sie wochenlang zur Reha, da kann sie erst recht keinen Hund gebrauchen.« Heisenberg versuchte, mit einem unwiderstehlichen Hundeblick zu reüssieren, den er sich von Heino abschaute. Leider verfehlte er seine Wirkung, denn Valentina fügte schnaubend hinzu: »Wenn sie das Ganze überhaupt überlebt, die ist doch weit über achtzig. Dann kannst du schauen, wie du den Hund je wieder loswirst!«

»Achtundsiebzig ist sie und fit wie ein Turnschuh.« Er blinzelte. »Jetzt hab dich nicht so. Schau, er ist doch eigentlich ganz brav.« Um es zu beweisen, nahm er dem Hund die Leine ab. »Sitz, Heino!«

Schnurstracks pfitschte der Kleine ins Wohnzimmer. Er sprang aufs Sofa, wühlte sich durch die Kissen und setzte sich dann tatsächlich. Befehl ausgeführt, schien sein Blick zu sagen, wenn auch an einem anderen Ort.

»Pfui, Heino!«, protestierte Heisenberg.

Der Hund wedelte begeistert, indem er mit seinem ganzen Hinterteil wackelte.

»Ja, ja, ein ganz Braver, ich seh's.« Valentina verdrehte die Augen. »An deinem ›Pfui‹ solltest du übrigens noch arbeiten, im Moment hört es sich verflixt nach einem Lob an.«

Heino legte seinen Kopf auf die Vorderpfoten und schielte von unten zu Valentina hinauf. Dabei winselte er ganz leise.

»Süß ist er ja.«

Ha! Sie wurde langsam weich. Klar, ein sandfarbener Jungspund mit schwarzen Augenflecken und unzähligen Hautfalten war ein geborener Herzensbrecher. Heisenberg tätschelte Valentinas Arm. »Ihr werdet euch bestimmt bald anfreunden.« Dann setzte er sich zu Heino aufs Sofa und kraulte ihn am Hals. Genießerisch schloss der Hund die Augen und sabberte Heisenbergs Ärmel voll.

Valentina blickte angeekelt auf die Speichelfäden. »Anfreunden nur bedingt.«

»Wir könnten zusammen einen Spaziergang unternehmen!«

Heino sprang auf. Offensichtlich kannte er das Wort »Spaziergang«. Er streckte sich. Dabei entfuhr ihm ein Malheur, das wie die Mutter aller Fürze klang und auch so roch.

Valentina riss das Fenster auf. »Nein, danke. Nicht mit einem trenzenden, furzenden Riesenbaby, das wie ein abgehalfterter Schlagersänger heißt und wie eine Ladung fauler Eier stinkt.«

Heisenberg zuckte mit den Schultern. Dann halt nicht. Er nahm Heino an die Leine und zog sich die Schuhe an. So was Dummes! Den kleinen Gefallen, den er einer langjährigen Nachbarin erweisen wollte, hätte er sich weniger kompliziert vorgestellt. Und Valentina, die doch sonst ein so großes Herz hatte und der nichts Menschliches fremd war, hätte er für toleranter gehalten. Jetzt hatte er sie verstimmt, und auch seine eigene gute Laune war getrübt.

»Weißt du, was der alte Heinz Erhardt über Frauen gesagt hat?«, raunte er Heino zu, während sie treppab liefen. »Sie sind die Juwelen der Schöpfung. Man muss sie mit Fassung tragen.«

Heino bellte fröhlich – wer wusste schon, was Hunde so alles verstanden? –, und dann trabten sie los. Auf dem Weg zum nahen Pechepark blieb Heino bei jedem geparkten Auto, jedem Fahrrad und jeder Häuserecke stehen, schnüffelte ausgiebig und hob dann das Bein, manchmal so hoch, dass er das Gleichgewicht verlor und umfiel. Obwohl nach dem siebzigsten Beinheben die Blase eigentlich leer sein musste, setzte er sein Ritual unermüdlich fort.

Heisenberg ließ ihn schnuppern und dachte inzwischen an die beleidigte Valentina. Sollte er ihr zur Versöhnung einen Blumenstrauß mitbringen? Nein, das würde sie für spießig halten. *Lieber führe ich sie zum Essen aus, und zwar in ihr Lieb-*

lingslokal, zum Nepalesen. Am besten gleich heute Abend, nach dem Tanzkurs.

Zufrieden lächelte er in sich hinein, da schoss ein Radfahrer so knapp an ihm vorbei, dass er vor Schreck die Leine fallen ließ.

Heino zögerte nicht, er sprintete los.

Zuerst versuchte Heisenberg ihn einzuholen. Ohne Erfolg. Unglaublich, dass vier kurze, krumme Beine so eklatant schneller sein konnten als seine eigenen zwei. Keuchend gab er auf. Als er wieder Luft bekam, verlegte er sich aufs Rufen: »Heino!« Zaghaft zuerst, immerhin waren einige Leute unterwegs, vor denen er sich ungern blamierte. Frau Wohlfahrtstätter hätte wirklich einen weniger peinlichen Namen aussuchen dürfen. Aber die Angst, der Hund könnte vor ein Auto laufen, ließ ihn seine Vorbehalte überwinden. »Heino, hierher!«, brüllte er.

Keine Reaktion. Der Bulldoggenmischling lief ungerührt weiter, geradewegs zum Park. Und dann erstarrte Heisenberg. Von der Seite schoss wie ein Pfeil ein monströser Hund auf Heino zu.

Heisenbergs Herz setzte einen Schlag aus. Der graue Riese würde den Kleinen mit einem Biss erledigen oder ihn am Genick packen und totschütteln. Schon hatte er ihn erreicht. Schon bildeten die beiden Hunde ein kämpfendes Knäuel. Schon sah Heisenberg Blut fließen und rannte mit letzter Kraft los.

Als er den Tatort erreichte, stellte er erleichtert fest, dass er sich Kampf und Blut nur eingebildet hatte. Der graue Riese lag am Rücken, streckte alle viere von sich und ließ sich von Heino den Bauch und weit intimere Körperstellen lecken. Dabei grunzte sie behaglich, denn der graue Riese war eindeutig ein Weibchen. Heisenberg atmete durch.

»Caruso, benimm dich!«, rief eine Stimme, die ihm bekannt vorkam. Er drehte sich um und sah eine mit Jogginghose bekleidete junge Frau auf sich zukommen. Sie trug eine giftgrüne Baskenmütze, unter der ein üppiger Pferdeschwanz hervorquoll. Auf ihrer Nase saß eine pinkfarbene Brille. Pink und Giftgrün, das konnte nur Selma Tappeiner sein.

»Was für eine Überraschung!« Eine ausgesprochen angenehme noch dazu.

Die Revierinspektorin begrüßte ihn mit einem strahlenden Lächeln. »Sind Sie auch unter die Hundebesitzer gegangen?«

»Habe ich richtig gehört? Ihre Hündin heißt Caruso?«

Sie stöhnte auf. Caruso gehöre eigentlich ihrer ehemaligen Mitbewohnerin Mona, erzählte sie. Laut Stammbaum heiße die irische Wolfshündin Clementine von der Cronenburg, aber so könne man ja keinen Hund rufen. Also habe Mona – eine leidenschaftliche Opernliebhaberin – die zottelige Hundedame, die übrigens eine wunderschöne Bell- und Heulstimme besitze, Caruso genannt.

»Aber es ist doch ein Weibchen. Warum nicht Callas?«

Selma wusste es nicht. »Vor drei Monaten ist Mona ausgezogen. Caruso hat sie dagelassen, weil ihre neue Wohnung zu klein ist. Am Anfang war ich skeptisch, aber inzwischen würde ich sie um keinen Preis mehr hergeben. Sie ist wirklich ein Schatz!«

»Das findet Heino auch.« Heisenberg erzählte, wie er auf den Hund gekommen war.

»Wenn Mona wüsste, dass sie sich ausgerechnet einen Schlagerfuzzi anlacht, sie wäre entsetzt«, sagte Selma. »Wahrscheinlich musste sie als Welpe zu viele Arien mit anhören, und jetzt schlägt sie zurück.«

Sie öffnete die Tür zur Hundewiese und schubste Caruso hinein. Heino folgte ihr auf dem Fuß. Im nächsten Moment tollten die beiden Hunde im Auslauf.

»Wie geht's eigentlich mit dem Neuen?«, lenkte Heisenberg das Thema auf die berufliche Ebene.

Selma verzog das Gesicht. »Gschwandtner ist ungerecht, nicht teamfähig, in seinem patriarchalischen Weltbild haben Frauen keinen Platz, und er denkt nur an seine Karriere.«

Heisenberg pfiff leise durch die Zähne. »Und was sagen die anderen zu ihm?«

»Weinreich flüchtet sich in Zynismus, Bartsch sitzt es aus, Wurz hat resigniert«, sagte sie. »Nur Mitterhofer läuft zur Hochform auf und schleimt sich ein. Er ist Gschwandtners einziges Schätzchen, sogar zur Pressekonferenz durfte er ihn begleiten.«

Heisenberg schüttelte sich im Gedanken an diese medialen Pflichtveranstaltungen, die ihm immer ein Gräuel gewesen waren.

»Gschwandtner liebt Pressekonferenzen«, fuhr Selma fort, als hätte sie seine Gedanken gelesen. »Es wurmt ihn aber gewaltig, dass er der Pressemeute nicht die Ermittlungsergebnisse präsentieren kann, die er sich so sehnlich wünscht.«

»Und das wäre?«

»Die Aufklärung des Attentats an Rüdiger Rist inklusive der Aushebung einer heimischen Al-Kaida-Terrorzelle. Damit könnte er bei der Innenministerin punkten.«

Heisenberg grinste. Dass Gschwandtner die Protektion höchster politischer Kreise genoss, war auch ihm schon zu Ohren gekommen.

»Seit Mitterhofer entdeckt hat, dass der Aushilfskellner Andi Müller in Wirklichkeit Ali Dudajew hieß und aus Tschetschenien stammte, will Gschwandtner auf Biegen und Brechen beweisen, dass es sich um ein Selbstmordattentat handelte. Er versucht sogar, eine Verwandtschaft zwischen Dudajew und den Marathonattentätern von Boston zu konstruieren. Aber alles, was Wurz und Weinreich bisher herausgefunden haben, deutet auf einen hundsgewöhnlichen Unfall hin.« Selma befreite Caruso, die Heino in ein dichtes Gebüsch gefolgt und mit ihrem Kopf im Astwerk stecken geblieben war.

»Na, dann hoffe ich für die ganze Abteilung, dass Gschwandtner bald aufwacht.« Profilierungssucht konnte eine unüberwindliche Mauer sein, die schon manch einem den Blick aufs Wesentliche verbaut hatte, das wusste er aus Erfahrung.

»Sieht nicht so aus. Momentan verbeißt er sich so in seine Theorie, dass er sich sogar weigert, den Fall Tim Kabiersch neu aufzurollen.«

Heisenberg horchte auf. »Warum denn neu aufrollen? Den Fall habe ich damals selbst abgeschlossen.«

»Die Gerichtsmediziner haben gestern etwas entdeckt, das ihn in ein ganz neues Licht rückt.«

»Die Indizien waren hieb- und stichfest. Kasper Morgenroth hat Tim missbraucht und ermordet. Ohne jeden Zweifel.«

»Obwohl er es nie gestanden hat?«

»Mit seinem Selbstmord indirekt schon.«

»Und was, wenn es gar kein Selbstmord war? Soviel ich weiß, wurde nie ein Abschiedsbrief gefunden.«

Heisenberg trat von einem Fuß auf den anderen. »Was hat der gute Prantl denn entdeckt?«

»Fraßspuren von Ratten. Und Maden kurz vor der Verpuppung. Das bedeutet, dass Tims Leiche mindestens zehn, zwölf Tage lang an einem anderen Ort gelegen haben muss, bevor sie jemand in den Achensee geworfen hat. Morgenroth war zu diesem Zeitpunkt schon tot.«

Heisenberg runzelte die Stirn. »Prantl ist zweifellos ein Genie. Aber wie bittschön will er an einem Skelett Fraßspuren nachweisen? Und Fliegenlarven?«

»Die Leiche ist nur teilweise skelettiert. Am Rumpf hat sich Fettwachs gebildet. Und darin kann man die Rattenbisse gut erkennen. Außerdem haben sich in der Bauchhöhle einige Maden erhalten.«

Ihm wurde warm. Auf seiner Glatze bildeten sich Schweißtropfen und schickten sich an, der Schwerkraft zu folgen. »Und wenn schon. Deshalb kann Morgenroth trotzdem der Mörder gewesen sein. Vielleicht hatte er einen Komplizen, der das Leichendumping übernommen hat?«

»Durchaus möglich. Aber wäre das nicht Grund genug, neue Ermittlungen einzuleiten?«

Da hatte sie natürlich recht. Er stimmte zu.

Selma pfiff der Hündin, die sofort herantrabte und sich an die Leine nehmen ließ. »Gschwandtner sieht das jedenfalls anders. Ihm ist nur wichtig, dass die Presse nichts von den neuen Indizien mitkriegt.« Eine kleine Falte bildete sich über ihrer Nasenwurzel, die ihr einen kämpferischen Touch verlieh. »Ich habe mit Tims Eltern gesprochen. Das Verschwinden ihres Sohnes hat ihr Leben zerstört. Da haben sie doch zumindest ein Recht auf die Wahrheit. Deshalb bin ich fest entschlossen, der Sache nachzugehen. Wenn nötig, in meiner Freizeit.«

»Ob das Ihrem Chef gefallen wird?«

»›Zeigen Sie mir, was Sie draufhaben‹, hat er zu mir gesagt.«

Selma blinzelte über den Brillenrand. Ihre Mandelaugen schienen Heisenbergs Blick einzusaugen. »Würden Sie mir helfen? Sie wissen bestimmt noch einige Details von damals, die nicht in den Akten stehen.«

Heisenberg zuckte zurück, als hätte ihn eine Wespe gestochen. »Ich?« Die Schweißtropfen rannen fröhlich schädelabwärts und kitzelten ihn im Nacken und an den Schläfen. »Nein, also ich …« Plötzlich hatte er es eilig, nach Hause zu kommen. »Ich erinnere mich nur ganz dunkel.« Er klopfte ein paarmal gegen seine Stirn. »Alter Mann«, stammelte er, »verkalkt. Und zu lange her.«

»Bitte.« Sie legte den Kopf schief. Die schokobraune Iris verdunkelte sich noch um eine Nuance.

»Ich … ähm … nein, also das geht leider nicht.« Er murmelte etwas von »zahlreichen Verpflichtungen«, und das war ja nicht gelogen, er war wirklich ein viel beschäftigter Mann, allein die Verantwortung für Heino, die Spaziergänge mit ihm, die Zeit, die er mit Valentina verbringen musste – und natürlich auch gern mit ihr verbrachte –, dann sein Part im Haushalt, nicht zu vergessen der körperlich anstrengende Tanzkurs, für den er jeden Tag üben musste.

Selmas Lippen wurden schmal. Ihr Kinngrübchen löste sich in Luft auf. Er wünschte ihr rasch alles Gute, verabschiedete sich und zog den enttäuschten Heino mit Gewalt von seiner neuen Flamme weg.

Mit schweren Schritten schlurfte er nach Hause und ärgerte sich, dass er das Gesicht von Tim Kabiersch ebenso wenig aus seinem Kopf bekam wie den Anblick von Selmas zu Strichen gepressten Lippen.

Er fragte sich, ob er damals schlampig gearbeitet hatte. Hatte er den Fall zu bereitwillig für abgeschlossen erklärt? Wegen Überarbeitung und weil die Ermittlungen so wunderbar schnell und leicht von der Hand gegangen waren? Der anonyme Anruf, die gefundenen Beweisstücke, der Selbstmord des Angeklagten … hatten sie den falschen Mann hinter Schloss und Riegel gebracht?

Unsinn! Was für eine Aufregung, bloß wegen einer Handvoll

Fliegenlarven! Beim Gedanken an das Gewusel von alabasterfarbenen Maden in totem Fleisch wurde ihm übel. Er schluckte hart und schob mit viel Mühe die alten Bilder weg, die sich in seinem Innersten einzunisten begannen, schlechtes Gewissen inklusive. Stattdessen dachte er an Valentina. Ob sie noch böse auf ihn war?

Sie war es nicht. Zwar hielt sie sich von Heino fern, als hätte er eine ansteckende Krankheit, dennoch gestaltete sich der restliche Tag harmonisch. Sogar im Tanzkurs lief es besser denn je. Valentina schwebte dahin, und Heisenberg hatte zum ersten Mal das Gefühl, dass der Tango und er schon noch miteinander warm werden würden. Das anschließende Abendessen im Himal war köstlich und ein voller Erfolg. Auf dem Heimweg kam es bereits im Auto zu Zärtlichkeiten, die von Valentina ausgingen und Heisenberg euphorisch stimmten. Leider hatte Heino, der die Heimkehrer stürmisch begrüßte, ein Häufchen gemacht, und zwar ausgerechnet auf Valentinas rote Ballerinas. Anscheinend hatte er auch ziemlich lang geheult, denn an der Wohnungstür klebte ein Zettel des jungen Sonderlings, der ein Stockwerk über ihnen wohnte. Der Inhalt war eine dreizeilige Beleidigung, die acht Rechtschreibfehler enthielt.

Heisenberg beeilte sich, das Schwinden von Valentinas guter Laune mit einem Glas Rotwein hinauszuzögern. In der Zwischenzeit entsorgte er das Häufchen, wusch die Ballerinas, duschte und putzte sich die Zähne.

Als er endlich das Schlafzimmer betrat, saß seine Liebste auf dem Bett und knöpfte sich gerade die Bluse auf. Sein Herz schlug höher. Aufgrund der üppigen Tatsachen war er abgelenkt, und so gelang es Heino, zwischen Heisenbergs Beinen hindurchzuschlüpfen. Ratzfatz hopste der Schlingel aufs Bett und auf Valentinas Schoß.

Sie stieß ihn weg und sprang auf. Schrie. Schimpfte. Kratzte sich am ganzen Körper. Und obwohl Heisenberg den Hund sofort in den Flur beförderte, ließ sie sich nicht beruhigen. »Warum hast du mich nicht gefragt? Du weißt doch, dass ich von Tierhaaren Ausschlag bekomme!«

Von einer Allergie hörte er zum ersten Mal. Er entschuldigte sich. Vergeblich. Sie packte ihre Kosmetiktasche und frische Wäsche in einen Handkoffer und bestellte sich ein Taxi. »Ich werde ein paar Tage zu Anna ziehen«, sagte sie. »Diesen Wahnsinn hier mache ich nicht mit.«

5

Die letzten Abendrotausläufer waren längst in den violetten Schlünden der Dämmerung verschwunden. Samtblau fiel die Nacht ein, als er durch den Weiler Obere Hochstraße zum Anderlhof pilgerte.

Wie stumme Wächter ragten die Häuser auf, die spärlich die Straße säumten, ihre dunklen Fenster starrten unheilvoll auf ihn herab. Nur im ersten Stock von Anderls Geburtshaus brannte Licht. Musik drang aus einem gekippten Fenster, irgendein Allerweltsgedudel aus dem Radio. Er sank auf die Knie, bekreuzigte sich; betete ein Vaterunser und ein »Gegrüßet seist du, Maria«. Nach dem Beten verharrte er regungslos. Das Radio spielte nicht mehr, es war vollkommen still, bis auf ein seltsames Fiepen, das von weit weg kam und regelmäßig wiederkehrte. *Eine Schaukel, die im Wind hin- und herschwingt? Der Warnruf eines zu Tode geängstigten Tieres? Oder eine Sinnestäuschung?*

Eine Föhnbö rollte heran, rannte gegen ihn an, als wollte sie ihn umwerfen. Das Fiepen nahm sie mit auf Nimmerwiederhören.

Er schlug den Waldweg nach Judenstein ein, den er jedes Jahr im Juli in umgekehrter Richtung ging, zusammen mit Hunderten von Heilsuchenden. Auch sonst ging er diesen Weg oft. So oft, dass seine Beine ihn sogar im Dunkeln fanden und er nur selten über Wurzeln stolperte.

Seine Zunge klebte am Gaumen. Seit er mit der Kommissarin gesprochen hatte, die gar keine Kommissarin war – gestern oder vorgestern, er hatte jegliches Zeitgefühl verloren –, hatte er nichts mehr gegessen und kaum getrunken. Nur das bisschen Wasser, um die Medikamente hinunterzuspülen. Die Tabletten, die sie ihm verordnet hatten und die er jeden Tag schluckte, aber heute hatten sie besonders widerlich geschmeckt.

Ein seltsames Unwohlsein ergriff ihn, es schnürte seine Kehle zu und trieb ihm kalten Schweiß auf die Stirn. Er hätte mehr trinken sollen! Bei der bloßen Vorstellung von fester Nahrung ekelte ihn, aber trinken musste er. Trinken und seine Gedanken sortieren. Seine Gedanken, die wirr waren, Haken schlugen, im Kreis liefen, ihn quälten, rund um die Uhr.

Wie hatte Pater Simon sich bei seinem letzten Besuch ausgedrückt? »Klares Wasser und ein aufrichtiges Gebet sind der Schlüssel zu …«

Wozu? Er konnte sich nicht erinnern. *Zur göttlichen Gnade? Zum ewigen Leben? Zur Vergebung der Sünden?*

Wenn er sich nur besser konzentrieren könnte! Er fragte sich, ob er es wagen sollte, die Medikamente abzusetzen. Ein paar Tage nur. Vielleicht würde dann der Nebel in seinem Hirn endlich zerreißen?

Vergebung muss es heißen! Vergebung der Sünden, ganz klar. Das war es ja, worum es immer ging in seinen Gesprächen mit dem Pater.

Aber wie? Er lachte auf, ein heiseres Bellen in der unheimlichen Stille. Wie um Himmels willen sollte Gott ihm vergeben, wenn nicht einmal er selbst es konnte?

Er tappte weiter, stieß gegen einen Stein. Dornen rissen an ihm. Raschelnde Blätter und tanzende Schemen narrten ihn. Plötzlich überfiel ihn eine Todesangst, für die es keinen vernünftigen Grund gab. Er bekam keine Luft, riss sein Hemd auf, röchelte. Das Gefühl, zu stürzen, von einem dunklen Abgrund verschlungen zu werden, in einem giftigen Sumpf zu versinken, einem Pfuhl aus Morast und Sünde, schlug über ihm zusammen. Er taumelte, stützte sich an einem Baumstamm ab, griff in etwas Klebriges. Harz, die Tränen eines Baumes. Tränen, die ihm versagt waren. Gierig sog er den intensiven Geruch ein. Danach atmete er leichter.

Der Wald lichtete sich. Als er sein Ziel, die ehemalige Wallfahrtskirche Judenstein, erreicht hatte, lehnte er sich schwer gegen die Holztür, die um diese Zeit eigentlich versperrt sein musste. Doch Herr Jesus, sie war es nicht! Ausgerechnet in dieser Nacht stand sie ihm offen. Ein Wunder? *Heilige Maria, Muttergottes!* Mit einem Ächzen gab die Tür nach. Beruhigende Kühle umfing ihn, der süßliche Geruch von welken Blumen stieg in seine Nase.

Er bekreuzigte sich. Wie in Trance wandelte er zum Altar. Fiel auf die Knie. Begann zu beten, wie der Pater es ihn gelehrt hatte:

»Oh seliger Andreas von Rinn,
Du Kind der Gnade,
Du Hoffnung für alle Notleidenden, ich bitte dich, erhöre mich.«

Seine Stimme klang rau. Fremd. Als müsste er seiner ausgedörrten Kehle jedes Wort mit Gewalt entreißen. Aber sie zitterte nicht und er fühlte tatsächlich so etwas wie Trost.

»Bei den Schmerzen, die du so tapfer erduldet hast,
Bei deinem Blut, das zu Unrecht vergossen wurde,
Bei dem grausamen Tod, den du erlitten hast,
Bitte für mich armen Sünder beim Herrn, unserem Gott.
Dass er mir Gnade erweise,
Dass er mir meine Schuld vergebe,
Dass …«

Er hielt inne, rieb seine Augen.

Meine Schuld? Ging es hier etwa um ihn und um sein Seelenheil? Nein, das war für immer verwirkt, auch wenn Pater Simon ihm etwas anderes einreden wollte.

Er räusperte sich. Er konzentrierte sich. So sehr, dass sich das Pochen in seinen Schläfen zu einem stechenden Kopfschmerz auswuchs, der seinen Schädel wie mit Eisenfäusten zusammenpresste. Doch er ließ sich nicht davon beirren und legte seine ganze Kraft in jedes einzelne Wort.

»Oh seliger Andreas von Rinn,
Bitte für den kleinen Tim, der ebenso unschuldig hingemetzelt wurde wie du,
Dass sein Leib bald in geweihte Erde gebettet werde,
Dass die Mutter Gottes ihn in ihren Armen wiege,
Dass der Herr, unser Gott, ihm die ewige Ruhe schenke und ihn in sein Reich aufnehme.«

Und er betete weiter, wie der Pater es ihn nicht gelehrt hatte:

»Oh Andreas, du wundertätiges Kind,
Bitte den Herrn, unseren Gott, dass er Tims Mörder bestrafe,
Dass der Hölle Teufel ihm die Haut in Streifen schneiden,
Dass die Höllenhunde ihm die Gedärme aus dem Leib fressen,

Dass die blutrünstige Schlange sich in seinen Kopf bohre und ihm die lasterhaften Gedanken aussauge,

Und dass seine Seele im Höllenfeuer schmore,

In Ewigkeit, Amen.«

Die Versuchung, auf dem kalten Steinboden liegen zu bleiben, war groß. Vielleicht würde er einschlafen und nie wieder aufwachen?

Aber er schlief nicht ein. Nach einigen Minuten oder erst nach Stunden – er hatte jegliches Zeitgefühl verloren – erhob er sich und verließ den heiligen Ort. Er stolperte aus der Kirche, wankte zum Brunnen vor. Zum Brunnen, den die Figur des unschuldigen Kindes Andreas zierte. Er beugte sich über den Trog, hielt seine hohlen Hände unter den Wasserstrahl und trank daraus; schüttete das eiskalte Wasser in sich hinein, bis seine Lippen, seine Zunge, der ganze Rachenraum taub waren vor Kälte und sein Magen sich aufbäumte vor Schmerz.

6

6. Mai

Mit vier Minuten Verspätung stürzte sie in den Besprechungsraum, die Lippen zu einer Entschuldigung gespitzt; bemerkte, dass Gschwandtner fehlte, und schluckte die Entschuldigung erfreut hinunter.

»Griaß di, Selma.« Weinreich lungerte mit lässig überschlagenen Beinen in seinem Stuhl, löste die Zellophanhülle von einer Packung Lucky Strike, nahm alle Zigaretten heraus und ließ sie wie Mikadostäbchen auf die Tischplatte fallen. »Hock di nieder und nimm dir auch a Stückl Prügeltortn. Von meiner Mari-Tant.«

Selmas Blick fiel auf die überdimensionale Kuchenplatte, auf der ein XXL-Baumkuchen thronte. Bartsch hatte sich bereits eine großzügige Portion davon abgebrochen. »Und wo bleibt der Kaffee?«

»Bin schon da!« Linda kam mit einem voll beladenen Tablett an, das sie demonstrativ auf Gschwandtners Platz abstellte. Sie verteilte die Tassen. Je einen Cappuccino für Wurz und Mitterhofer, einen Latte für Bartsch, einen doppelten Espresso für Weinreich, einen Macchiato für sich selbst. Nur Selma bekam eine Tasse Schwarztee.

»Danke, Linda. Sehr aufmerksam von dir. Aber was ist eigentlich los? Seid ihr verrückt? Gschwandtner wird toben!« Sie blickte in mümmelnde, schmatzende, rosige, lachende Gesichter. Wurz wirkte wacher als sonst, nur Mitterhofer sah aus, als wäre er auf der Hut.

»Wohl kaum. Der schleimt sich gerade ein.« Linda senkte die Stimme. »Ist gestern überstürzt nach Wien geflogen. Abendessen und wichtiges Gespräch mit der Innenministerin.« Ihr Augenaufschlag sprach Bände. »Für die heutige Besprechung hat er sich entschuldigt.«

Mitterhofer schüttete Zucker in den Cappuccino und rührte um. »Sollen wir langsam anfangen?« Sein Notizblock lag vor ihm, das erste Blatt vollgekritzelt mit den klimperkleinen Buchstaben seiner Kinderschrift.

Niemand fühlte sich angesprochen. Nach langem Schweigen – man hörte nur Schlürf-, Schluck- und Malmgeräusche – meinte Bartsch: »Also an diese Prügeltorte könnte ich mich gewöhnen. Vielleicht ein bisschen fad im Abgang.« Er schnippte ein paar Brösel von seinem Onepack. »Und ich glaube, ein nicht allzu trockener Rotwein würde besser dazu passen als Kaffee. Aber sonst einwandfrei.«

»Schmeckt wirklich fein!« Linda prostete mit ihrer Kaffeetasse in die Runde. »Bitte richte deiner Tante unbekannterweise schöne Grüße von mir aus, Sepp.«

»Schon recht«, brummte Weinreich, ohne vom Tisch aufzusehen und sich von seiner Partie Zigarettenmikado abbringen zu lassen. »Lasst's es euch schmecken!«

Amüsiert beobachtete Selma, wie Mitterhofer sich wand. Vermutlich weil die Besprechung drauf und dran war, zu einer geselligen Vormittagsjause zu verkommen, er sich aber nicht traute, dagegen einzuschreiten. Denn der Musterknabe in ihm wollte es zwar Gschwandtner um jeden Preis recht machen, aber der andere Mitterhofer, der Mark von früher, suchte noch immer die Akzeptanz seiner Kollegen und wollte sich nicht mit ihnen anlegen. Ein Dilemma, das dem langen Lulatsch Schweißtropfen auf die Stirn trieb. Selma fragte sich gespannt, welcher der beiden Mitterhofer den Kampf gewinnen würde.

Da krempelte Wurz die Ärmel hoch, räusperte sich und klatschte in die Hände. »So, Leute! Großartig, Sepp, dass du uns eine Prügeltorte spendiert hast. Aber Mark hat recht. Wir sollten langsam zur Sache kommen. Welche neuen Ermittlungsergebnisse haben wir? Sepp, magst du anfangen?«

Schau an. Toni ist aus seiner Lethargie erwacht. Selma nickte ihm erfreut zu.

Weinreich ließ erschrocken die Zigarette fallen, die er soeben vorsichtig mit zwei Fingern an den Enden angehoben hatte, ohne ihre darunterliegenden Schwestern ins Rollen zu bringen. »Ja mei …« Er hob sie wieder auf und steckte sie sich hinters Ohr. »Also, ich hab mit dem Geschäftsführer von Teplotan gsprochen.

Die ham sich auf die Herstellung gasbetriebener Heizpilze und Strahler für Gastrobetriebe spezialisiert und auch Geräte für Festln vermietet, normalerweise aber nur für Großveranstaltungen. In diesem Fall ham s' eine Ausnahme gmacht, wegen … na ja, nennen wir's Beziehungen.« Er räusperte sich. »Zuerst hat der Typ – so ein randloser Brillenfuzzi – behauptet, dass die Heizpilze die zuverlässigste Sach der Welt sind. Absolut problemlos. Wenn einer umkippt, dann gibt's da eine eigene Sicherheitsfunktion, ein sogenanntes Kippschutzventil. Das unterbricht die Gasversorgung sofort. Der Fuzzi hat sich deshalb auch überhaupt nicht erklären können, wie's zu einem Brand kommen konnte. Unmöglich, hat er gmeint. Da hab ich ein bissl gepokert und so getan, als wüsst ich eh schon alles. Und hab gsagt: ›Raus mit der Sprach!‹ Da hat er es dann zugebn.« Weinreich grinste. »Angeblich hat's bisher beim selben Heizpilzmodell wie unserm schon vier Reklamationen gebn wegen so einem kaputten Kippschutzventil. Eigentlich hätt Teplotan die Geräte umgehend ausm Handel nehmen müssn. Rückrufaktion und alles. Sehr aufwendig. Und weil bisher noch nie was passiert ist, ham sie lieber stillghalten.«

»Was war die Ursache für den Defekt?«, fragte Wurz.

»Ja mei, ein Fertigungsfehler halt.«

Bartsch nickte. »Das deckt sich haargenau mit den Ergebnissen der Kriminaltechnik, Sepp. Die haben auch einen Defekt am Kippschutzventil festgestellt. Und zwar keine Manipulation, sondern einen typischen Herstellungsfehler.«

Wurz stimmte zu. »Wir müssen also von einem technischen Gebrechen ausgehen. Und damit von einem Unfall.«

»Möglich, Toni.« Mitterhofer lächelte säuerlich. Zwar ging es jetzt endlich zur Sache, wie er es sich gewünscht hatte, aber dass Wurz wie in alten Zeiten das Kommando übernahm, schien ihm nicht zu passen.

»Wie schaut's denn mit deinen Erkenntnissen über den Andi Müller alias Ali Dudajew aus, Mark?«

»Tja, also das wird dem Chef auch nicht gefallen«, murmelte Mitterhofer. »Der Ali Dudajew ist mit den Bostoner Marathon-Attentätern Dschochar und Tamerlan Zarnajew doch nicht verwandt, wie wir zuerst vermutet haben. Der Mädchenname von Alis Oma mütterlicherseits lautet zwar gleich wie der Name einer Großtante der Zarnajew-Brüder, aber der ist in Tschetschenien so häufig wie bei uns Meier, Huber oder Hofer. Die beiden kommen aus verschiedenen Gegenden und haben keine gemeinsamen Vorfahren.«

»Hardigatti, da hast du ja gründlich recherchiert. Muss eine Wahnsinnsarbeit gewesen sein, den ganzen Stammbaum aufzurollen.«

Mitterhofer lief schweinchenrosa an. »Eine Kollegin von meiner Frau ist Tschetschenin. Die war sehr hilfsbereit.« Er blätterte um. Mehr Notizen und Buchstaben in Ameisengröße. »Noch was. Die Familie Dudajew hat ihren Namen nicht aus einer kriminellen Absicht heraus geändert, sondern aus Angst. Ein Verwandter von denen ist in Deutschland auf offener Straße niedergemetzelt worden, von zwei Schlächtern von Kadyrow.«

Bartsch veränderte seine Sitzposition und brachte seinen Stuhl zum Ächzen. »Das ist ja leider nichts Neues. Passiert bei uns auch immer wieder, ohne dass man was dagegen tun kann. Oder will.«

»Wie schaut's eigentlich mit der religiösen Ausrichtung von Ali Dudajew alias Andi Müller aus?«, fragte Wurz.

»Die Eltern waren gemäßigte Muslime, als sie hier ankamen, sind dann aber zum Katholizismus übergetreten. Nicht aus Überzeugung, hat der Vater zugegeben, sondern um den Kindern einen guten Start zu ermöglichen. Die ganze Familie setzt voll auf Integration. Und der Andi war da keine Ausnahme.«

»War er je in Pakistan, Afghanistan, Usbekistan oder …? Na, du weißt schon.«

»Der war fünf, als die Familie hergekommen ist. Hat seither nie mehr einen Fuß aus Tirol hinausgesetzt. Weder in eins der zentralasiatischen Länder mit dschihadistischen Terrorcamps noch sonst irgendwohin. Hat tiefsten Unterinntaler Dialekt gesprochen. War ziemlich ehrgeizig, ein guter Schüler. Der wollte was aus sich machen.«

»Das wird Gschwandtners Theorie hoffentlich den Todesstoß versetzen«, freute sich Selma.

Mitterhofer seufzte schwer. »Ja, ich denke, den Andi Müller als Attentäter können wir vergessen. Angeblich war er scharf auf die Tochter seines Chefs, die auch auf dem Schiff gekellnert hat. Wahrscheinlich ist er Rüdiger Rist nur hinterhergesprungen, um dem Mädel zu zeigen, was für ein Held in ihm steckt.«

»Die Begleiterin vom LH ist übrigens auch aus dem Schneider«, setzte Wurz fort. »Rist war ihr Stammkunde, den sie sich um jeden Preis erhalten wollte. Also absolut kein Mordmotiv. Und meine Recherchen über die übrigen Passagiere, das Schiffspersonal und die Cateringfirma haben genauso wenig ergeben.« Er knetete sein linkes Ohrläppchen. »Wie man es dreht und wendet, es wird auf einen Unfall hinauslaufen. Ein Unfall aufgrund eines defekten Heizpilzes, der in Verbindung mit übermäßigem Alkoholkonsum der Geburtstagsgäste zum Tod von zwei Menschen geführt hat.«

»Und was war mit dem Kapitän?«, fragte Selma. »Gschwandtner hat doch vermutet, dass er falsch reagiert hat.«

»Hat ein astreines Mann-über-Bord-Manöver durchgeführt. Aber es war eine stockdunkle Nacht. Und der besoffene LH und der k.-o.-geschlagene Hilfskellner sind so schnell untergegangen, dass sie nicht mehr zu sehen waren, als das Schiff die Stelle zum zweiten Mal passierte.«

»Nicht, dass ich an der Unfall-Theorie zweifle, Toni. Aber Gschwandtner wird bestimmt wissen wollen, ob es eventuell Parteifreunde gegeben hat, die mit dem LH im Clinch waren«, sagte Bartsch.

»Klar wollten ihm einige nichts Gutes. Aber etwas so Schwerwiegendes wie ein Mordmotiv habe ich beim besten Willen nicht gefunden. Was ist mit euch, Severin? Hat die Spusi was Neues?«

»Kein Stäubchen, das auf ein Attentat hindeutet. Nichts, rein gar nichts.« Bartsch stopfte das letzte Stück Prügeltorte in sich hinein, als wollte er ein wichtiges Beweisstück vernichten.

»Und wie schaut es mit deinen Recherchen aus, Selma?«

Sie verdrehte die Augen. »Ich habe nichts beizutragen. Ich werde ja nicht in eure hochheiligen Ermittlungen einbezogen. Weiß gar nicht, wieso ich noch an den Besprechungen der Soko Achensee teilnehmen soll.«

Weinreich zeigte mit einer Zigarette auf sie. »Schaut fast so aus, als wärst du unten durch beim Boss. Wieso eigentlich?«

Sie zuckte mit den Schultern. »Frag ihn doch. Mir hat er keinen vernünftigen Grund nennen können.«

»Hast vielleicht deine … Dings? Weißt schon, was ich mein. Weil Weiberleut in der Zeit ja unrein sind. Deshalb habt's ihr früher in der Kirche links sitzen müssen, gell?«

»Eşek oğlu eşek!«, knurrte Selma und musste sich gleichzeitig das Lachen verbeißen.

»Dankschön fürs Kompliment. Und was heißt das jetzt genau?«

»Sohn eines Esels! Und das ist viel zu harmlos für einen unverschämten Kerl wie dich.« Leider konnte sie nicht gut genug Türkisch, um mit deftigeren Schimpfwörtern zu brillieren. Als sie zwei Jahre alt gewesen war, hatte ihre Mutter versucht, sie zweisprachig zu erziehen. Doch der Vorsatz, mit ihrer Tochter ausschließlich Türkisch zu sprechen, blieb nicht lange bestehen, und so waren bei Selma nur ein paar simple Phrasen hängen geblieben, die nicht einmal für oberflächliches Geplapper mit ihren Cousinen ausreichten. Diese mangelhaften Sprachkenntnisse waren der Hauptgrund, warum Selma die Familienfeste ihrer kappadokischen Verwandtschaft mied – neben der Tatsache, dass sie die Verkupplungsversuche ihrer Tanten satthatte. Sie hätte ihnen die Situation gern erklärt, aber die türkische Vokabel für gleichgeschlechtliche Liebe kannte sie nicht, und ihre Tanten wollten sie vermutlich nicht kennen.

Weinreich wirkte etwas geknickt. »Du, das is fei hart, gell. Weil dann wär ich ja quasi selber auch ein Esel, und das …«

Wurz unterbrach ihn. »Der Tod des Landeshauptmanns ist ja nicht alles. Vielleicht magst du uns trotzdem über deine Ermittlungen auf dem Laufenden halten?« Er lächelte Selma an, und seine Bergbauernbacken leuchteten wieder, fast wie in alten Zeiten.

»Na gut. Während ihr euch mit tschetschenischen Stammbäumen, Heizpilzen und Kapitänen auseinandergesetzt habt, habe ich mich ganz allein mit dem organisierten Verbrechen herumgeschlagen. Und stellt euch vor, ich habe herausgefunden, dass sich Fahrraddiebstähle in Vollmondnächten eklatant häufen. Meine Theorie ist also, dass wir es mit einer Bande von Esoterikern zu tun haben. Wenn nicht gar mit verkappten Werwölfen.«

»Hardigatti, die Eso-Mafia!« Wurz schlug sich auf den Schenkel und lachte. Weinreich tat, als jaule er die Deckenlampe an, Bartsch versprühte Prügeltortenbrösel. Sogar Mitterhofer verzog den Mund. »Aber Spaß beiseite, mich hätte mehr das Kinderskelett interessiert. Der Fall Tim Kabiersch.« Wurz zwinkerte Selma zu. »Wie ich dich kenne, sitzt du jede freie Minute dran, seit Gschwandtner die Ermittlungen eingestellt hat, stimmt's?«

Sie hob erstaunt die Brauen. Dann gab sie klein bei und erzählte von ihrem Gespräch mit einem pensionierten Justizwachbeamten. »Der hat Morgenroth damals tot in der Dusche gefunden. Zuerst hat er genau dasselbe gesagt, was schon in den Akten steht: Selbstmord durch Erhängen mit Stoffstreifen, die Morgenroth sich aus seinen eigenen Kleidern gerissen haben soll.« Selma nahm einen Schluck Tee. »Er war aber kein guter Lügner. Nach längerem Bohren hat er zugegeben, dass es drei andere Häftlinge waren. Die haben Morgenroth schon vom ersten Tag an nachgestellt. Als er an diesem Abend duschen ging, lauerten sie ihm auf und schlugen ihn brutal zusammen. Sie haben auch sein Hemd zerrissen. Statt einzugreifen, hat unser Beamter weggeschaut und einen Rundgang gemacht. ›Dieses Schwein hat es doch nicht anders verdient‹, hat er zu mir gesagt. Zwanzig Minuten später, als er wieder die Duschräume betrat, war das Schwein tot.«

»Heftig.« Wurz schüttelte sich. »Aber klar. Dass Kinderschänder im Knast keine Freunde haben, wissen wir.«

»Wobei Morgenroth kein verurteilter Kinderschänder war, sondern bloß ein Verdächtiger. Er hat es immer bestritten. Sein Selbstmord wurde bisher als Schuldeingeständnis gesehen. Dabei war es Lynchjustiz! Schreit das nicht nach einer Wiederaufnahme?«

»Und sonst? Hast du sonst noch was?«

»Im Moment recherchiere ich in Sachen Verpackung der Leiche. Die schwarze Kunstlederhülle wurde eindeutig als Schutzdecke identifiziert, wie man sie für Konzertflügel verwendet. Und als Gewicht waren zwei Klavierbeine dazugepackt.«

»Klavierbeine?« Mitterhofers Blick schwenkte nach unten und blieb an seinen eigenen mageren Waden hängen.

»Na ja, das, worauf so ein Konzertflügel normalerweise steht: kompakt, schwer, aus schwarzem Holz, oben dicker, unten schmäler, und anstelle von Zehen laufen die Dinger in Messingrollen aus.« Selma band sich ihren Pferdeschwanz neu. »Jedenfalls bin ich dabei, alle Klavierhandlungen in Tirol abzuklappern.«

»Sauber«, sagte Weinreich zu seiner Zigarette, an der er genüsslich schnupperte, als hielte er ein Blümchen in der Hand. »Das wird dem Boss fei gar nicht taugn.« Dann blickte er in die Runde. »Apropos recherchieren: Wisst's ihr eigentlich, was das R bedeutet?«

»Was für ein R?«, fragte Selma.

»Das vorg'setzte. Dem Vorg'setzten vorg'setzt.«

Der Groschen fiel. »Peter R. Gschwandtner!«

Linda kicherte. »Richard vielleicht? Oder Reinhard?«

»Niemals nicht. Das muss fei schon was Stattlicheres sein. Mindestens Rüdiger, wie beim LH. Oder Reimfried vielleicht.«

»Reginald?«

»Nein, eher was Ausländisches, Klangvolles. Roberto zum Beispiel. Oder Riccardo.«

»Rasputin!«

Mitten in das schallende Gelächter polterte etwas gegen die Tür, eine in einen Lodenmantel gehüllte Gestalt platzte herein, musterte unter drohend zusammengezogenen Brauen die letzten Brösel auf dem Kuchenteller und donnerte: »Was läuft denn hier für eine Party?«

»Schad, dassma nicht g'wusst ham, dass Sie doch noch kommen, sonst hättma Ihnen was übrig lass'n«, ließ Weinreich fallen, trocken wie eh und je, aber weit weniger provokant als bei seiner letzten Konfrontation mit dem Chef.

Gschwandtner schäumte. Er holte eine zusammengerollte Zeitung aus seiner Manteltasche und knallte sie auf den Tisch. Die Zeitung – es war das Alpenjournal vom vorigen Abend – fiel auseinander und gab den Blick auf das Foto eines Kreuzes frei und die Überschrift: »Wer kennt diesen Anhänger? Kripo bittet Bevölkerung um Mithilfe im Fall Kabiersch«.

»Was haben Sie sich dabei gedacht?«

Selma spürte, wie das Blut aus ihren Wangen wich. Langsam

erhob sie sich. Mit einer routinierten Handbewegung schob sie die Brille auf die Nase, bemerkte, dass ihr kleiner Finger zitterte. Presste ihn zur Unterstützung an den Ringfinger. »Ich habe …« Sie hielt dem vernichtenden Blick Gschwandtners stand, ohne mit der Wimper zu zucken. »Ich habe es für eine gute Idee gehalten.«

Gschwandtner stand kurz vor der Explosion. Zischende Konsonanten, fliegende Spucketröpfchen. Was ihr eigentlich einfalle. Ohne mit ihm Rücksprache zu halten. Obwohl der Fall Kabiersch ein alter, abgeschlossener Mordfall sei. Obwohl er mit der Presseabteilung absolutes Stillschweigen vereinbart habe. Obwohl er ihr verboten habe weiterzuermitteln, weil es da nichts zu ermitteln gebe und weil sie Wichtigeres zu tun hätten.

Ihre Erklärungen, dass die neue Indizienlage für eine Wiederaufnahme des Falles spreche, halfen nicht. Der Hinweis, dass das Bronzekreuz, das man bei dem Skelett gefunden hatte, weder dem Jungen noch seinen Eltern gehört hatte und schon gar nicht dem als Atheisten bekannten Kasper Morgenroth, half nicht. »Entweder ist Morgenroth unschuldig, oder er hatte zumindest einen Helfershelfer, und dieses Kreuz kann uns zu dem zweiten Mann führen.« Selma trat von einem Fuß auf den anderen. »Vielleicht kennt es jemand, vielleicht erhalten wir einen entscheidenden Hinweis auf den Täter.«

»So ein Alleingang ist hochgradig unverantwortlich. Ein Vertrauensbruch und außerdem eine Idiotie!«

Sie ließ den Kopf hängen. Natürlich war es aberwitzig gewesen, eine Entscheidung, die sie aus dem Bauch getroffen hatte. Aber nach dem Gespräch mit Tims Eltern hatte sie das Gefühl gehabt, etwas tun zu müssen. »Wenn Sie die zitternden Hände von Tims Mutter gesehen hätten und die leeren Augen seines Vaters … Wir sind es ihnen schuldig, die Wahrheit ans Licht zu bringen.« Sie straffte ihren Rücken und starrte Gschwandtner erwartungsvoll an.

Mit einer abschätzigen Kopfbewegung hieß er sie, sich zu setzen. »Noch so eine Aktion, und ich muss Sie vorläufig suspendieren«, murmelte er mit eisiger Stimme und sah dabei durch sie hindurch. Selma bekam eine Gänsehaut. »Haben Sie mich verstanden?«

Sie nickte. Das Wort »suspendieren« war klar, unmissverständlich und mit zwei Spucketröpfchen über seine Lippen gekommen. Sie blickte sich um. Alle hatten die Augen niedergeschlagen und musterten betreten den Tisch, ihre Unterlagen oder die Prügeltortenbrösel. Niemand sagte etwas, niemand muckte auf. Weder Bartsch, der es sich aus Altersgründen am ehesten leisten konnte, noch der sonst so coole Sepp Weinreich.

Ja, sie hatte verstanden. Und wie sie verstanden hatte! Den restlichen Tag verbrachte sie mit dem ebenso drögen wie nutzlosen Abschlussbericht über ihre Erkenntnisse im Fall der Fahrraddiebstähle. Dazwischen trank sie sieben Tassen Schwarztee, ließ sich von Linda trösten und überlegte, wie sie sich in Zukunft Gschwandtner gegenüber verhalten sollte. Sollte sie kriechen wie Mitterhofer oder kuschen wie Wurz und jetzt auch Weinreich? Dann würde sie nie mehr gern in ihr Büro gehen und in wenigen Jahren als graue, verbitterte Maus enden. Oder sollte sie sich offen gegen ihn auflehnen? Er würde nicht zögern, seine Drohung wahr zu machen. Vermutlich wartete er nur darauf. Dann müsste sie ein Disziplinarverfahren über sich ergehen lassen, dessen Ausgang ungewiss war. Von einem Verweis über eine Geldstrafe bis zu einer Kürzung der Bezüge oder gar der Entfernung aus dem Dienst war alles denkbar. Wäre es da nicht karriere- und nervenschonender, gleich um ihre Versetzung anzusuchen?

Sie grübelte hin und her, kam aber zu keiner Lösung.

Zehn Minuten vor Dienstschluss druckte sie den Bericht aus, zwei Minuten vor Dienstschluss legte sie ihn wortlos auf Gschwandtners Schreibtisch. Eine Sekunde nach Dienstschluss – so früh wie noch nie – stand sie im Hof der Landespolizeidirektion und sog gierig die frische Luft ein. Der Föhn war zusammengebrochen, es regnete in dicken Tropfen, die sich mit eisigen Zähnen in ihre Wangen bissen.

Selma war das egal. Sie radelte so langsam nach Hause, als genösse sie es, bis auf die Haut nass zu werden. Vielleicht würde ihr die Kälte, die allmählich bis in beide kleinen Zehen kroch, helfen, die erlittene Schlappe besser zu verdauen? Doch obwohl sie schon nach ein paar Minuten mit den Zähnen klapperte, gelang es ihr nicht, Gschwandtners abschätzigen Blick, die fliegenden Spucketröpfchen und das süffisante Grinsen aus ihrem Hirn zu verbannen.

So verbohrt war sie in ihre unliebsamen Gedanken, dass sie die joggende Gestalt im dunklen Anorak nicht bemerkte, die die Kapuze tief ins Gesicht gezogen hatte und ihr den ganzen Weg bis nach Hause folgte wie ein Schatten. Leichtfüßig und ausdauernd, dass jeder Marathonläufer vor Neid erblasst wäre. Erst als Selma in die Philippine-Welser-Straße einbog, ließ der Schatten sich zurückfallen, blieb an der Straßenecke stehen und spähte durch die Blätter der Ligusterhecke, bis sie die Gartentür geöffnet, das Rad untergestellt, die Haustür aufgesperrt hatte und im Inneren verschwunden war.

7

Nackt und bloß lag das Skelett auf dem Stahltisch im hellen Licht des gerichtsmedizinischen Sektionssaals, das gnadenlos auf sein wächsernes Bäuchlein schien.

Kein gruftiges Grün verbarg den Ausdruck seines Grinsens, das kalte Neonweiß brachte jede Einzelheit zur Geltung. Ausgesprochen zufrieden wirkte das Grinsen jetzt, und das war ja auch nicht weiter verwunderlich. Seit der Wunschtraum des Skeletts in Erfüllung gegangen war, hatte es nicht nur Besuch von einigen Tauchern bekommen. Scharenweise waren Menschen zu ihm gepilgert. Polizisten, Kriminalbeamte, Schaulustige – sowohl Einheimische als auch Touristen –, eine griesgrämige Staatsanwältin und Dutzende Medizinstudenten waren an ihm vorüberdefiliert, hatten es bewundert, gemustert, sich vor ihm geekelt, über es getuschelt, es bedauert. Von zwei behandschuhten Gerichtsmedizinern, einem Mann und einer Frau, die hellgrüne Duschhauben auf ihren Köpfen trugen, war es angefasst, beklopft, beäugt, besprochen und geröntgt worden; an seinen Knochen hatten sie geraspelt, gefeilt, gesägt, an seinem Fettwachs gezupft.

Die siebzehnjährige Langeweile war wie weggeblasen, fast wurde es dem Skelett etwas zu viel.

In alter Gewohnheit flüchtete es sich in sein Kopfkino, nicht zum Zeitvertreib diesmal, sondern um in dem ganzen Trubel, der auf es einstürzte, an einer lieb gewonnenen Tradition festhalten zu können. Wieder einmal wählte es den Film vom Gründonnerstag 1996, spulte zu dem Moment vor, als der Fremde mit der Froschkrawatte Tim die Tür seines Porsches aufgehalten hatte. Er war losgefahren, langsam, so als transportiere er rohe Eier. Dabei wäre Tim gern einmal mit zweihundert Sachen durch die Gegend gebraust. Der Familienopel konnte das natürlich nicht. Und in der Stadt ging es nicht. Das war wohl der Grund, warum die Froschkrawatte auf die Autobahn auffuhr, obwohl das überhaupt nicht nötig gewesen wäre, um zum Vögelebichl zu gelangen. Tim hatte keine Angst, noch nicht, er ärgerte sich bloß, dass sein Chauffeur das Gaspedal auch auf der Autobahn nicht durchdrückte, sondern mit langweiligen hundertdreißig dahintuckerte, genau wie der Familienopel.

Bei Telfs-Ost fuhr die Froschkrawatte von der Autobahn ab. Tim wunderte sich. Bestimmt war das ein Missverständnis, vermutlich gab es in Telfs auch einen Vögelebichl. Aber als er nachfragte, lachte die Krawatte bloß, Frösche inklusive, und meinte, Tim würde doch sicher gern einmal sehen, was der Wagen so draufhabe. An einem Ort, an dem man nicht mit Polizei und einer saftigen Strafe rechnen müsse. Tim war begeistert. Womöglich besaß der Fremde in der Nähe eine eigene Rennbahn? Es war zwar schon ziemlich spät, aber wenn seine Eltern sich Sorgen machten, sollte es ihm nur recht sein. Vielleicht würden sie ihre Versprechen dann in Zukunft ernster nehmen.

Sie kamen in immer abgelegenere Gegenden, bogen schließlich in einen Forstweg ein, fuhren bergauf, rumpelten über Wurzeln und in Schlaglöcher. Von einer Rennbahn keine Spur, nur Bäume links und Bäume rechts, ein ganzer Wald. Als der Wagen mitten im Nirgendwo hielt, wurde Tim flau. Die kürzlich verspeisten Schokoriegel lagen ihm wie Zement im Magen, und eine Monsterwelle aus eiskalter Angst schlug über ihm zusammen. Er tastete nach dem Türgriff, riss daran.

Die Froschkrawatte lachte wieder. »Kindersicherung.«

»Lass mich raus!«, fiepte Tim jetzt, seine Stimme war hoch und dünn, wie beim Wolf, der Kreide geschluckt hatte.

»Zu spät«, sagte die Krawatte. »Hättest auf deine Eltern hören sollen. Oder haben sie dir wirklich nicht beigebracht, dass man niemals zu Fremden ins Auto steigt?«

Tim wollte schreien, aber außer heißer Luft kam nicht viel aus seiner Kehle.

Die Krawatte zerrte ihn aus dem Wagen, und ohne Vorwarnung fror das Bild ein, zerfiel Sekundenbruchteile später in schwarz-weiße Kästchen und ging in graues Flimmern über, wieder einmal kurz vor dem spannenden Ende.

Das Skelett verließ den imaginären Kinosaal in seinem eigenen Schädel und kehrte in die Wirklichkeit zurück. Keinen Augenblick zu früh, denn die beiden Duschhauben waren endlich fertig mit ihm. Die weibliche Haube führte soeben eine Frau in den Sektionssaal.

Hätte es gekonnt, das Skelett wäre beim Anblick des vertrauten Gesichts zusammengezuckt. Vertraut wie kein anderes, obwohl es so viel faltiger aussah als vor siebzehn Jahren; vertraut auch die Augen, obwohl sie so viel matter wirkten als damals, verwaschener, gerötet.

»Tim«, sagte die Frau, und ihre Hand krampfte sich um den Metalltisch, bis die Knöchel weiß hervorsprangen. Und noch einmal: »Tim«, bevor sie schluchzend zusammenbrach und von den beiden Gerichtsmedizinern gestützt und hinausgeführt werden musste.

Viel später kam ein Mann, der wie das Gespenst eines anderen, ebenso vertrauten Menschen aussah. Aber einiges stimmte nicht: Die Haare, früher hellbraun und füllig, waren in den vergangenen siebzehn Jahren vollkommen weiß geworden, der Rücken krumm, und die Hände zitterten, als hätte der Mann sie sich von einem Greis ausgeliehen.

Er schluchzte nicht, er sprach nicht, brach auch nicht zusammen. Gebückt schlurfte er heran, streckte seine Rechte aus, wie in Zeitlupe, legte sie an die Wangenknochen des Skeletts und blickte dabei tief in die leeren Augenhöhlen. Aber in den Augen des Mannes wohnte genauso wenig Leben wie in denen des Totenschädels, und seine Hand war kälter als die knöcherne.

Kaum war dieser letzte Besucher gegangen, traten die beiden Duschhauben wieder an den Metalltisch heran, um sich zu beraten.

»Was wird jetzt mit ihm?«

»Wäre ein schönes Stück für unsere Sammlung.«

»Die Mutter ist dafür. Für sie ist der Gedanke tröstlich, dass der Körper ihres Sohnes der Forschung und der Lehre dienen soll, nach seinem sinnlosen Tod.«

»Er würde auch gut zu unseren anderen Achenseeleichen passen.«

»Aber der Vater sperrt sich.«

»Meinst du, du kannst ihn knacken? Mit deinem berühmt-berüchtigten Charme?«

»Den nicht, Xaver, der ist bigott. Ein Knierutscher. Er besteht darauf, dass sein Sohn in geweihter Erde bestattet wird.«

»Er ist ein Wrack. Vermutlich schwer depressiv – bedauernswert. Dabei wird sein Sohn in geweihter Erde verwesen und höchstens ein paar Mikroben erfreuen. Bei uns wäre er dagegen bald eine Berühmtheit. Er würde Generationen von angehenden Medizinern begleiten. Eine sicherere Art der Ewigkeit als die katholische.«

»Mir musst du das nicht erklären.«

»Na komm, Sibyllchen, gib dir einen Ruck und versuch wenigstens, Herrn Kabiersch zu überzeugen.«

Die Duschhaube namens Sibylle zog einen Flunsch. »Also gut, ich tue mein Bestes. Aber du wirst sehen, Knierutscher sind Charme-immun.«

Im gnadenlos kalten Neonlicht des gerichtsmedizinischen Sektionssaals wirkte das Grinsen des Skeletts mit einem Mal verwandelt. Als würden sich unter der oberflächlichen Zufriedenheit eine Spur Unbehagen und ein Hauch Besorgnis breitmachen wie die Reste eines vor langer Zeit vernaschten Schokoriegels zwischen den Drähten einer Zahnspange.

Und das war ja auch nicht weiter verwunderlich. Wer siebzehn Jahre in einen kunstledernen Kokon gesperrt war, siebenundsiebzig Meter tief unter der Wasseroberfläche, sehnte sich bestimmt nicht danach, weitere Äonen in einer hölzernen Kiste zuzubringen, klaftertief unter der von Mikroorganismen aller Art bevölkerten Erde. Geweiht hin oder her.

8

7. Mai

Er starrte auf das angebissene Wurstbrot. Das Phantom seines Magens, der nach der Diagnose Magenkrebs vor drei Jahren vollständig entfernt worden war, zog sich krampfhaft zusammen und behauptete, dass ihm davon übel würde. Da warf Heisenberg die Brotscheibe samt Gurke in den Biomülleimer. Der Wurstbelag aber verschwand schneller in Heinos Schlund, als Heisenberg *Kruzifixsakrament* denken konnte.

Wie er sie vermisste! Vorgestern hatte er mit Engelszungen versucht, sie zur Rückkehr zu bewegen. Vergeblich. Sie beharrte darauf, ihn in einem Café zu treffen, ohne Hund. Als er die scharlachroten Pusteln auf ihren Unterarmen und sogar im Dekolleté erblickte, rollte eine Woge schlechten Gewissens über ihn hinweg. Er begriff, dass sie nicht zickte, sondern tatsächlich an einer schweren Allergie gegen Tierhaar litt, und entschuldigte sich tausendmal. Wenn er das geahnt hätte, wäre er niemals auf die Idee gekommen, Heino bei sich aufzunehmen! Jetzt war es zu spät. Frau Wohlfahrtstätter lag frisch operiert in der Klinik. Valentina bestärkte ihn darin, dass er den Hund behalten musste, solange es eben nötig war. Ihn hinterrücks ins Tierheim abzuschieben, kam nicht in Frage. Bis Heino in die Obhut seines Frauchens zurückkehrte, würde sie bei ihrer Freundin Anna wohnen, die über ein großzügiges Gästezimmer verfügte und sich über die Gesellschaft freute.

Und er, Heisenberg, musste nun eben ohne seinen Augenstern auskommen. Natürlich telefonierten sie täglich, und zum Glück gab es noch den Tanzkurs, zu dem er im garantiert hundehaarfreien Anzug erscheinen würde. Aber seine Wohnung kam ihm furchtbar leer vor, das Bett zu groß. Er schlief unruhig und ertappte sich immer wieder dabei, wie er in die Nacht lauschte und Valentinas Atemgeräusche vermisste. Tagsüber war er müde und lustlos, abends fiel ihm nichts Besseres ein, als in die Flimmerkiste zu starren.

Auch an diesem Abend. Brummelnd schlurfte er ins Wohnzimmer, knipste den Fernseher an und legte sich aufs Sofa. Leider bot das TV-Programm nicht einmal einen müden Krimi, sondern – neben Politdiskussionen und Nachrichtensendungen – bloß eine Liebesschnulze: Eine attraktive Dame mit einem breitkrempigen blauen Hut stand mitten im gepflegten Grün vor einer Leinwand und malte das schlossähnliche Herrenhaus im Hintergrund ab, als ein grau melierter Mann aus selbigem stürzte, zornentbrannt auf sie zustürmte und sie des Grundstücks verwies.

Heino hatte sich quer über Heisenbergs Beine gelegt und schnarchte, als müsse er das Mobiliar samt Fernsehschloss und breitkrempigem Hut in feine Scheibchen zersägen. Und Heisenberg, der schon ahnte, wie die Romanverfilmung von Rosamunde Pilcher ausgehen würde, fielen auch die Augen zu.

Er träumte von Valentina, die durch eine Sommerwiese tanzte und dabei ihren Hut – so breitkrempig, als habe die Pilcher das Drehbuch zu seinem Traum geschrieben – mit beiden Händen festhalten musste. So flog sie auf Heisenberg zu. Doch als er ihre sinnlichen Lippen küssen wollte, verwandelten sie sich in die schmalen von Selma Tappeiner, die sich vorwurfsvoll spitzten und ihn fragten, ob er es sich inzwischen anders überlegt hätte.

»Nein«, stammelte er. »Keine Zeit.«

Da mutierten die Lippen der Revierinspektorin zu beleidigten Strichen. Die Striche zischten einen Befehl. Ein graues Hundemonster raste heran und begann den armen Heino zu verfolgen. Kurz bevor es ihn erwischte, verwandelte es sich mitten im Sprung in das Skelett von Tim Kabiersch. Es schloss die knochigen Finger um Heinos Hals und … erwürgte ihn.

Mit einem Schrei fuhr Heisenberg hoch.

Heino schnarchte friedlich und vollkommen unversehrt auf seinen Füßen, die unter dem Gewicht gefühllos geworden waren.

Die Dame auf dem Bildschirm, die inzwischen ihren blauen Hut durch einen ebenso breitkrempigen weißen ersetzt hatte, aber immer noch (oder schon wieder?) auf dem golfplatzkompatiblen Rasen stand, küsste soeben den Graumelierten, mit dem sie anfangs gestritten hatte. Dann stiegen beide in ein schneeweißes Cabrio und fuhren in den Sonnenuntergangsabspann.

Immerhin lenkt sie den Wagen selbst, dachte Heisenberg. Die Emanzipation hielt also auch in Liebesromanzen Einkehr. Er schaltete den Fernseher aus, zog seine eingeschlafenen Füße unter Heino hervor und stand auf. Grübelnd wanderte er im Flur auf und ab und hing den Traumbildern nach. Zu gern hätte er das pausbäckige Gesicht von Tim Kabiersch, das er noch vom Fahndungsfoto in Erinnerung hatte, aus seinem Kopf verbannt. Aber der blonde Junge mit der Topffrisur ließ sich nicht vertreiben. Todernst blickte er Heisenberg an. Und als dieser mehrmals mit der flachen Hand gegen seine Stirn schlug, rückte das Antlitz von Kasper Morgenroth an die Stelle des Jungen. Heisenberg erinnerte sich, wie der Journalist ihm bei der mehrstündigen Befragung gegenübergesessen hatte. Der hochgewachsene, drahtige Mann mit dem harten Gesichtsausdruck hatte vollkommen abgebrüht gewirkt und stur behauptet, Tim sei nie in sein Auto gestiegen, obwohl die Fingerabdrücke, die die Spusi in seinem Wagen gefunden hatte, dagegen sprachen. Sowohl als Journalist als auch als Sportkletterer genoss Morgenroth einen hervorragenden Ruf, doch um seine menschlichen Qualitäten stand es nicht zum Besten. Bei der Kollegenschaft war er unbeliebt, er galt als nicht kompromissbereit, arrogant und oberschlau. Und so gab er sich auch im Gespräch. Keine Eigenschaften, die ihn Heisenberg sympathisch gemacht hätten, aber natürlich durften derartige Gefühle keine Rolle in der Ermittlung spielen.

Hatten sie eine gespielt? War er voreingenommen gewesen?

Er kramte das Alpenjournal vom letzten Wochenende aus dem Altpapier und sah es sich noch einmal durch. Selma Tappeiner war tatsächlich aufs Ganze gegangen. Nicht nur das Bronzekreuz war abgebildet, das man um Tims Hals gefunden hatte, sondern auch ein Foto der resoluten Revierinspektorin, auf dem sie lebhaft gestikulierte, so als lade sie die Leser ganz persönlich ein mitzuhelfen. Heisenberg schüttelte den Kopf. Gewiss hatte sie das im Alleingang arrangiert, hinter dem Rücken ihres Chefs. Der hatte getobt, das war so sicher wie das Amen im Gebet. Womöglich würde er ihr ernsthafte Schwierigkeiten machen. Heisenberg versuchte, sich in Gschwandtner hineinzuversetzen, und musste zugeben, dass auch er wütend gewesen wäre. Was sollte so ein medialer Aufruf schon bringen? Hunderte von unbrauchbaren Anrufen irgendwelcher Wichtigtuer und damit eine Unmenge Arbeit für die arme Linda!

Selma war mutig und impulsiv, offensichtlich zu impulsiv, um überlegt zu agieren. Sie war ja auch noch jung. In der Mordsache Kabiersch hatte sie jedenfalls recht. Angesichts der neuen Indizien war es unumgänglich, den Fall nochmals aufzurollen. Das musste Gschwandtner eigentlich einsehen, auch wenn er noch so sehr unter Druck stand.

Und wenn er es nicht einsieht? Wenn sich niemand darum kümmert? Dann würde Tims Mörder – falls Morgenroth tatsächlich unschuldig war – weiterhin frei herumrennen und vielleicht früher oder später erneut zuschlagen. Und das Etikett »Kinderschänder«, das er, Heisenberg, dem Journalisten verpasst hatte, würde sich nie mehr von Morgenroth lösen.

Konnte er damit leben? Er, der für die schlampige Ermittlungsarbeit vor siebzehn Jahren verantwortlich war? War er nicht geradezu verpflichtet, Selma zu unterstützen?

Stöhnend presste er seine Handflächen gegen die Schläfen. Verpflichtet oder nicht, als Pensionist konnte er gar nichts ausrichten.

Mit Schaudern erinnerte er sich an das Fiasko im letzten Jahr. Er hatte seine Nase in die Angelegenheiten der Kripo gesteckt, hatte sogar Beweismittel verschwinden lassen und war nur um ein Haar der Entdeckung entgangen. Zum Schluss hatte er sich leichtsinnig in Lebensgefahr begeben, und Valentina wäre beinahe gestorben. Reines Glück, dass doch noch alles gut ausgegangen war. Damals hatte er sich geschworen, nie wieder zu ermitteln.

»Andererseits hätte ich Valentina nicht kennengelernt, wenn ich mich letztes Jahr nicht eingemischt hätte«, sagte er laut zu ihrem Sonnenhut, der auf der Ablage im Flur allmählich Staub ansetzte. »Und wenn die Kripo untätig bleibt, ist es ja auch kein Einmischen.«

Als er genug gegrübelt hatte und doch zu keinem Ergebnis gekommen war, ging er ins Schlafzimmer, öffnete den Kleiderschrank und wühlte sich durch einen Stapel Hemden. Er fischte das Bild seiner verstorbenen Frau heraus, das er von seinem ehemaligen Platz am Nachttisch ins Dunkel des Schranks verlagert hatte, um Valentina nicht zu kränken. Liebevoll betrachtete er die Schwarz-Weiß-Fotografie, die eine strahlend junge Thea in Venedig zeigte, aufgenommen auf ihrer Hochzeitsreise, 1971. Wie immer trieb ihm der Anblick des vertrauten Gesichts Tränen in die Augen. Tränen der Sentimentalität und Gefühlsduselei, die er früher verachtet hatte. Jetzt ließ er sie zu.

Als er sich wieder einigermaßen unter Kontrolle hatte, putzte er sich die Nase und erzählte Thea die ganze Geschichte. Von der aufgetauchten Kinderleiche und Selma Tappeiners Bitte.

»Was soll ich tun? Wie kann ich verhindern, dass die junge Revierinspektorin mich für einen verantwortungslosen Ermittler hält, dem alles egal ist? Der seelenruhig seine Pension genießt, obwohl er womöglich einen Unschuldigen ins Gefängnis gebracht hat!«

Theas helle Augen blickten verständnisvoll. Je länger er das Bild betrachtete, umso wärmer erschien ihm ihr Lächeln. Er meinte sogar, den Honigduft ihres Haars zu riechen, und atmete ein paarmal tief ein. Da erfasste ihn ein Gefühl der Sicherheit, und eine profunde Ruhe machte sich in ihm breit.

Und plötzlich vernahm er Theas Stimme in seinem Kopf. Fehler zu machen sei menschlich, sagte sie. Absolut verzeihlich. Aber sie zu erkennen und nicht zu korrigieren, aus reiner Bequemlichkeit und vielleicht auch aus einer gewissen Feigheit heraus, das sei unverzeihlich, und es passe überhaupt nicht zu dem jungen, forschen Wiener Kripobeamten, den sie einmal geheiratet habe.

Wurde er langsam verrückt? Er glaubte, ihre Worte, den Tonfall ihrer Stimme so deutlich zu hören, als stünde sie leibhaftig neben ihm. »Du meinst also, ich soll wieder ermitteln?«

Er rieb sich die Augen. Hatte sie wirklich genickt? Oder war er ein seniler Trottel, der mit seinen Wahnvorstellungen bereits in die Klapsmühle gehörte?

Von wegen! Ich bin alt, aber nicht senil. Klar bildete er sich Theas Stimme nur ein. Was machte das schon, solange es ihm half, eine Entscheidung zu treffen?

Er wusste jetzt, er musste aktiv werden; musste versuchen, die alten Schlampereien auszumerzen. Sonst würde er für den Rest seines Lebens ein schlechtes Gewissen haben.

Dankbar hauchte er einen Kuss auf Theas Wange, streichelte über den Bilderrahmen und verstaute ihn zwischen zwei weißen Feinrippunterhosen mit Eingriff.

Dann suchte er sich Selma Tappeiners Privatnummer aus dem Telefonbuch und rief sie an.

Selma hielt sich an ihrem dritten Wodka-Bull-Glas fest, um nicht in den graublauen Augen der Rothaarigen zu versinken, die sich dicht neben sie gestellt hatte, weil kein Barhocker mehr frei war. Genau in dem Moment, als sie das Glas an die Lippen setzte, um einen kleinen Schluck zu nehmen, vibrierte das Handy in ihrer Hosentasche. Sie zuckte zusammen, der Schluck fiel größer aus als geplant, zu groß, sie kriegte ihn in den falschen Hals, hustete, verschüttete den halben Drink und stellte schnell das Glas ab.

»Nervös?« Die Rothaarige lächelte. Ihre wundervoll geschwungenen Lippen gaben den Blick auf eine perlweiße Zahnreihe frei. Mit ihrer sehnigen Hand klopfte sie Selma ein paarmal auf den Rücken, bis der Hustenanfall verebbte. »Ich heiße übrigens Renate.«

»S… Selma«, stammelte Selma und wollte wie üblich ihre Brille auf die Nase schieben, obwohl sie an diesem Abend Kontaktlinsen eingesetzt hatte, der besseren Wirkung ihres Augen-Make-ups wegen. Das Handy vibrierte weiter in ihrer Hosentasche, aber erstens hätte sie sich verrenken müssen, um es herauszuziehen, und zweitens konnte sie sich ohnehin nicht bewegen. Sie war wie gelähmt.

Was ist nur mit mir los? Sie war doch ins Domcafé gekommen, um zu flirten. Um nach einer wochenlangen Askesephase endlich wieder einmal eine heiße Braut abzuschleppen. Und jetzt, kurz bevor es ernst wurde und ihr das Glück in Form der heißesten aller Bräute hold zu sein schien, schwächelte sie.

Renate, die offensichtlich ihre Unsicherheit spürte, entschuldigte sich. »Ich muss mal. Aber ich komme wieder. Hältst du mir den Platz frei?«

Selma versprach es. Was für ein verrückter Tag, dachte sie.

Sie war mit dem linken Fuß aufgestanden und hatte ihren Frühstückstoast verbrannt. Gschwandtner hatte sie einfach ignoriert. Ihren Bericht über die Fahrraddiebstähle hatte er angeblich noch nicht gelesen. Vielleicht wollte er sie auch nur hinhalten. Däumchendrehend und teetrinkend saß sie herum, während alle anderen sich im Fall des Landeshauptmanns zu Tode ermittelten. Um nicht vor Langeweile Ausschlag zu bekommen, telefonierte sie schließlich alle Tiroler Klavierhandlungen ab. Sie erhoffte sich neue Erkenntnisse in der Causa Kabiersch, vor allem in Bezug auf die Verpackung der Leiche. Zu ihrer großen Enttäuschung kam sie keinen Millimeter weiter. Niemandem waren vor siebzehn Jahren zwei Klavierbeine abhandengekommen oder eine Transportdecke für Konzertflügel. Zumindest erinnerte sich niemand daran.

Nach Dienstschluss radelte sie frustriert nach Hause. Während sie Caruso fütterte, überlegte sie, wie sie diesen verkorksten Tag ausklingen lassen sollte. Mit einem Thriller in der Badewanne? Egal, wie spannend die Geschichte wäre, spätestens nach drei Seiten würde sie einschlafen und irgendwann fröstelnd mit einem doppelt so dicken Buch wieder erwachen. Die Alternative wäre, den Abend auf dem Sofa und vor dem Fernseher zu verbringen. Sich ein, zwei Gläser Wein zur kitschigen Liebesgeschichte im Zweier reinzuziehen. Aber bei ein, zwei Gläsern würde es nicht bleiben, und am nächsten Tag hätte sie Kopfschmerzen, einen schlechten Geschmack im Mund und dieses doofe Gefühl der Einsamkeit, das allein vor dem Fernseher vergeudete Abende mit sich brachten.

Also entschied sie sich dafür, sich ins Getümmel zu stürzen. Gedrängel in einem Szenelokal war genau das, was sie nach diesem unbefriedigenden Arbeitstag brauchte. Neue Gesichter, unbekannte Gesichter, Gesichter, die sie am nächsten Tag wieder vergessen konnte. Sie beschloss, ins Domcafé zu gehen und auf Teufel komm raus zu flirten. Sie wollte endlich wieder mal Sex haben, eine Nacht lang Liebe machen mit einer Frau, die sie danach nie wieder treffen würde. Und für den Fall, dass es mit dem Flirten und dem One-Night-Stand nicht klappen sollte, nahm sie sich vor, zumindest einen mordsmäßigen Kater mit nach Hause zu bringen. Zwar hätte sie dann anderntags erst recht Kopfschmerzen und einen schlechten Geschmack im Mund, aber das wäre es wert.

Entschlossen zwängte sie sich also in die Lederhose, die ihr schon seit Jahren um eine Nummer zu klein war, schlüpfte in ihr lila Glitzertop und trug Ausgeh-Bemalung auf: viel Puder, ein bisschen Rouge, Lipgloss, Kajal, violette Wimperntusche und smaragdgrünen Lidschatten. Grün wie die Hoffnung. Die Hoffnung, dass dieser miese Tag doch noch ein versöhnliches Ende finden würde.

Als sie das Haus verließ, summte sie »If I Were a Boy« von Beyoncé und bemerkte, dass ihre Stimme zitterte. Aus unerfindlichen Gründen war sie nervös wie vor ihrem ersten Date! So nervös, dass sie sich sogar einbildete, jemand lauere ihr auf. Sie blickte sich immer wieder um, spähte in dunkle Hauseinfahrten, wechselte ein paarmal abrupt die Straßenseite. Natürlich hatte sie sich getäuscht, hatte über sich selbst den Kopf geschüttelt und war wohlbehalten, wenn auch ein wenig verschwitzt im Domcafé angelangt.

Auch jetzt, als Renate wiederkam und ihr schon von Weitem zulächelte, musste Selma über sich selbst den Kopf schütteln. *Genau das hast du doch gewollt! Warum würdest du dann am liebsten einen Rückzieher machen?*

»Ich beobachte dich schon eine ganze Weile.« Renate nippte an ihrem Tequila, ohne Selma aus den Augen zu lassen. »So wie du die Leute hier scannst, würde ich sagen, du bist auf der Suche. Und wild entschlossen, jemanden abzuschleppen.«

Hitze schoss in Selmas Gesicht, bis über beide Ohren.

»Das muss dir nicht peinlich sein. Vielleicht haben wir ja denselben Plan?« Renate setzte das Glas ab und zwinkerte.

Selma kippte den Rest ihres Drinks hinunter, diesmal ohne Panne. So direkt hatte sich noch keine an sie herangemacht. Vor allem keine, die so umwerfend attraktiv war. Die so reif wirkte und so überlegen, obwohl sie in Selmas Alter sein musste. Sie wandte sich an den Barkeeper und bestellte noch einmal dasselbe.

Renate hob die Brauen. »Aber vielleicht täusche ich mich auch, und du willst dir bloß die Kante geben.«

Selma nippte an ihrem vierten Drink. Endlich reichte der Alkoholgehalt in ihrem Blut aus, um ihr den nötigen Mut zu verleihen. »Nein, du hast völlig recht. Bist eine gute Beobachterin.«

Renate prostete ihr zu. »Ich hab auch sonst einiges zu bieten.«

»Das glaube ich dir aufs Wort.«

»Aber ich bin anscheinend nicht dein Typ. Oder wo ist das Problem?«

Selma leckte sich die Lippen und betrachtete Renates hübsche Nase. Die geradeste Nase mit den schmalsten Nasenflügeln, die sie je gesehen hatte. Edel und ungepierct. »Du bist sogar genau mein Typ. Vielleicht ist das das Problem? Jedenfalls habe ich gerade umdisponiert. Von Abschleppen auf Zuschütten.«

»Schade.« Renates Hand kroch seitlich über den Tresen. Ihr Zeigefinger berührte Selmas nackten Arm und strich vorsichtig darüber. Als wäre die Fingerkuppe eine Feder. Selmas Härchen stellten sich auf, sie bekam eine Gänsehaut. Wie auf Knopfdruck wurden ihre Brustwarzen hart wie Kirschkerne und bildeten kleine Stiele aus, als wollten sie durch den dünnen Stoff des Tops wachsen.

»Gibt's eine Chance, dich umzustimmen?«

»Ich suche keine Beziehung, sondern einen One-Night-Stand.«

Renate lachte auf. Ein warmes, kehliges Lachen. »Soll mir auch recht sein. Ich könnte mir zwar durchaus mehr vorstellen, aber ich klammere nicht.« Ihre Fingerkuppe übte sanften Druck auf Selmas Arm aus.

Die Temperatur der Haut an dieser Stelle veränderte sich so schnell, dass Selma nicht sagen konnte, ob sie Hitze spürte oder Kälte. Ihre Brustwarzen pochten schmerzhaft. Sie löste ihren Blick von dem Wodkaglas vor ihr und sah Renate an. »Womöglich würde ich mich in dich verlieben.«

Renate lächelte und schwieg. Ihre Fingerkuppen krochen weiter armaufwärts.

»Aber es ist einfach der falsche Zeitpunkt für Gefühle.« Selma zupfte an ihrem Top, um es zu lockern. Doch ihre aufgerichteten Nippel sprachen eine eindeutige Sprache. »Ganz falscher Zeitpunkt«, murmelte sie und versank im aufgewühlten Ozean der graublauen Augen.

Verdammt! Aufgewühlt? Ozean? Sie hatte doch sonst keinen Hang zum Kitsch! Träumte sie und hatte sich dabei versehentlich mitten in den Rosamunde-Pilcher-Schmachtfetzen gebeamt? *Wo ist hier der Ausschaltknopf?*

Renate rückte noch näher. »Interessant. Sind Gefühle für dich also eine Frage des Timings? Oder hast du Angst, die Kontrolle zu verlieren?«

Bevor Selma etwas erwidern konnte, legten sich Renates Lippen auf ihre. Und fühlten sich so vertraut an, dass all ihre Bedenken schneller dahinschmolzen als der Eiswürfel, den sie aus ihrem Drink gefischt und in den Aschenbecher gelegt hatte. Spätestens als sie Renates Zunge und die Hitze in ihrem eigenen Unterleib spürte, vergaß sie das Wort »Ausschaltknopf«, nein, sie verbannte es aus ihrem Wortschatz. Sie wollte diese Frau. Jetzt. Mit Haut und Haaren.

Ein dreifacher, schneidender Piepton, der eine eingehende SMS ankündigte, beförderte sie in die Realität zurück. Sie löste sich von Renates Lippen. Obwohl der Kronleuchter über der Bar hin und her zu schwingen begann, wie es sich für ein mittleres Erdbeben oder einen Schwindelanfall oder beides zugleich gehörte, gelang es ihr, die Drinks zu bezahlen.

Kurz darauf saßen sie eng umschlungen im Taxi und erforschten einander mündlich, während der Taxifahrer Selmas Haus in der Philippine-Welser-Straße ansteuerte. Renates Zunge schmeckte nach Nuss, Tequila und einem Versprechen von Zügellosigkeit. Sie war nicht besonders lang, aber kräftig, beweglich und an der Spitze ein wenig rau.

Für einige Augenblicke blitzte Gschwandtners aufgeblasene Visage vor Selmas innerem Auge auf. Wie er grinste, während er sich unter dem Tisch die Hände an der Lodenhose abwischte; wie er seine schlechten Zähne entblößte, um »Meine Herren!« zu zischen. Doch in Vorahnung der Lust, die Renates Zunge in ihr entfachen und die ganze restliche Nacht am Lodern halten würde, platzte das Bild wie ein angestochener Luftballon und stob fauchend aus Selmas Gedankenwelt.

9

Auf dem Nachhauseweg bemerkte Bruno, dass er ein Bier zu viel getrunken hatte, obwohl er entschlossen gewesen war, nüchtern zu bleiben. Doch sein Kollege Frank hatte ihn eingeladen, und er wollte ihn nicht vor den Kopf stoßen. Frank war okay, irgendwie. Ein bisschen engstirnig vielleicht, ein bisschen bieder, aber wer war er, dass er Ansprüche stellen durfte? Neue Freunde zu finden fand er schwer genug. Vor allem, wenn man sie zuerst auf Herz und Nieren prüfen musste, bevor man sich mit ihnen einließ. Frank hatte die Prüfung jedenfalls bestanden, er hatte garantiert nichts mit den Brüdern und ihrer Gesinnung zu tun. Frank vertrat überhaupt keine Gesinnung, außer die, seine Arbeit möglichst passabel herunterzubiegen, die Wochenenden mit seiner Frau zu verbringen, ab und zu mit den Enkeln, und sich abends ein, zwei Bier einzupfeifen. Und das einzige Ziel, das Frank verfolgte, war, die letzten Jahre bis zur Rente möglichst gut herumzubringen.

»Unsere Arbeit ist mühsam und schmutzig, aber wir hätten es weiß Gott schlechter erwischen können«, hatte Frank gesagt. Bruno musste ihm recht geben. Es war weniger eintönig als Fabrikarbeit und weniger hart als die Buckelei auf Baustellen. Nur der Geruch, der hatte es in sich. Bei den Wildsauen und den monströsen Auerochsen rechnete man ja damit. Aber dass kleine Biester wie Marder oder Wildkatzen derartig stinken konnten, hatte ihn am ersten Tag fast aus den Latschen kippen lassen. Obwohl er jetzt schon fast vier Monate im Alpenzoo arbeitete, musste er immer noch einen Brechreiz unterdrücken, wenn er auf nüchternen Magen Marderköttel einsammelte.

Er bog in den Mitterweg ein und umrundete eine Straßenlaterne. Stolperte, schüttelte den Kopf über sich selbst, musste lachen. Früher war er nie nüchtern ins Bett gegangen und hätte weit mehr gebraucht als vier Bier, um einen sitzen zu haben. Vielleicht waren seine wilden Jahre endgültig vorbei? Jedenfalls war er froh, dass er nicht weit gehen musste.

Eine der Mitterweg-Nutten quatschte ihn an. Mit dem Finger wedelte er ein Nein. Nicht dass er es nicht nötig gehabt hätte. Aber für ein halbes Kind, das nichts zu bieten hatte außer Knochen, Ärger und ein paar unschönen Krankheiten, wollte er sein hart verdientes Geld nicht ausgeben. Außerdem waren Mitleid und vier Bier keine gute Voraussetzung für die Standhaftigkeit seines Zauberstabs.

Als er am Fit & Fesch vorbeiging, strömten gerade einige junge Männer heraus, die sich laut unterhielten.

Er zuckte zusammen. War das Einar? Erschrocken zog er sich die Kapuze ins Gesicht und wechselte schnell auf die andere, spärlicher beleuchtete Straßenseite. Sein Herz pumpte wie verrückt. Ein verstohlener Blick zurück zeigte ihm, dass die Typen immer noch vor dem Fitnesscenter herumstanden. Einar oder der, den er für Einar hielt, drehte ihm den Rücken zu. Niemand hatte ihn erkannt. Trotzdem beschloss er, in Zukunft vorsichtiger zu sein. Um das Fit & Fesch würde er einen großen Bogen machen und ab sofort nur noch mit der Vespa fahren, denn unter seinem Helm war er sicher vor Entdeckung. Einar wollte er nicht über den Weg laufen und den anderen Brüdern auch nicht.

Bisher hatten sie ihn in Ruhe gelassen, obwohl er seit seiner Entlassung zu keiner einzigen Versammlung gegangen war. Vielleicht dachten sie, er wäre noch im Knast? Vielleicht hatten sie ihn einfach vergessen? Er lachte bitter auf. Tief in seinem Inneren wusste er, dass er sich etwas vormachte. Die Brüder vergaßen nicht.

Als er nach Hause kam und die Wohnungstür aufsperren wollte, entdeckte er am Fußabstreifer einen Handzettel. Er bückte sich, erkannte den charakteristischen Hammer. Unterdrückte einen Schrei. Sie waren hier gewesen! Sie wussten, wo er wohnte. Von wegen vergessen! Er beeilte sich, in die Wohnung zu kommen, sperrte zu, verbarrikadierte die Tür mit dem Garderobenschrank.

Gegen den Schrank gelehnt, sah er sich den Zettel an. »Komm!«, stand unter dem Logo der Brüder. »Wir haben dich vermisst! SZSO – ThBaaBTh! 88!«

Er bekam keine Luft, musste sich an der Wand abstützen.

Schloss die Augen, wartete, bis sich die Dielenlampe nach einer gefühlten Ewigkeit nicht mehr im Kreis drehte.

Dann sickerte die Bedeutung der Botschaft zu ihm durch. Das »Komm« war ein Befehl. Es hieß: Entweder du kommst, oder du wirst bald gar nirgends mehr hingehen. »Wir haben dich vermisst« bedeutete so viel wie: Wir haben dich längst erwartet, haben registriert, dass du uns meidest. Jetzt sind wir enttäuscht. Du wirst uns doch nicht untreu werden? Denk daran, was mit Gunnar passiert ist! »SZSO« hieß selbe Zeit, selber Ort. Sie trafen sich also noch immer in Jörgs Keller, mittwochs, um zweiundzwanzig Uhr. Der Rest waren die üblichen Parolen: »Thors Brüder allzeit, allzeit Brüder Thors! Heil Hitler!« Gezeichnet war das Ganze mit einem verschnörkelten W für Wotan, den Gruppenführer. Wotan wusste alles, Wotan fand alles heraus, an Wotan kam niemand vorbei.

Bruno schwitzte, er wischte sich mit dem Ärmel über die Stirn und machte den Fernseher an. Er musste nachdenken, und das konnte er nicht, solange es still war, so still, dass das Blut in seinen Ohren rauschte wie Wildwasser. Am besten klappte das Denken bei ihm, wenn im Hintergrund jemand redete. Er suchte sich eine Nachrichtensendung, drehte den Ton leise. Die Sprecherin hatte eine tiefe Stimme mit Tranquilizerqualitäten. Sie sprach über Barack Obama und seine Gesundheitsreform.

Sollte er zum nächsten Meeting gehen und sich Wotan anvertrauen? Ihm offen sagen, dass er aufhören wolle, weil er von einem neuen Leben träume? Er suchte nichts Besonderes, bloß ein schlichtes kleines Leben ohne den ganzen kriminellen Mist. Die drei Jahre im Knast waren nicht spurlos an ihm vorübergegangen. Von Gitterstäben hatte er genug. Von der braunen Ideologie genauso, seit Leonie ihm deshalb weggelaufen war. Damals verstand er sie nicht, aber in seiner Zelle hatte er genug Zeit gehabt, darüber nachzudenken. Die Brüder sollten ihn einfach nur in Ruhe lassen, und er, er würde sie vergessen. Er würde natürlich beteuern, dass ihre Geheimnisse bei ihm gut aufgehoben seien, dass er niemandem Schwierigkeiten machen würde. Nicht wie Gunnar. Um Himmels willen nicht wie Gunnar!

Oder sollte er ihnen weiterhin aus dem Weg gehen und ihre

Botschaft ignorieren? Dann müsste er sich eine neue Wohnung suchen, einen neuen Job. Er müsste in eine andere Stadt ziehen, weit weg. Müsste sich bis an sein Lebensende fragen, ob weit weg weit genug war, um für alle Zeiten vor ihnen sicher zu sein. Ihr Netzwerk reichte in die entlegensten Winkel.

Bruno presste seine Hände gegen die Schläfen. Hörte kurz der Nachrichtensprecherin zu, die inzwischen bei den österreichischen Tagesaktualitäten angelangt war.

Gab es einen Plan C? Er grübelte. Ja, es gab einen. Er könnte zu den Bullen gehen. Boten sie Leuten wie ihm nicht Aufnahme in einem Zeugenschutzprogramm an? Er bekäme einen neuen Namen inklusive einer neuen Identität. Viel hatte er als Exsträfling ohnehin nicht zu verlieren. Wäre das der richtige Weg?

Die Nachrichtentante sprach vom ertrunkenen Tiroler Landeshauptmann und erläuterte die neuesten Ermittlungsergebnisse. Unfall oder Attentat, die Frage, die das ganze Land in Atem hielt. Nur Bruno nicht. Er überlegte sich stattdessen, dass Zeugenschutzprogramme nicht einmal in amerikanischen Krimis funktionierten. Wie viele Filme kannte er, in denen die Gangster mühelos die neue Identität des scheinbar Geschützten geknackt und ihn kaltgestellt hatten? Sofern die Bullen ihn überhaupt in ein Zeugenschutzprogramm aufnehmen würden. Vielleicht war er ein zu kleiner Fisch für so einen Aufwand?

Die Sprecherin redete gerade über die dritte Leiche, die man im Achensee gefunden hatte. Wie durch eine dicke Watteschicht vernahm er die Worte: »… wurde als der seit dem 4. April 1996 vermisste Tim Kabiersch identifiziert.«

Die Nachricht traf ihn wie ein elektrischer Schlag. Verdammt! Das Unwahrscheinliche war passiert. Das absolut Unmögliche: Sie hatten den Jungen gefunden. Obwohl das völlig ausgeschlossen war, hatten sie ihn gefunden.

Sein Herz begann zu rasen, sein Körper erstarrte, als wäre er in einer Zwangsjacke gefangen.

Als er sich endlich wieder bewegen konnte, schaltete er den Fernseher lauter. »Als Tims Mörder gilt nach wie vor der Journalist Kasper Morgenroth, der sich vor siebzehn Jahren in der Justizvollzugsanstalt in Innsbruck das Leben genommen hat.

Oberst Gschwandtner, Leiter des Tiroler Landeskriminalamts, versichert, der Fall sei geklärt und werde nicht neu aufgerollt.«

»Nicht neu aufgerollt«, wiederholte er. »Nicht neu aufgerollt.« Aber es beruhigte ihn nicht. Er bekam keine Luft, riss den obersten Knopf seines Hemdes auf, riss das Fenster auf. Etwas steckte in seinem Hals. Ein harter, sperriger Gegenstand, den die Angst – eine völlig abartige Angst – ihm in den Schlund gerammt hatte.

Minuten später schaltete er den Fernseher aus. Jetzt war ihm klar, dass es nur eine Lösung gab, wenn er weiterleben wollte: Er musste am Mittwochabend zu den Brüdern gehen. Als wäre nichts geschehen. Als hätte er nie aufgehört zu denken wie sie. Er musste wieder einer von ihnen werden. Musste Wotans Vertrauen wiedererlangen. Nur Wotan konnte ihn beschützen.

»Einmal Bruder, immer Bruder«, murmelte er. *ThBaaBTh!*

Ihm war zum Heulen zumute.

10

8. Mai

Punkt sechs Uhr legte der Wecker mit seinem nervigen Piepton los. Zum Glück bekam Selma ihn gleich zu fassen und brachte ihn mit einem gekonnten Schlag zum Schweigen. Renate hatte nichts mitgekriegt. Sie lag auf der Seite, eingerollt wie ein Fötus, und schlummerte selig. Selma betrachtete sie lange. Die athletischen Beine, an denen sich jeder Muskel abzeichnete; die ungewöhnlich großen Füße und kräftigen Hände; die schmalen Hüften, die kleinen, festen Brüste mit den dunklen Nippeln; die Narbe am Hals – zwei weiße Linien in Form eines winzigen X. Renates Haut – glatt wie Seide, bevor sie sich in dieses Duell gestürzt hatte – wies zahlreiche rote Flecke und Rauheiten auf, die sich wie ein Fahrplan der nächtlichen Liebesspiele lesen ließen.

Kaum hatte das Taxi sie ausgespuckt, kaum war die Haustür hinter ihnen ins Schloss gefallen, hatten sie sich noch im Flur aufeinander gestürzt wie rollige Katzen. Zwischen Schirmständer und Hundekorb hatten sie es getrieben. Unter Carusos missbilligenden Blicken. Danach verschlangen sie Mitternachtsravioli aus der Dose. Um wach zu bleiben und endlich den Rest von Monas Grappa zu eliminieren, tranken sie Caffè corretto, der Selmas Lüsternheit in den nächsten Level katapultierte – es mochte am ungewohnten Koffein liegen, am Alkoholgehalt oder an der Symbolkraft der leeren Grappaflasche, einem Erinnerungsstück an ihre letzte gescheiterte Beziehung. Sie übersiedelten in den ersten Stock, probierten Selmas Bett aus und liebten sich langsam und ausdauernd, mit Akribie, auf beinahe analytische Art und Weise. Bis Renate gegen fünf Uhr früh die Augen zugefallen waren. Selma hatte dagegen vor Glück und Herzklopfen nicht einschlafen können.

Zärtlich strich sie eine rote Haarsträhne aus Renates Gesicht und zog die Decke über ihre Schultern. Dann stand sie leise auf, schlüpfte in ihren Jogginganzug und drehte die übliche Morgenrunde mit Caruso. Ihre Beine waren so schwer, als steckten sie in Stiefeln aus Zement. Trotz einiger Abkürzungen brauchte sie zehn Minuten länger als sonst. Und in jeder einzelnen dieser Minuten dachte sie an die Frau, die vermutlich noch immer in ihrem Bett lag. An das Erdbeben, das Renate in ihrem Körper ausgelöst hatte, und nicht nur dort. Und sie dachte daran, wie es mit ihnen beiden weitergehen könnte, obwohl sie sich vorgenommen hatte, dass es kein »Weiter« geben würde. Sie hatte schließlich kein Talent für Beziehungen, und ihr Beruf ließ ihr keine Zeit dafür, gerade jetzt nicht. Am einfachsten wäre es, wenn Renate bei ihrer Rückkehr gar nicht mehr da wäre. Sang- und klanglos aus ihrem Leben verschwunden. Und doch versetzte ihr der bloße Gedanke daran einen Stich. Sie hätte zu gern gewusst, ob Renate dasselbe empfunden hatte wie sie. Dieses Rauschen in den Ohren und Ziepen über dem Nabel wie bei einem Bungeesprung.

»Hoffentlich nicht«, sagte Selma, die Revierinspektorin, denn es würde die Sache nur verkomplizieren. Hoffentlich, wünschte sich Selma, die Verliebte.

Auf den letzten Metern wurde sie immer schneller, aus Angst, Renate zu verpassen. Sie keuchte besorgniserregend, musste wieder einmal über sich selbst und ihre widersprüchlichen Gefühle den Kopf schütteln und wusste gar nicht mehr, was sie sich wünschen sollte.

Ängstliches Schaf. Lass es doch einfach auf dich zukommen!

Als sie die Wohnungstür öffnete, schlug ihr ein verführerischer Duft nach gebratenen Zwiebeln entgegen. Renate stand in der Küche und bereitete Rühreier mit Speck zu. Sie verdrückten beide eine große Portion davon, bevor sie sich unter der Dusche liebten.

Mit Gewalt musste Selma sich losreißen. Sie war spät dran.

»Ich räume noch die Geschirrspülmaschine ein, dann gehe ich auch zur Arbeit«, sagte Renate. Sie arbeitete halbtags in einer Boutique und musste erst gegen zehn dort aufkreuzen. »Wie ist das eigentlich, bestehst du darauf, dass es bei einem One-Night-Stand bleibt?«

Selma hatte gerade ihre Mokassins angezogen. »Um Himmels willen, nein!« Die Worte hatten sich verselbstständigt und wie kleine Geschoße ihren Mund verlassen, bevor sie anlegen, zielen und abdrücken konnte. Oder darüber nachdenken. Dabei wollte sie doch … Sie schlüpfte in ihre Jeansjacke.

Renate schnippte einen Fussel von Selmas Revers und schaute ihr dabei in die Augen. »Ich muss zugeben, dass ich ziemlich verknallt bin. Total verknallt, genau genommen.«

Selma staunte. Allem Anschein nach hatte Renate weniger Angst vor Zurückweisung als sie. Sie verloren sich in einem leidenschaftlichen Kuss.

»Sehen wir uns also heute Abend?«

»Das wäre phantastisch!« Sie drückte Renate den Zweitschlüssel in die Hand, vielleicht aus Übermut, oder um ihre vorhergehende Zaghaftigkeit wettzumachen, oder weil der Kuss wie Champagnerbläschen auf ihren Lippen kitzelte.

Dann radelte sie los. Obwohl sie wie eine Irre in die Pedale trat und dabei fünf rote Ampeln überfuhr, kam sie um neun Minuten zu spät und kassierte einen Anschiss von Gschwandtner. Er brüllte nicht, er putzte sie ganz leise herunter, gefährlich leise. Mit wohlgewählten Worten, die darauf hinausliefen, dass sie faul, schlampig und dumm sei. Er sagte es mit einem Lächeln, das seine schlechten Zähne entblößte. Nicht einmal eine einfache Aufgabe wie dieser Bericht über die Serie von Fahrraddiebstählen sei ihr zuzutrauen.

»Was stimmt damit nicht?«

Gschwandtner gab ihr das Papier zurück. Rot angestrichen waren fünf Kommafehler und drei Buchstabendreher. Ihre Feststellung, dass die Aktivität der Fahrraddiebe bei Vollmond sprunghaft anstieg, hatte er mit der Bemerkung »hahnebüchen!« versehen und den ganzen Absatz durchgestrichen.

Anstatt ihn darauf hinzuweisen, dass das Wort »hanebüchen« nichts mit einem männlichen Haushuhn zu tun hatte und deshalb auch nicht wie dieses geschrieben wurde, verstummte sie und fühlte sich klein und nutzlos. Ein mageres Hühnchen, dem man die Flügel gestutzt hatte. Dass es ihren Kollegen nicht viel besser zu gehen schien, konnte sie auch nicht trösten.

Die Soko Achensee musste mit ihren Recherchen von vorn beginnen, weil Gschwandtner die Unfallhypothese immer noch nicht wahrhaben wollte. Jetzt sollte jeder einzelne Fahrgast der

»MS Stadt Innsbruck« genauestens unter die Lupe genommen werden. Besonders auf parteiinterne Konkurrenz sollte geachtet werden. Wer hatte Rüdiger Rist die Führungsrolle geneidet? Wer hatte Querelen mit ihm ausgefochten, sowohl auf privater als auch auf politischer Ebene? Und wie stand es um die Eifersucht seiner Frau?

Wurz, Mitterhofer und Weinreich hatten alle Hände voll zu tun. Die Stimmung in der Abteilung war im Keller.

Selma zog sich in ihr Büro zurück und dachte nach. Sie besserte die Tippfehler in ihrem Bericht aus und strich die Passage mit dem Mond. Dafür brauchte sie sieben Minuten. Dann erkundigte sie sich bei Linda, wie viele Reaktionen es bisher in Sachen Bronzekreuz gegeben hatte. Linda verdrehte die Augen und händigte ihr die Liste der Anrufer aus. Hinter vorgehaltener Hand murmelte sie, dass der Chef zum Glück nichts davon mitbekommen habe, obwohl das Telefon heiß gelaufen sei.

Gespannt überflog Selma die Notizen. Siebenunddreißig Menschen hatten sich gemeldet, weil sie ein ebensolches Kreuz besaßen wie das abgebildete; einundsechzig weitere, die wussten oder zu wissen glaubten, dass Freunde oder Bekannte eines besaßen. Offensichtlich handelte es sich um einen Serienartikel. Ein Kreuz, wie Kinder es im Zuge der Erstkommunion erhielten. Etwas Ermittlungsrelevantes war auf den ersten Blick nicht dabei.

Sie seufzte. Ihre Gedanken schweiften zu Renate ab. Plötzlich hatte sie das dringende Bedürfnis, ihre Stimme zu hören, einfach so. Sie zückte ihr Handy. Ein Anruf in Abwesenheit, hieß es auf dem Display, die Nummer war ihr unbekannt. Das musste der von gestern Abend gewesen sein, als sie sich mitten im heißesten Flirt-Gefecht befunden hatte. Eine SMS kündigte eine neue Nachricht in der Mailbox an.

Als Selma Heisenbergs zerknautschte Stimme hörte, war sie überrascht und gerührt zugleich. Der alte Kripochef hatte offensichtlich ein schlechtes Gewissen und wollte ihr nun doch unter die Arme greifen. Sie rief ihn sofort zurück.

»Ich freue mich so, Herr Heisenberg. Haben Sie heute Nachmittag Zeit für eine erste Lagebesprechung? Bei mir zu Hause? Heino könnte im Garten mit Caruso spielen.«

»Freilich habe ich Zeit. Aber nur, wenn wir den Herrn Heisenberg stecken lassen.«

»Herr Oberst?«

»Um Himmels willen! Ich bin der Willi, und ich finde, wenn wir schon gemeinsam und quasi hinterrücks an einem Fall arbeiten, sollten wir uns duzen.«

»Einverstanden.« Weil sie ihn nicht umarmen konnte, quetschte sie stattdessen das Handy.

Er fragte sie, wie weit sie in ihrer Recherchearbeit gekommen sei.

»Das Bronzekreuz, das das Skelett um den Hals trug, ist wohl eine Sackgasse. Es handelt sich offenbar um ein typisches Erstkommunionskreuz. Massenware. Aber die Verpackung der Leiche ist interessant.« Sie erzählte Heisenberg von der Kunstlederhülle und den als Gewichten beigelegten Klavierbeinen. »Ich habe alle existierenden Tiroler Klavierhandlungen abgeklappert. Leider ohne Ergebnis.« Sie las ihm die Liste mit den Namen und Adressen der Klavierhäuser vor. »Allerdings weiß ich noch nicht, ob es vor siebzehn Jahren Klavierhändler gab, die inzwischen aufgehört haben. Da wollte ich heute weitermachen. Vielleicht könnten Sie … könntest du …?«

»Bis zu unserem Nachmittagstreffen ein bisschen vorrecherchieren? Aber gern!«

Selmas atemlose Geschäftigkeit und ihr überschäumendes Temperament brachten Heisenberg zum Schmunzeln. Ein Vorrecht der Jugend, dachte er. Leider konnte er sich nicht mehr erinnern, ob er selbst in jungen Jahren auch so enthusiastisch gewesen war. Oder war ihm damals schon ein gewisses Maß an Behäbigkeit und Bärbeißigkeit zu eigen gewesen?

Wie auch immer. Die Zusammenarbeit mit der Revierinspektorin würde ihm guttun. Zumindest würde sie ihn von Valentinas Abwesenheit ablenken. Außerdem steckte Selmas Tatkraft ihn an und weckte seine Zuversicht.

Er lachte in sich hinein, als er kurz nach dem Telefonat in einer verstaubten Kiste auf dem Dachboden unter Stapeln von Reisekatalogen, Telefonbüchern, Broschüren und Hochglanzprospekten ein Branchenbuch aus dem Jahr 1993 aufstöberte. Seine mangelhaften Entrümpelungsfähigkeiten hatten also doch ihr Gutes. Manchmal.

Er blätterte die Gelben Seiten durch. Unter den Rubriken »Klaviere« und »Klaviere/Vermietung« entdeckte er keinen Eintrag, den Selma ihm nicht schon genannt hätte. Aber unter »Klaviere/Reparatur« wurde er fündig:

»Klavierklinik Kleinheinz – Bartholomäus und Annegret Kleinheinz. Wir restaurieren, reparieren und stimmen Ihr Piano.« Darunter stand eine Adresse in Völs und eine Festnetznummer, die Heisenberg sofort ausprobierte. Ohne Erfolg, die Telefonnummer war nicht vergeben. Das aktuelle Telefonbuch spuckte keinerlei Informationen über die Klavierklinik Kleinheinz aus, die offensichtlich nicht mehr existierte. Nur eine Annegret Kleinheinz gab es. Sie wohnte allerdings in Hall, in der Nähe des Salzlagers.

Heisenberg zögerte nicht, er fuhr aufs Geratewohl hin, ohne telefonische Vorankündigung.

Annegret Kleinheinz war mager und faltig, er schätzte sie auf knapp unter sechzig. Sie trug ihr graues Haar kurz und besaß ein sympathisches Lächeln, das zu einem ängstlichen Grinsen gefror, als sie hörte, er sei von der Kripo. Zum Glück hatte sie keine Lesebrille zur Hand. Die abgelaufene Mitgliedskarte des Alpenvereins, die er auf ihr Verlangen anstelle eines Dienstausweises zückte, hielt sie mit gestreckten Armen von sich, nickte schließlich gottergeben und ließ ihn eintreten.

Kaum hatten sie auf dem zerschlissenen Sofa Platz genommen, brach es aus ihr heraus. »Hat der Bruno wieder was angestellt?« Sie war den Tränen nahe.

»Aber nein, liebe Frau Kleinheinz, machen Sie sich keine Sorgen. Niemand hat was angestellt.« Er versuchte es mit einem verbindlichen Lächeln. »Bruno ist Ihr Sohn?«, fragte er beiläufig.

»Er ist ein guter Junge. Und letzten Dezember, als sie ihn wieder rausgelassen haben, hat er mir versprochen, dass er ganz von vorn anfängt. Hoch und heilig versprochen hat er mir's.«

Aha. Bruno hatte also gesessen! Jetzt wurde es spannend. Heisenberg bemühte seinen gesamten Vorrat an Fingerspitzengefühl, und tatsächlich gelang es ihm, Annegret Kleinheinz die Angst zu nehmen, er wolle ihrem Bruno etwas Böses. Nachdem er sich geduldig die Familiengeschichte angehört und sie zum frühen Tod ihres Mannes, dem Abdriften des Sohnes ins kriminelle Milieu und dem Konkurs der Klavierklinik genügend bemitleidet hatte, erklärte er ihr, dass er einen alten Fall aufrollen müsse und dafür ihre Hilfe benötige.

Ihr Blick drückte Erleichterung und ein klein wenig Stolz aus, dass Heisenberg ihr so viel zutraute.

»Erinnern Sie sich, ob vor vielen Jahren einmal eine Transportdecke aus Ihrer Werkstatt verschwunden ist? So eine, wie man sie für Konzertflügel verwendet?«

»Nicht dass ich wüsste. Aber solche Transportdecken haben wir immer in Reserve gehabt, das wäre uns vermutlich gar nicht aufgefallen, wenn eine gefehlt hätte.«

»Und wie sieht es mit abhandengekommenen Klavierbeinen aus?«

Ein Zucken ging durch ihr Gesicht wie Wetterleuchten. »Ja, davon sind tatsächlich einmal welche gestohlen worden.« Sie schüttelte den Kopf. »Eine merkwürdige Geschichte. Mein Mann war außer sich. Die gehörten zu einem alten Blüthner-Flügel, den er restauriert hat, wissen Sie? Der Flügel war fast fertig. Und eines Tages wurde in die Werkstatt eingebrochen, und zwei von den drei Beinen waren weg. Wie vom Erdboden verschluckt! Sonst hat nichts gefehlt. Kein Geld, keine Wertgegenstände.«

»Erinnern Sie sich zufällig, wann das war?«

Ihre Brauen hoben sich, Falten furchten die Stirn. »Warten Sie …« Sie bewegte die Lippen, als würde sie zählen. Dann verzog sich ihr Mund zu einem Lächeln. »Das weiß ich sogar ganz genau. Es muss im Frühjahr 1996 gewesen sein. Mein Mann hat natürlich sofort unseren Sohn beschuldigt, die beiden hatten leider ein ziemlich angespanntes Verhältnis. Und der Bruno – er war zu der Zeit Klavierbaulehrling in unserer Werkstatt – hat ja wirklich ziemlich viel Ärger gemacht, damals. Aber ich bitt Sie, wozu hätte er denn zwei Klavierbeine stehlen sollen, die ohne den dazugehörigen Flügel keinen Wert haben? Der hätte doch lieber das Geld in der Kasse genommen.«

Heisenberg nickte, um sie weiter in Sicherheit zu wiegen.

»Kurz danach hat er die Lehre geschmissen. Er wäre ja so gern Konditor geworden, nicht Klavierbauer. Unser Geschäft hat ihn halt von Anfang an nicht interessiert. Aber davon wollte mein Mann nichts wissen. Gezwungen hat er ihn! Je unmotivierter der Bruno war, umso strenger und ruppiger ist mein Mann mit ihm umgesprungen. Und was hat's ihm gebracht?« Sie zuckte mit den Schultern. »Alles ist den Bach runtergegangen! Alles, was er sein Leben lang mühselig aufgebaut hat.«

Mehr aus einem Instinkt heraus als aus Überzeugung zeigte Heisenberg ihr zum Schluss das Foto von dem Bronzekreuz aus der Zeitung. Offensichtlich kannte Frau Kleinheinz den Artikel aus dem Alpenjournal nicht.

Sie kniff die Augen zusammen und sah sich das Bild an. »Das ist ein Erstkommunionskreuz, das haben viele. Der Bruno hat genau so eines zur Kommunion bekommen. Ich hab's über seinem Bett an die Wand gehängt. Irgendwann ist mir aufgefallen, dass es weg ist. Na ja, in unserer Familie war niemand besonders religiös.«

Als er sie zum Schluss nach Brunos Aufenthaltsort fragte, flackerte sofort wieder das Misstrauen in ihren Augen auf. »Ihr Sohn ist nicht verdächtig, er ist aber womöglich ein wichtiger Zeuge für uns«, log er.

»Seit Februar wohnt er in einer Sozialwohnung am Mitterweg. Arbeit hat er auch gefunden.« Sie schrieb ihm die Adresse auf einen Zettel.

Heisenberg bedankte sich und zog von dannen. Stolz schwellte seine Brust. Selma würde staunen, wie weit er in der kurzen Zeit gekommen war. *Kruzifixsakrament! Noch zählst du nicht zum alten Eisen.* Die ganze Heimfahrt über pfiff er die Melodie von »My Generation« und stellte sich dabei vor, wie er Gitarren zertrümmerte und ein Drumset umstieß. Die Zeile »I hope I die before I get old« biss sich in seinem Kopf fest.

Nachdem Selma den korrigierten Bericht abgegeben hatte, trug Gschwandtner ihr auf, die Akte Kabiersch zurück ins Archiv zu bringen. Das fiel zwar eindeutig in Lindas Aufgabenbereich, sollte sie aber vermutlich demütigen und in die Schranken weisen.

Eşek oğlu eşek! Selma fletschte die Zähne angesichts der hübschen Idee, die sich schon während des Telefonats mit Heisenberg in ihrem Kopf eingenistet hatte. Dem Ekel Gschwandtner würde sie es zeigen! Sie kopierte die gesamte Akte, Blatt für Blatt, und packte den Papierstapel in ihren Rucksack. Dann ging sie mit dem Original zu Linda. »Ich soll das ins Archiv bringen, sagt der Chef, aber mir ist schon den ganzen Tag so schlecht. Furchtbar schlecht. Ich glaube, ich ...«

»Ich glaube, du ...«, Linda musterte sie unbarmherzig und mit einem Grinsen, das immer breiter wurde, »... solltest sofort nach Hause gehen. Bestimmt hast du dir was eingefangen.« Sie kramte in ihrer Handtasche und holte Puderdose und Pinsel hervor. Damit bearbeitete sie Selmas Wangen. »Blass, wie du bist, ist es vermutlich Darmgrippe, die geht gerade um.« Seelenruhig nahm sie violetten Lidschatten zur Hand und tupfte ihn unter Selmas Augen. »Und nach den Ringen unter deinen Augen zu urteilen, hast du die ganze Nacht kotzend im Klo verbracht, stimmt's?« Zuletzt verrieb sie eine kleine Portion Handcreme zwischen ihren Fingern und knetete sie in Selmas Mähne. »Bestimmt hast du Fieber, deshalb sieht dein Haar so verschwitzt und strähnig aus. Am besten gehst du gleich zum Chef und meldest dich ab, aber ...«, sie senkte die Stimme zu einem Flüstern, »... setz um Himmels willen einen leidenderen Blick auf. Momentan guckst du, als ob du frisch verliebt wärst und die ganze Welt umarmen könntest!«

Der Trick funktionierte. Gschwandtner schickte Selma umgehend nach Hause. »Nicht dass Sie mir noch die ganze Abteilung anstecken!«

Meine Herren, dachte sie schadenfroh und wuchtete den schweren Rucksack mit den kopierten Akten in ihren Fahrradkorb. Frei von schlechtem Gewissen radelte sie nach Hause. Wenn sie schon nicht ihren Fähigkeiten entsprechend eingesetzt wurde, konnte sie gleich gehen und ihre Zeit sinnvoller nützen.

Als sie die Haustür aufsperrte, sprang Caruso an ihr hoch und schlabberte begeistert über ihr Ohr. Kaum hatte die Hündin von ihr abgelassen, wurde sie fast von Renate erdrückt. Vor Freude wurde Selmas Hals ganz eng, und die Augen weiteten sich. »Haben sie dich etwa auch früher nach Hause geschickt?«

Renate nahm Selmas Gesicht in beide Hände und küsste sie. »Ich hatte solche Sehnsucht. Da habe ich mir freigenommen, damit ich mich besser auf dich freuen kann.« Sie zeigte auf eine Sporttasche, die sie mitgebracht hatte. »Ein paar Sachen von mir. Wäsche, Zahnbürste, meine Spezial-Müslimischung.«

»Wow, das ist …«

»Bitte sag mir, wenn es dir zu schnell geht. Ich will dich nämlich nicht …«

»… großartig!«

»… überfahren.«

Selma erstickte Renates Vorbehalte mit ihren Lippen. Sie küssten sich warm und verzogen sich ins Bett, das noch von der vergangenen Nacht zerwühlt war. Das Küssen, Streicheln, Reiben, Züngeln und Befingern wollte kein Ende nehmen, bis Selma aus dem Liebestaumel hochschreckte und schuldbewusst auf die Uhr sah. In einer Viertelstunde würde Heisenberg aufkreuzen. Sie setzte sich auf.

Als Renate protestierte, erzählte sie ihr von ihrem renitenten Vorgesetzten und von dem Fall, an dem sie in ihrer Freizeit arbeiten wollte, zu Hause, mit der Hilfe eines pensionierten Kripochefs. »Ich muss das tun, verstehst du?«

»Geht es um den Jungen, dessen Skelett ihr im Achensee gefunden habt? Diesen Tim?« Renate kannte die Medienberichte darüber. »Ist der Mörder nicht längst gefasst?«

»So stand es in der Zeitung. Aber es gibt eindeutige Indizien dafür, dass vor siebzehn Jahren ein Unschuldiger eingesperrt wurde.«

»Und jetzt kommt der arme Kerl frei?«

»Er ist tot. Ihm können meine Ermittlungsergebnisse leider nicht mehr helfen. Aber seine Angehörigen und die Eltern des Jungen haben die Wahrheit verdient. Und dann gibt es ja noch Tims richtigen Mörder. Den will ich kriegen.« Selma strich über Renates perfekte Brüste und küsste ihre Nippel. »Bist du sauer, wenn ich die Akten durchackere, bis Heisenberg kommt?«

»Ich bin zwar unersättlich, aber wir können ja nachts weitermachen.« Sie beugte sich vor und biss sanft in Selmas Ohrläppchen. »Ich finde es toll, dass du so einen wichtigen Fall bearbeitest. Das motiviert mich, an meiner Dissertation weiterzuschreiben.«

»Wow. Davon hast du mir gar nichts erzählt!« Eigentlich hatte Renate bisher kaum etwas über sich erzählt. Nur dass sie verheiratet gewesen war und in dieser Zeit erst ihre wahren Neigungen entdeckt hatte.

»Ich stehe noch ziemlich am Anfang. Der Titel lautet: ›Hieronymus Bosch im Wandel der Rezeption vom 15. Jahrhundert bis heute‹.«

»Kunstgeschichte? Wie spannend! Zeigst du mir deine Arbeit?«

»Klar darfst du sie sehen. Aber erst, wenn sie fertig ist.«

Als Selma ihren BH zuhakte, bellte Caruso los wie eine Berserkerin. Sekundenbruchteile später klingelte es.

Kaum war Heino aus dem Wagen gehüpft und hatte Witterung aufgenommen, begann er zu zerren wie verrückt. Heisenberg kam mit seiner Aktenmappe unter dem Arm und dem Kuchenpaket in der Hand kaum hinterher. Zum Glück waren es nur ein paar Meter zu Selma Tappeiners Grundstück, auf das Heino so zielstrebig zuhielt, als befände sich dort sein zweites Hundekörbchen.

Kurz bevor Heisenberg läutete, setzte sonores Bellen ein, das den Klingelton spielend übertönte und minutenlang anhielt. Endlich öffnete eine leicht zerknitterte Selma die Tür.

Die Wiedersehensfreude der Hunde war gigantisch. Sie tollten im Garten umher und verzogen sich nach einiger Zeit hinter dichte Sträucher.

»Sollten wir die beiden nicht im Auge behalten? Nicht dass das noch Folgen hat.« *Nicht dass Frau Wohlfahrtstätter nach ihrer Genesung mit Alimentenforderungen konfrontiert wird.* »Ich meine … ähm … du weißt schon.« Er fühlte, wie ihm das Blut zu Kopf stieg und dachte, dass Selma ihn für einen unsäglich altmodischen Trottel halten musste.

»Im Auge behalten ist schwierig. Wie heißt es so schön? Wo ein Wille, da ein Gebüsch.« Selma lachte ganz unbefangen. »Aber Caruso wird erst in ein paar Wochen läufig, also kein Problem. Komm doch rein!«

Im Flur begegnete Heisenberg einer ausgesprochen attraktiven

Rothaarigen, die ihn kühl musterte, bevor sie ihm ein charmantes Lächeln schenkte.

Selma strahlte von einem Ohr bis zum anderen. »Darf ich vorstellen? Meine Freundin Renate Frisch, Oberst Wilfried Heisenberg.«

Er blickte von Selma zu Renate und fragte sich, ob das Gerücht also stimmte, das Wurz ihm einmal hinter vorgehaltener Hand erzählt hatte. Ob die beiden wirklich … *Kruzifixsakrament.* Er *war* ein unsäglich altmodischer Trottel!

»Ich hoffe, Sie gehen nicht meinetwegen«, sagte er schuldbewusst, als er die innigen Blicke auffing, die die Frauen einander zuwarfen. Sie waren frisch verliebt, das sah sogar ein Blinder. Er dachte an den Tag, an dem er Valentina zum ersten Mal gesehen hatte, und lächelte versonnen.

»Renate muss an ihrer Dissertation arbeiten. Sie ist Kunsthistorikerin«, erklärte Selma voll Stolz.

Er hob anerkennend die Brauen. Renate Frisch sah nicht wie eine angestaubte Kunstgeschichtestudentin aus, sondern eher wie ein Model. *Oder wie meine klischeebehaftete Vorstellung davon.* Er war nicht nur ein altmodischer Trottel, er steckte auch noch voller Vorurteile!

Da sein nicht vorhandener Magen auf Schwarztee ebenso sauer reagierte wie auf Kaffee, bereitete Selma Fencheltee zu. Während sie eine der Topfengolatschen verspeiste, die er mitgebracht hatte, berichtete er ihr ausführlich von seinem Besuch bei Frau Kleinheinz.

Sie wischte sich Staubzuckerreste von den Lippen. »Weshalb hat Bruno gesessen?«

»Er war bereits wegen kleinerer Delikte vorbestraft. Hat als Jugendlicher im Wald Haschisch angebaut und vertickt. Wurde auch ein paarmal bei Ladendiebstählen erwischt. Dann das Übliche: Lehre abgebrochen, härtere Drogen, Diebstähle. Sie haben ihn schließlich bei einem Einbruch geschnappt. Drei Jahre Zuchthaus.« Heisenberg nippte an seinem Tee und verbrühte sich dabei die Zungenspitze. »Wegen guter Führung wurde er drei Monate früher entlassen. Das war Weihnachten 2012. Er wohnte zunächst bei seiner Mutter. Im Februar hat er einen Job als Hilfsarbeiter im Alpenzoo gefunden und kurz darauf eine eigene Wohnung am Mitterweg.«

»Ein kleiner Fisch, der versucht, sich freizuschwimmen«, murmelte Selma. »Meinst du wirklich, er könnte Tims Mörder sein?«

Er wartete, bis das Brennen seiner Zunge nachließ. »Zum Zeitpunkt von Tims Verschwinden war er gerade mal achtzehn Jahre alt, Lehrling in der Klavierbauwerkstatt seines Vaters und ein ziemlicher Tunichtgut, der allerdings nie durch besondere Aggressionen hervorgetreten ist. Eher durch Dummheiten.« Lange betrachtete er das Fragezeichen, das er neben das Wort Kleinheinz gezeichnet hatte, dann nahm er den Bleistift und steckte ihn sich hinters Ohr. »Seine Mutter konnte sich ziemlich gut an das Verschwinden der beiden Klavierbeine erinnern, weil es passiert ist, kurz bevor Bruno die Lehre schmiss. Frühjahr 1996, hat sie behauptet. Am 4. April wurde Tim ermordet. Das kann kein Zufall sein!«

Selma pflichtete ihm bei. Sie schnappte sich das Blatt Papier und schrieb mit roter Farbe einige Stichworte neben Heisenbergs Fragezeichen, die er beim besten Willen nicht entziffern konnte. »Wir müssen herausfinden, ob Bruno pädophile Neigungen hat. Und ob er Tim Kabiersch kannte.« Immer wieder klopfte sie mit der Spitze des Farbstifts auf den Zettel, als wollte sie ihm Sommersprossen verpassen. »Und noch eins müssen wir uns fragen: Hat Bruno Kasper Morgenroth gekannt? War er womöglich sein Helfershelfer?«

»Richtig. Wir müssen uns Bruno vorknöpfen. Aber zuerst sollten wir herausfinden, ob er in Sachen Pädophilie amtsbekannt ist.« Heisenberg rieb sich die Hände. »Ein alter Freund von mir arbeitet im BKA in der Meldestelle für Kinderpornografie. Er schuldet mir einen Gefallen.«

Christian Bäumler, genannt Gigi, klang erfreut, als er Heisenbergs Stimme hörte. Er versprach, sich um die Angelegenheit zu kümmern. Um sich das Warten zu verkürzen, tranken sie noch mehr Tee. Heisenberg erzählte einige Anekdoten aus seiner aktiven Zeit. Selma schnappte sich die zweite Topfengolatsche, und er beobachtete sehnsüchtig, wie sie in ihrem Schlund verschwand. Leider musste er sich bei Süßigkeiten zurückhalten.

Gigi meldete sich zwei Stunden später. »Dein Patient scheint sauber zu sein. Oder sehr vorsichtig. Jedenfalls ist er nie aktenkundig geworden. Keine Anzeige, kein Verdacht, nichts.«

Heisenberg bedankte sich und zuckte enttäuscht mit den Schultern. »Also gut. Dann wissen wir das.«

»Los, Willi.« Selma sprang auf. »Nehmen wir uns Bruno Kleinheinz höchstpersönlich vor.«

Als sie sich auf den Weg zu seiner Wohnung machten, dämmerte es bereits. Leider war niemand zu Hause. Sie standen einige Zeit vor der Wohnungstür herum und beschlossen, ihr Glück am nächsten Morgen zu versuchen, bevor Bruno zur Arbeit ging.

Sie fuhren in die Philippine-Welser-Straße zurück, Heisenberg packte seine Sachen zusammen und zog den schnarchenden Heino unter Carusos grauen Zotteln hervor. Beim Hinausgehen hob der Frechdachs sein Bein und pinkelte an den Schirmständer.

»Heino!«, brüllte Heisenberg. Er schämte sich so sehr, dass er heftig zu schwitzen begann.

Aber Selma lachte nur. »Halb so wild. Solange er nicht in meine Lieblingsschuhe zielt ...«

Er verkniff sich die Bemerkung, dass Heino ein Faible für anderer Leute Lieblingsschuhe hatte. »Darf ich dich auf eine Pizza einladen? Als Wiedergutmachung?«

»Das wäre wirklich nicht nötig. Aber warum eigentlich nicht?« Sie strahlte ihn an.

In diesem Moment begann sein Handy zu zwitschern. Valentina! Erleichtert stellte er fest, dass sie weit gelöster klang als bei ihrem letzten Telefonat. Es gehe ihr schon besser, sagte sie. Die Medikamente seien wirksam, die Pusteln bereits kleiner geworden. Nur das Jucken quäle sie noch ein bisschen. Dann fragte sie ihn, ob er nicht Lust habe, zum Abendessen zu Anna zu kommen. »Sie hat ihren berühmten Tafelspitz gekocht und freut sich sehr auf dich. Danach könnten wir noch die Tangoschritte üben. Was meinst du?«

Valentina sehen, mit Valentina tanzen, Tafelspitz essen. Annas Tafelspitz noch dazu! Natürlich sagte er zu, er konnte gar nicht anders. Zerknirscht entschuldigte er sich bei Selma. Er bitte um Verständnis, aber er müsse seine Einladung zurückziehen. Als er zu einer komplizierten Erklärung ausholte, unterbrach sie ihn schmunzelnd. »Kein Problem, Willi. Wir gehen einfach ein anderes Mal Pizza essen. Richte deiner Valentina unbekannterweise liebe Grüße von mir aus.«

Er versprach, sie morgen früh zeitig abzuholen, um Bruno nicht zu verpassen. Dann fuhr er los, pfiff den Refrain von »My Generation«, stellte sich vor, wie er statt einer Gitarre ein Paar Krücken zerbrach und statt eines Drumsets einen Rollator umstieß. Heino jaulte leise.

»Was? Du traust dich, eine Rockhymne zu kritisieren? Ausgerechnet du?« Dieser Köter hatte keine Ahnung von guter Musik. *Nomen est omen.* Er lachte laut heraus. Dann fiel ihm auf, dass er ganze vier Tage lang – seit Valentina mitsamt Koffer gegangen war – nicht mehr gelacht hatte; und dass es sich verdammt gut anfühlte, es wieder zu tun.

11

9. Mai

Es klingelte zum dritten Mal an diesem Tag. Vor Schreck fiel Bruno fast der Bieröffner aus der Hand. Er stellte Flasche und Öffner leise auf den Küchentisch, schlich in Socken zur Wohnungstür und lugte durch den Spion. Schon wieder die Bullen! Der alte Oberst irgendwas, von dem seine Mutter ihm erzählt hatte, und seine hübsche Begleitung! Sie trug eine rosa Brille und eine schrillgrüne Baskenmütze und sah alles andere als gefährlich aus. Genauso wenig wie der glatzköpfige Opa an ihrer Seite. Aber da konnte man sich enorm täuschen. Nur gut, dass er vorgewarnt gewesen war!

»Der muss ein hohes Tier bei der Kripo sein«, hatte Mutsch gestern am Telefon erzählt. »Stell dir vor, er war sehr nett. Hat gesagt, dass du ein wichtiger Zeuge bist.«

Worum es denn ginge, hatte Bruno seine Mutter gefragt. Dabei wusste er es. Wusste es nur zu genau.

»Erinnerst du dich daran, als aus unserer Werkstatt zwei Beine von dem alten Blüthner verschwunden sind? Ist lange her. Hast deswegen Ärger mit Papa bekommen.«

Verfickte Scheiße. Sie hatten also den Weg der Klavierbeine zurückverfolgt. Warum hatte er nicht etwas Unverfänglicheres benutzt? Aber genügend große Steine hatte er nirgends finden können, und seinen Wagenheber wollte er nicht opfern. Außerdem war er sich so sicher gewesen, dass die Leiche nie wieder auftauchen würde. »Du meinst, sie ermitteln wegen gestohlener Klavierbeine?«, fragte er scheinheilig.

»Nein, nein, ich glaube, es geht um einen Mord.« Dann kam der Satz, den Mutter bei keiner Gelegenheit ausließ: »Du hast doch nichts ausgefressen, Bruno, oder?« Ihre Stimme war ganz dünn vor Angst. »Oder? Bitte sag mir, dass du nichts damit zu tun hast!«

»Mensch, Mutsch, mach mir das Leben nicht so schwer. Das ist echt ätzend, wenn dir nicht mal die eigene Mutter vertraut!

Ich hab versprochen, ich ändere mich, und genau das hab ich auch vor. Hab's schon getan!«

»Entschuldige, Bruno. Freilich vertraue ich dir. Es ist nur ... Ach was! Alt und ängstlich bin ich geworden. Wegen jedem Dreck reg ich mich auf, weiß auch nicht, warum.«

»Schon gut. Ist aber überflüssig. Ich mach dir bestimmt keinen Kummer mehr, wirst schon sehen.«

»Weißt du, was ich mir überlegt hab? Vielleicht wär's am besten, wenn du nicht wartest, bis sie zu dir kommen, sondern von selber zur Kripo gehst. Dass sie deinen guten Willen sehen. Damit machst du Eindruck bei denen. Willst du das für mich tun?«

»Klar, geht in Ordnung, mach ich«, hatte er geantwortet und ihre Freude und Erleichterung an den veränderten Atemgeräuschen ablesen können. »Gleich morgen geh ich hin, da hab ich frei.«

Natürlich hatte er genau das Gegenteil getan: sich in der Wohnung verbarrikadiert, weder morgens noch abends Licht gemacht, den ganzen Tag bloß über Kopfhörer Musik gehört. Bevor er die WC-Spülung betätigte, vergewisserte er sich, dass sich niemand im Flur aufhielt. So war er den Besuchen der Bullen entgangen. Auch diesmal versuchten sie nicht, gewaltsam einzudringen, sondern zogen unverrichteter Dinge wieder ab. Zwar wusste er, dass sie die Tür nur aufbrechen durften, wenn Gefahr im Verzug war, aber genauso gut wusste er, dass sie es mit solchen Regeln nicht immer genau nahmen.

Dauerhaft konnte er ihnen nicht entkommen, das war ihm klar. Morgen würde er hingehen. Aber er wollte ihnen erst gegenübertreten, nachdem er sich mit Wotan abgesprochen hatte. Alles andere wäre Selbstmord.

Gestern Abend, auf der Versammlung, hatte er seine Lehre gelernt. Es war ein verdammter Fehler gewesen, so zu tun, als gebe es die Brüder nicht mehr. Zu glauben, sie hätten ihn vergessen. Einar wäre am liebsten auf ihn losgegangen und hätte ihn verprügelt. Fafner hatte es zwar verhindert, ihm aber auch klipp und klar gesagt, dass er nicht mehr würdig sei, sich Bruder Thors zu nennen. Dass er eigentlich ausgeschlossen werden müsse. Bruno hätte fast laut herausgelacht. Genau das wünschte er sich ja! Wenn sie ihn doch bloß gehen ließen! Aber so enden wie Gunnar, nein, das wollte er nicht.

Zum Glück kreuzte Wotan auf und deeskalierte. »Schön, dass du wieder zu uns gefunden hast!« Er umarmte Bruno brüderlich.

Dann sangen sie die Hymne. Sie grölten sie, besser gesagt. Die Luft war schwer vom Bierdunst, die Töne, die aus den Kehlköpfen gepresst wurden, gehörten verschiedenen Tonarten an und vereinten sich zum wüsten Refrain des Liedes. »Dass der Wind sich dreht in unsrem Land, das liegt allein in unsrer Hand. Die Brüder, die Brüder Thors sind wir, und eines versprechen wir dir: Bei uns geht's um Tapferkeit, Ehre und Stolz, wir sind aus einem anderen Holz.«

Bruno spielte Aquarium. Er öffnete und schloss seinen Mund pantomimisch, blieb dabei stumm wie ein Fisch. In dem allgemeinen Krakeelen fiel es niemandem auf.

Es folgte der Bericht einzelner Brüder, was sie für die Sache geleistet hatten. Von Friedhofsschändungen über das Schmieren von Naziparolen an öffentliche Gebäude bis zum Verprügeln und Ausrauben zweier geigespielender Roma war alles dabei.

»Wird Zeit, dass wir wieder mal ein paar Assis platt machen«, schlug Einar vor. »Wie damals den Sandler.«

»Oder ein paar Juden«, meinte einer der Jüngeren, die Bruno nicht kannte. Und er stimmte den umgetexteten Udo-Jürgens-Song an: »Mit sechs Millionen Juden, da fängt der Spaß erst an.« Bruno schüttelte sich. Was hatte ihn früher an dem johlenden Haufen fasziniert? Das gemeinsame Saufen? Die Schießübungen? Oder die Illusion, dass sie alle seine Freunde waren – die einzigen Menschen, die ihn wirklich verstanden? »Mit sechs Millionen Juden ist noch lange nicht Schluss!«

Ein böser kleiner Gedanke blitzte in seinem Hirn auf: Wenn es bloß beim Singen bleiben würde, könnte er hier vielleicht ein halbwegs friedliches Leben führen und seine Gesinnung für sich behalten. Als einer von ihnen wäre er sicher wie ein Fisch im Schutz seines Schwarmes.

Beim Abschied nahm Wotan ihn beiseite und erklärte, dass er Brunos Versäumnisse zwar nachvollziehen könne, aber die anderen nicht. Die bestünden auf einer Art Vertrauensbeweis.

Brunos Hoffnung verdunstete wie Bier in einer ausgedörrten Kehle. Nein, es würde nicht beim Singen bleiben. Natürlich nicht. Stotternd versuchte er, Wotan zu erklären, dass er alles, wirklich alles für die Brüder tun würde. Aber dass er nicht noch einmal mit dem Gesetz in Konflikt kommen wolle.

Wotan lachte ihn aus. »Habe ich dir nicht immer gesagt: Hände weg von Drogen? Hast du dich etwa unseretwegen mit einer Bande von Einbrechern zusammengetan und dich dummerweise erwischen lassen?«

Er schwieg. Wotan hatte recht. Und doch. Was er bisher für die Brüder getan hatte, war mehr als ein paar Brüche. Es könnte ihn für sehr lange Zeit hinter Gitter bringen.

»Vertrau mir, es wird ganz harmlos. Arbeitest du nicht im Alpenzoo?«

Bitte nicht, dachte er. Bitte nichts, was mich den Job, die Freiheit oder den Hals kostet.

»Lass uns morgen Nacht ein bisschen dort abhängen. Du führst uns rum, wir sprühen ein paar Hakenkreuze an die Gehegewände, fertig.«

War das alles? Sonst verlangte er nichts? Die Erleichterung ging wie ein lauer Sommerregen über Bruno nieder. »Geht klar. Ich organisiere einen Schlüssel.« Frank besaß einen, und er wusste, wie er darankommen konnte.

Wotan hatte genickt, sie hatten einander wie Brüder umarmt, und Bruno war nach Hause gegangen, nein geschwebt, überglücklich, dass er so glimpflich davongekommen war.

Heute Abend würde er den Vertrauenstest hinter sich bringen, dann würde er mit Wotan ein Bier trinken und ihn fragen, wie er den Bullen gegenübertreten sollte. Alles halb so wild, dachte er und verdrückte einen aufgeweichten Pizzarest von gestern.

Als er sich auf seine Vespa setzte und zum Alpenzoo knatterte, hatte er ein flaues Gefühl im Magen. Verdammt, er war nervös. Wotan war schon da. Pünktlich wie immer. Er begrüßte Bruno mit einem Schulterschlag.

»Wo sind die anderen?«

»Ich habe mir gedacht, eine Privatführung wäre schick. Nur du und ich. Es macht dir doch nichts aus?«

Im Gegenteil. Bruno atmete auf. Unterschwellig hatte er schon die ganze Zeit ein ungutes Gefühl gehabt, weil Wotan ihn nicht auf den Leichenfund angesprochen hatte. Dabei konnte ihm das nicht entgangen sein. Jetzt verflog diese Angst. Wäre Wotan sauer auf ihn gewesen und hätte ihm eine Abreibung oder Schlimmeres verpassen wollen, dann hätte er Einar mitgenommen. Oder einen der anderen Kleiderschränke. Selbst machte er sich nie die Hände schmutzig.

Wotans Lächeln strahlte so wolkenlos, dass Brunos letzte Reste von Nervosität schneller verpufften als ein Kaninchenfurz. Eigentlich war es irgendwie cool, jemandem die Alpenzoo-Highlights zu zeigen. Als Erstes führte er seinen väterlichen Freund ins Bärengehege. Er sperrte auf und ging voraus.

»Wie schön, ein Teich! Sind da Fische drin?«

Bruno wollte antworten, wollte sich zu Wotan umdrehen, da spürte er einen Schmerz an seinem Hals. Eine Art Ziepen. Er tastete nach der Stelle. Etwas Warmes, Klebriges lief über seine Finger.

Ein paar Herzschläge lang wunderte er sich, plötzlich tauchte das Gesicht seiner Mutsch vor seinem inneren Auge auf, dann knickten ihm die Knie weg, er stürzte und begriff noch im Fallen.

Ich hätte doch zur Po…, war sein letzter, nicht zu Ende geführter Gedanke.

12

10. Mai

Ein penetrantes Piepen riss Selma aus dem Schlaf. Dabei hatte sie den Wecker abgestellt, um endlich einmal ausschlafen zu können. Sie tastete nach dem Störenfried auf dem Nachtkästchen: Es war ihr Handy. Ohne Brille konnte sie den Namen nicht lesen, der auf dem Display aufleuchtete. Trotzdem nahm sie den Anruf an. »Ja, bitte?«

»Griaß di, Selma. Hab i di gweckt?«

Weinreichs Stimme klang weniger gelassen als sonst, und so früh am Morgen verhieß sie ohnehin nichts Gutes. »Was gibt's denn, Sepp? Wie spät ist es eigentlich?«

»Halba achte. A Leich hamma. Im Alpenzoo. Und weil der Toni und der Mark schon wieder Richtung Achensee unterwegs sind, wollt i fragn, ob's dir heut besser geht oder ob i ganz allein hinfahrn muss.«

Bei dem Wort »Alpenzoo« zuckte Selma zusammen, aber sie war noch nicht wach genug, um den Grund ihrer Irritation zu erfassen. Sie bat Weinreich, sie abzuholen, und zog sich in Windeseile an.

Während Caruso im Garten ihre Morgengeschäfte verrichtete, gab sie drei Teebeutel in einen Becher und füllte ihn mit kochendem Wasser. Nach einminütigem Ziehen hatte der Sud die Farbe von Espresso angenommen, sie musste drei Stück Zucker darin auflösen, um ihn trinkbar zu machen. Und sie brauchte nur drei Schlucke, um zu begreifen. Alpenzoo! Da wollten Heisenberg und sie heute hinfahren.

Den ganzen gestrigen Tag hatte sie die kopierten Akten über den Fall Tim Kabiersch durchgeackert und sich anschließend noch einmal mit Heisenberg beraten. Dreimal hatten sie versucht, Bruno Kleinheinz in seiner Wohnung anzutreffen. Ohne Erfolg. Entweder witterte er Ärger und machte nicht auf, oder er war tatsächlich nicht da. Verreist? Wohl kaum.

»Vielleicht finden wir ihn im Alpenzoo?«, schlug Heisenberg

vor. Doch dort hieß es, Bruno Kleinheinz habe heute frei, erst morgen sei er wieder eingeteilt.

»Meinst du, er hat Lunte gerochen und ist abgehauen?«

»Wenn er morgen nicht zur Arbeit erscheint, werden wir es wissen.«

Es blieb ihnen nichts anderes übrig, als zu warten.

Abends wurden sie von Renate bekocht. Es gab Gulasch mit Unmengen von Zwiebeln und Paprika, wie es sich gehörte. Sie quatschten über Gott und die Welt, Heisenberg war erstaunlich charmant. Nach dem Essen verabschiedete sich Renate, um ihre Dissertation voranzutreiben. Selma war das recht, so konnte sie sich ganz dem Fall widmen. Bei einem gemeinsamen Abendspaziergang mit Heisenberg und den Hunden stolperte sie über einen Zeitungsständer, der die druckfrische Ausgabe des aktuellen Alpenjournals enthielt.

»WER TÖTETE DEN KLEINEN TIM?«, brüllten fette Lettern vom Titelblatt. Sie sparte sich die geforderten zwei Euro und zog ein Exemplar aus der Kunststofftasche. Mit angehaltenem Atem las sie den Artikel, Heisenberg schielte dabei über ihre Schulter.

Neue Indizien sprechen für Unschuld des Journalisten Kasper Morgenroth. Kripochef Gschwandtner verweigert Neuaufnahme des Falles.

Vor siebzehn Jahren, am Abend des Gründonnerstag 1996, verschwand der zehnjährige Tim Kabiersch nach dem Schnupperkurs Sportklettern spurlos. Kurz darauf fand die Kriminalpolizei in der Mülltonne des Journalisten Kasper Morgenroth, der auch Tims Klettertrainer war, die zerrissene, mit Morgenroths Sperma und Tims Blut besudelte Kleidung des Buben. Der bekannte Journalist wurde unter dringendem Missbrauchs- und Mordverdacht verhört. Er leugnete, doch die Indizien sprachen gegen ihn, und der Haftrichter verhängte die Untersuchungshaft. Nur drei Tage später fand man Kasper Morgenroth tot in der Dusche der Justizvollzugsanstalt. Der damalige Kripochef Oberst Heisenberg sah den vermeintlichen Selbstmord als Schuldbekenntnis an und schloss die Akte. Der Fall galt als gelöst, obwohl Morgenroth weder gestanden hatte noch rechtskräftig verurteilt worden war. Auch Tims Leichnam blieb trotz intensiver Suche der Polizei spurlos verschwunden.

Wenige Tage nach dem tragischen Unfall des Landeshauptmanns stießen Taucher im Achensee zufällig auf die sterblichen Überreste des

Kindes. Was die Gerichtsmediziner Prof. Xaver Prantl und Dr. Sibylle Sarnthein entdeckten, ließ nur eine Schlussfolgerung zu: Tims Leiche war frühestens zehn bis vierzehn Tage nach dem Verschwinden des Jungen im See versenkt worden. Zu diesem Zeitpunkt war Kasper Morgenroth längst tot.

Revierinspektorin Selma Tappeiner, die auf eine Neuaufnahme des Falles drängt, fand heraus, dass Morgenroths Selbstmord nachträglich inszeniert worden war. In Wahrheit wurde der Journalist ein Opfer feiger Lynchjustiz, begangen von Mithäftlingen, gedeckt von damaligen Gefängniswärtern.

Selma keuchte auf. »Das gibt es nicht. Woher wissen die das?«

»Kruzifixsakrament«, murmelte Heisenberg, und seine spärlichen Kopfhaare standen ihm dabei zu Berge.

Damit ist Kasper Morgenroths Unschuld zwar noch nicht bewiesen, aber sie drängt sich ebenso auf wie die Tatsache, dass Tims wahrer Mörder noch immer frei herumläuft. Handlungsbedarf für die Kriminalisten unseres Landes? Weit gefehlt! Denn der Chef des Tiroler Landeskriminalamts, Oberst Peter R. Gschwandtner, weigert sich, den Fall wieder aufzurollen. Stattdessen trachtet er danach, die brandneuen Erkenntnisse der Gerichtsmediziner zu vertuschen. Auch dem Umstand, dass Tims Leiche in eine Transportdecke für Klaviere gehüllt war, deren Spuren möglicherweise zur ehemaligen Klavierklinik Kleinheinz führen, schenkt er keinerlei Bedeutung.

Haben Tims Eltern die Wahrheit nicht verdient? Haben die Tirolerinnen und Tiroler, die fortan in Angst leben müssen, dass der Kindermörder noch unter ihnen weilt, die Wahrheit nicht verdient? Hat der vorzeitig zum Täter abgestempelte und voraussichtlich unschuldige Journalist Kasper Morgenroth die Wahrheit und eine Wiederherstellung seines Rufes nicht verdient, nicht einmal posthum?

Das Alpenjournal wird den mysteriösen Fall weiterverfolgen und seine Leserinnen und Leser über die jüngsten Entwicklungen auf dem Laufenden halten.

Gezeichnet war der Artikel mit dem Kürzel »Lato«, und Selma hätte zu gern gewusst, wer dahinterstecken und woher er seine Informationen haben mochte.

»Das riecht verdammt nach einer undichten Stelle in eurer Abteilung«, brummte Heisenberg.

Aus unerfindlichen Gründen musste Selma sofort an Mitterhofer denken. Aber woher sollte der ihre und Heisenbergs jüngste Rechercheergebnisse kennen? Sie hatte nur mit Wurz darüber gesprochen, und der war bestimmt kein Maulwurf.

Während sie mit Weinreich zum Alpenzoo fuhr, überlegte sie fieberhaft, wer der Tote sein konnte. Ein Mitwisser von Bruno Kleinheinz, der von diesem zum Schweigen gebracht worden war? Oder gar Bruno Kleinheinz selbst? Vielleicht handelte es sich auch einfach um einen Pechvogel, der einen bedauerlichen Unfall gehabt hatte?

Ein Blick auf das schauderhafte Szenario im Bärengehege genügte, und die Unfallvariante schied aus. Denn das Opfer hätte sich wohl kaum selbst den Kopf abschlagen und diesen verschwinden lassen können, ehe es mit seinem eigenen Blut Parolen an die Wand schrieb und sich in den kleinen Teich stürzte, in dem Jungbär Ander so gern planschte.

»Habt ihr den Kopf gefunden?«, fragte Selma zwei Männer von der Spusi, die jedes Blatt und jeden Stein umdrehten. »Oder könnten die Bären ihn aufgefressen haben?«

»Die Braunen sind nachts immer eingesperrt. Sie waren heute Morgen noch gar nicht draußen«, sagte ein älterer Herr mit wachen Augen und besorgter Miene. »Zum Glück haben meine Pfleger die Sauerei sofort entdeckt und Alarm geschlagen.« Seine Glatze glänzte wie ein frisch geölter Kinderpopo und war von einem grau melierten Haarkranz umgeben. »Gestatten? Schneeberger.«

Jetzt erkannte Selma den Direktor des Alpenzoos, den sie bisher nur lachend und mit Kindergeburtstagsmiene im Fernsehen gesehen hatte, anlässlich der Einweihung eines neuen Geheges oder der Verkündung eines sensationellen Zuchterfolgs. Heute sah der sympathische Mann mit dem üppigen Schnauzbart eher wie ein trauriges Walross aus. Sie schüttelte ihm die Hand. »Tappeiner, vom Landeskriminalamt. Das ist mein Kollege Weinreich.«

»Was für ein Frevel! Was ist hier nur passiert?«

»Das hätten wir gern von Ihnen erfahren, Herr Schnee–«

Der »…berger« blieb ihr im Hals stecken, als ein junger Mann schreiend und gestikulierend auf sie zuraste, als wäre ihm der

Teufel auf den Fersen. Keuchend blieb er stehen und stammelte Unzusammenhängendes. Nach mehreren Anläufen brachte er einen ganzen Satz heraus. »Er ist bei den Wölfen.«

»Wer?«, fragten Schneeberger und Weinreich gleichzeitig.

Selma schluckte. Sie ahnte die Antwort, bevor der Pfleger, der jetzt wie auf Knopfdruck kreideweiß wurde, sie aussprechen konnte. »Der Bruno.« Der junge Mann würgte. »Besser gesagt sein Kopf.« Dann knickten dem Guten die Knie ein. Er sank auf den Kiesweg und erbrach sich auf Direktor Schneebergers Schuhe.

Zwei Stunden später kamen alle im Besprechungsraum zusammen.

»Der Chef wird rotieren.« Mitterhofers Mimik sprach Bände. Er schielte begehrlich auf die Schachtel Lucky Strike, die vor Weinreich auf dem Tisch lag. Am liebsten hätte er wohl seine ein Meter achtundneunzig Körpergröße auf Zigarettenlänge geschrumpft und sich in Weinreichs Packung versteckt, um Gschwandtners Zorn zu entgehen. Dass er und Wurz die nochmals angeordnete Befragung der Schiffscrew abgebrochen hatten und nach Eingang der Mordnachricht umgehend nach Innsbruck gefahren waren, kam einem offenen Aufstand gleich. »Womöglich hängt er uns ein Disziplinarverfahren an, Toni.«

Wurz schüttelte den Kopf.

»Scheiß di net an, Mark. Wer soll denn dann die Arbeit machen, wenn er euch beide suspendiert?« Weinreich stupste die Zigarettenpackung mit zwei Fingern an und ließ sie auf dem Besprechungstisch rotieren.

»Toben wird er, so viel ist sicher.«

Selma lächelte. »Wer selbst durch Abwesenheit glänzt, sollte sich mit Kritik zurückhalten.«

Ganz wie früher krempelte Wurz seine Ärmel hoch, räusperte sich und eröffnete die Besprechung. »Ein aktuelles Gewaltverbrechen entspricht einem Notfall, Mark. Noch dazu so ein grausamer und spektakulär in Szene gesetzter Mord. Das ist ein ungeschriebenes Gesetz, das auch Gschwandtner respektieren muss.« Er blickte in die Runde. »Sepp, Selma, ihr wart beide am Tatort. Wer von euch will berichten?«

Weinreich spielte Kavalier. »Läidies först.«

Selma nahm ein Haargummi und fasste ihre Mähne zu einem Pferdeschwanz zusammen. »Der Tote heißt Bruno Kleinheinz und ist im Drogenmilieu kein Unbekannter. Im Dezember 2012 wurde er nach einer fast dreijährigen Haftstrafe wegen mehrerer Einbruchs- und Drogendelikte entlassen. Seit einigen Wochen arbeitete er als Hilfskraft im Alpenzoo und galt als verlässlich und umgänglich. Angeblich wollte er seine kriminelle Karriere hinter sich lassen und noch einmal ganz von vorn anfangen.«

»Sagt wer?«

»Seine Mutter.« Selma zuckte mit den Schultern. »Aber auch die Kollegen im Alpenzoo, die mit ihm näher zu tun hatten.«

»Wie wurde er ermordet? Hat Prantl sich schon dazu geäußert?«

»Du kennst doch Prantl! Die Obduktion findet erst am Nachmittag statt, vorher lässt er sich nichts aus der Nase ziehen.«

»Wie hat es für euch ausgesehen?«

»Äußere Verletzungen am Rumpf konnte ich nicht erkennen, am Kopf auch nicht. Vermutlich wurde ihm zuerst die Kehle durchgeschnitten und danach der Kopf abgetrennt. Was meinst du, Sepp?«

Weinreich steckte sich eine Zigarette hinters Ohr und nickte. »Entweder so oder gleich Rübe ab. Im Bärengehege hamma jedenfalls massenhaft Blut gfunden. Die Kollegen von der Technik sind schon dran.«

»Heißt das, er wurde zerstückelt?«

»Den Kopf hat ein Pfleger im Wolfsgehege entdeckt. Der Rumpf lag im Bärenpool. Außerdem wurden dem Toten einige Finger und der Penis abgeschnitten.«

Wurz schüttelte sich. »Habt ihr alle Teile eingesammelt, Severin?«

»Um einen Zeigefinger haben sich Paul und Flora gestritten.« Auf Wurz' fragenden Blick ergänzte Bartsch: »Das sind die beiden Kolkraben im Rabenturm. Den Penis hat der Täter den Murmeltieren in ihre Futterschüssel gelegt. Zu den Karotten. Die beiden Daumen haben meine Männer im Waldrapp-Gehege aufgespürt. Einen kleinen und einen Mittelfinger vermissen wir noch.«

Mitterhofer kratzte sich am Kinn. »Moment mal. Wie kommt denn der Mörder ins Bärengehege? Und vor allem: Wie kommt er wieder heraus?«

»Direktor Schneeberger hat uns erklärt, dass die gefährlichen Tiere wie Bären und Wisente nachts eingesperrt werden. Der oder die Täter konnten dort also ungestört schalten und walten. Vermutlich hat Bruno den Schlüssel eines befreundeten Pflegers entwendet und seine Mörder selbst hereingelassen.«

»Sonst was Auffälliges?«

»An die Mauer vom Bärengehege hat jemand mit Blut was hingschmiert«, sagte Weinreich. »Und zwar ›Jes. 13,9‹.«

»Was kann das heißen?«

»Vielleicht hat er das englische ›Yes‹ gmeint und falsch gschriebn? ›Yes, we can‹ zum Beispiel. Und 13,9 könnt die Länge vom abgschnittenen Schniedlwutz sein. Bissl klein vielleicht, wenn du mich fragst.«

Selma lachte laut auf. »Nein, Sepp, da liegst du ganz falsch. Ich hab's vorhin gegoogelt. Die Abkürzung steht für Jesaja, Kapitel 13, Vers 9. Und da heißt es: ›Denn siehe, des Herrn Tag kommt grausam, zornig, grimmig, das Land zu verstören und die Sünder daraus zu vertilgen.‹«

»O mei, o mei«, murmelte Weinreich. »Meinst, mir ham's mit einem religiösen Spinner zu tun?«

»Oder mit einem, der sich rächen wollte und zu seiner Rechtfertigung die Bibel bemüht hat. Ich bin überzeugt davon, dass es einen Zusammenhang mit dem alten Tim-Kabiersch-Fall gibt.« Alle Augen waren gebannt auf Selma gerichtet, nur Bartsch wirkte milde desinteressiert. »Erinnert ihr euch, dass Tims Leiche mit zwei Klavierbeinen als Gewichten in eine Transportdecke für Flügel gewickelt war? Und an das große Bronzekreuz, das das Skelett um den Hals trug?«

Alle nickten. Selma erklärte, dass die Spuren in die ehemalige Klavierklinik Kleinheinz führten. »Bruno war der Sohn.«

»Du glaubst, dieser Bruno hat Tim ermordet, und jemand hat sich an ihm gerächt?«, fragte Wurz. »War er denn ein Pädophiler? Hat er Tim Kabiersch gekannt? Oder Morgenroth? Haben die beiden vielleicht gemeinsame Sache gemacht?«

»Das alles wollte ich Bruno Kleinheinz fragen, leider ist es nicht mehr dazu gekommen. Bisher gibt es keinen Anhaltspunkt für pädophile Neigungen bei Bruno und auch keinen Hinweis, dass er und Morgenroth einander kannten.« Selma nahm ihre Brille ab, putzte sie mit einem Taschentuch und setzte sie wieder auf. »Aber egal, ob Bruno Kleinheinz schuldig an Tims Tod war oder nicht, eines steht für mich fest: Der Mörder von Bruno hat genau das geglaubt und ihn aus Rache abgeschlachtet.«

»Da ziehst du aber sehr voreilige Schlüsse«, meinte Mitterhofer. »Immerhin war Bruno kriminell. Er hat gedealt. Vielleicht hat er sich mit den ganz bösen Jungs angelegt und wollte sie abzocken? Vielleicht hat er sich in eine große Sache hineinziehen lassen und kalte Füße bekommen? Und was wir hier sehen«, Mitterhofer zeigte auf die Fotos, die Weinreich vom Mordopfer geschossen hatte, »ist die Abrechnung?«

»Es deutet aber alles darauf hin, dass Bruno den Absprung aus dem Drogenmilieu geschafft hat.« Selma zog das Alpenjournal aus ihrem Rucksack und schlug den Artikel über Tim Kabiersch auf. »Und jetzt schaut euch das an. Hier wird Morgenroth als unschuldig dargestellt. Die neuen Indizien werden erwähnt, und mit der Klavierdecke wird ein Hinweis auf die Familie Kleinheinz gegeben, wenn auch nur in einem Nebensatz. Erschienen ist die Zeitung gestern Abend.« Sie senkte die Stimme. »Und heute Morgen ist Bruno Kleinheinz tot. Kann das Zufall sein?« Sie reichte die Zeitung herum.

Mitterhofer pfiff leise durch die Zähne. »Ein starkes Stück. Hast du …?« Er deutete mit dem Zeigefinger auf sie.

Selma fragte sich, ob sie seinen Blick als naives Staunen oder als hinterlistiges Belauern deuten sollte. »Natürlich nicht! Keine Ahnung, von wem dieser Lato seine Informationen hat.«

»Das würde mich auch interessieren. Aber momentan ist es zweitrangig.« Wurz knetete beide Ohrläppchen. »Selma, hast du einen Verdacht?«

»Nichts Konkretes. Tims Eltern hätten natürlich gute Gründe gehabt, sich zu rächen. Vor siebzehn Jahren hat der Mörder ihres Kindes ihr Leben zerstört, von einer Minute auf die andere. Die Ehe ist zerbrochen. Tims Mutter hat zwar eine zweite Familie gegründet, aber sie ist eine verhärmte Frau. Sein Vater macht auf mich einen völlig fertigen Eindruck. Als stünde er permanent unter Drogen. Beide konnten nie mit dem Verlust ihres Sohnes abschließen. Und jetzt, jetzt ist zwar endlich der Leichnam aufgetaucht, aber dafür stellt sich heraus, dass der richtige Mörder noch frei herumläuft und sich die Kripo nicht darum kümmert. Ich könnte mir vorstellen, dass den Eltern die Bestrafung des Schuldigen ein großes Anliegen ist.«

»Aber gleich Mord? Auf einen vagen Verdacht und einen Zeitungsartikel hin?«

»Du hast ja recht, Toni. Es klingt verrückt. Trotzdem sollten wir den beiden auf den Zahn fühlen.«

Bartsch nickte. »Auf alle Fälle.« Er gab Selma das Alpenjournal zurück.

Als sie die Zeitung zusammenfaltete, wurde die Tür zum Besprechungsraum mit Schwung aufgedrückt. Gschwandtner kam herein. An den zu Schlitzen zusammengekniffenen Äuglein konnte man seine schlechte Laune ablesen. »Nur weil wir einen Mord haben, heißt das nicht, dass Sie meinen Anweisungen nicht mehr Folge leisten müssen«, knurrte er und warf Mitterhofer und Wurz einen vernichtenden Blick zu.

Selma beeilte sich, das Alpenjournal wieder in ihrem Rucksack zu verstauen. Doch das Zeitungspapier, dieser gemeine Verräter, sperrte sich dagegen und raschelte, als wollte es Gschwandtners Blick partout auf sich lenken.

Schon drehte der Kripochef den Kopf. An den Buchstaben »Wer tötete den kl…« blieben seine Augen hängen. Die Hand schnappte nach der Zeitung, riss sie Selma weg. Er schlug sie auf, las. Seine Unterlippe bebte. Der Brustkorb hob und senkte sich wie nach einem Einhundert-Meter-Sprint. Das Gesicht wurde rot, es wurde weiß. Die Stille im Raum war allumfassend. Sie toste in Selmas Ohren.

Nach qualvollen Augenblicken, die sich zu gefühlten Stunden dehnten, knallte er die Zeitung auf den Tisch. Hätte er Selma angeschrien und getobt, es wäre halb so schlimm gewesen. Aber er sah durch sie hindurch und lächelte dabei. Mit einem Mal hatte sie das Gefühl, neben sich zu stehen und die Szene zu beobachten wie ein Déjà-vu. Nein, wie etwas, das sie zwar noch nicht erlebt, aber bereits vorausgeahnt hatte.

Gschwandtner fragte nicht, wer die Informationen an die Presse gegeben hatte. Für ihn war der Fall klar. »Das Fass ist übergelaufen«, zischte er. Ein winziges Spucketröpfchen flog auf Selma zu, traf sie aber nicht, sondern landete auf dem Blatt Papier, auf dem sie sich nur zwei Worte notiert hatte: »Manfred Kabiersch?«. »Sie sind mit sofortiger Wirkung vom Dienst suspendiert.«

»Aber ... ich war das nicht!« Ihr Nacken juckte. Sie unterdrückte das Bedürfnis, sich zu kratzen. »Ich habe keine Informationen an die Presse weitergegeben!« Diesmal nicht. Die Sache mit dem Bronzekreuz war ein Schnellschuss gewesen. Ein Fehler. Außer unnötiger Arbeit für Linda hatte die Aktion gar nichts gebracht.

»Sie ignorieren meine Anweisungen, Sie belügen mich, Sie handeln auf eigene Faust, und zwar absolut verantwortungslos. Mein Entschluss steht fest. Ich werde ein Disziplinarverfahren gegen Sie einleiten.«

Selma sprang auf. Panisch sah sie sich um, versuchte Blickkontakt mit ihren Kollegen herzustellen, doch alle hielten den Kopf gesenkt. Kam ihr wirklich niemand zu Hilfe? Legte niemand Protest ein oder versuchte zu moderieren?

Sie hielt die Luft an.

Nichts passierte. Kein Widerspruch, kein Aufbegehren, nur betretenes Schweigen.

»Geben Sie Waffe und Dienstmarke ab und gehen Sie mir aus den Augen.« Noch ein Spucketröpfchen kam geflogen. Diesmal landete es in ihrem Gesicht.

Selma wischte mit dem Ärmel über ihre Wange. Bitter enttäuscht holte sie ihre Waffe aus dem Spind und legte sie vor Gschwandtner auf den Tisch. Ebenso den Dienstausweis und die Kokarde. Kommentarlos ließ sie noch einmal ihre Augen in die Runde schweifen. An Mitterhofer blieb ihr Blick hängen. Kein Zweifel, seine Mundwinkel zuckten. Er versuchte, ein Lächeln zu unterdrücken.

Sie packte ihre Sachen zusammen, nahm den Rucksack und rauschte ab, ohne sich von irgendwem zu verabschieden. Das

Knallen der Tür klang wie ein finaler Schuss. Draußen begrüßte sie der Föhn und stemmte sich ihr entgegen, als wollte er verhindern, dass sie ging. Ein seltsamer Verbündeter, der an ihrem Haar riss, ihr Sand ins Gesicht schleuderte und sie derart ins Schwitzen brachte, dass sie das Fehlen ihrer Jeansjacke gar nicht bemerkte: Die hing wie eine abgestreifte Haut über der Stuhllehne im Besprechungszimmer – ein Überbleibsel aus einem früheren Leben, das noch zum Greifen nah und doch unerreichbar war.

»Paaampa-ram-bam-pam«, gab das Klavier vor. Das Bandoneon schlich sich mit einem einzelnen Ton ins Geschehen, einem hohen Ton, der leise, fast unhörbar begann, langsam anschwoll und in eine Melodie überging, die vor Melancholie und Süffigkeit beinahe platzte. Dann drängte sich die Violine ins Geschehen, löste das Bandoneon ab und führte jammernd zu Ende, was dieses begonnen hatte.

Heisenberg hielt Valentina im Arm und sog genießerisch ihren Pfirsichduft ein. Wange an Wange standen sie da, er schmiegte sein Bein an ihren weichen Schenkel.

Die Melodie begann von vorn. Rechter Fuß zurück – eins, linker Fuß zur Seite – zwei, rechter Fuß nach vorn – drei, auf vier sollte der linke Fuß auch nach vorn, doch er stieß auf ein Hindernis. Heisenberg stolperte und fluchte, die Violine jaulte auf. Nein, das war Heino.

Der Tango-Zauber zerriss wie Nebelschwaden, Valentinas Schenkel verwandelte sich in die Teppichkehrmaschine zurück, die Heisenberg zu Übungszwecken aus dem Abstellraum geholt hatte und die nun von Heino begeistert umrundet und verbellt wurde.

»Pfui, aus, das ist kein Spiel!« Bitterer Ernst war das. Bisher hatte Heisenberg sich immer für einen passablen, sogar für einen einfühlsamen Tänzer gehalten. Aber beim Tango stieß er an seine Grenzen. Und dabei sah es so wunderbar leicht aus, wenn Fritz, der Kursleiter aus Dresden, es mit seiner argentinischen Partnerin vorzeigte. Leicht und unverschämt erotisch. Auch Valentina schien das Tangotanzen im Blut zu liegen. Dagegen beherrschte Heisenberg zwar halbwegs die Grundschritte, doch es fehlte seinen Bewegungen an Eleganz. Und mit der Teppichkehrmaschine im Arm fiel es ihm schwer, daran zu arbeiten. Aber da musste er durch.

»Üben, üben«, hatte Fritz ihm mit auf den Weg gegeben, und »Ritmo, ritmo«, hatte Consuelo mit ihrem unergründlichen Lächeln hinzugefügt.

Morgen Abend wollte er sowohl seine Tanzlehrer als auch Valentina überzeugen, dass er Fortschritte gemacht hatte. Vor allem natürlich Valentina. Vorgestern hatten sie – nach Annas umwerfend köstlichem Tafelspitz – zwar miteinander geübt, aber nur kurz. Valentina war unkonzentriert gewesen, ihr Ausschlag juckte noch immer, und die Medikamente in Kombination mit Annas Wein hatten sie müde gemacht. Also musste er sich selbst helfen, wenn er ihr bei der Milonga am Samstag seinen guten Willen und seinen Eifer beweisen wollte. Denn er wusste, wie wichtig ihr der Tanzkurs war.

Er sperrte Heino in den Flur und startete die Piazzolla-CD noch einmal. Kaum hatte das Bandoneon eingesetzt, gesellte sich ein zweiter Ton dazu. Schrill, nervtötend und in der falschen Tonart. Heisenbergs Handy.

Seufzend entließ er den Teppichkehrer aus seiner Umarmung, stoppte die Musik und nahm den Anruf an.

Die heisere Stimme von Selma Tappeiner drang an sein Ohr, und er konnte heraushören, dass sie geweint hatte.

»Was ist passiert?«

Mit angehaltenem Atem lauschte er ihrem Bericht von Bruno Kleinheinz' Ermordung bis zu ihrer vorläufigen Suspendierung. Ihre Verzweiflung war greifbar. Heisenberg versuchte, tröstende Worte zu finden. Was musste dieser Gschwandtner für ein Widerling sein! Er selbst hatte in über dreißig Dienstjahren kein einziges Mal auch nur daran gedacht, einem seiner Mitarbeiter ein Disziplinarverfahren aufzubrummen. Vielleicht hatte der neue Chef ein massives Autoritätsproblem? Minderwertigkeitsgefühle?

»Das wird er noch bereuen, Selma, das garantiere ich dir. Auf so eine tüchtige Kollegin kann er nicht verzichten.«

»Was heißt Kollegin? Er sieht seine Leute höchstens als Untergebene an, nicht als gleichwertige Mitarbeiter. Und ich war von

Anfang an nur ein lästiges Anhängsel, dem er nichts zugetraut hat.«

»Trotzdem, er braucht jeden, gerade jetzt, wo er faktisch zwei Morde aufklären muss. Denn um das Wiederaufrollen des Mordes an Tim Kabiersch wird er nicht herumkommen, ob es ihm passt oder nicht.«

»Linda hat mich vorhin angerufen. Die Akte Kabiersch bleibt im Archiv. Gschwandtner hält einen Zusammenhang zwischen den beiden Fällen für ›das Hirngespinst einer hysterischen Tussi‹. Mitterhofer und Weinreich wurden angehalten, ausschließlich in Richtung Drogenmilieu und Brunos krimineller Vergangenheit zu ermitteln. Wurz ist immer noch mit Nachforschungen im Fall Rüdiger Rist beschäftigt.«

Heisenberg schluckte. Sosehr er Selma bedauerte, ihm fielen keine tröstenden Worte mehr ein.

»Das war's dann wohl mit unserer gemeinsamen Arbeit«, sagte sie und schluchzte unterdrückt, aber unüberhörbar.

Er versuchte es mit einer absurden Reaktion. Er lachte. »Willst du es dem Ekelpaket so leicht machen? Das ist ja gerade, was er erreichen will: kritisches Denken und eigenverantwortliches Handeln unterbinden. Stattdessen setzt er auf bedingungslosen Gehorsam.«

Selma schnäuzte sich.

»Das wäre nicht so schlimm, wenn er klug und umsichtig agieren würde. Aber Dummheit und kapitale Fehler werden wir bestimmt nicht unterstützen!« Er räusperte sich. »Unsere Parole heißt: Jetzt erst recht!«

»Aber das hat doch alles keinen Sinn. Wie sollen wir ermitteln? Niemand wird mit uns sprechen, ohne Dienstausweis und Legitimation.«

»Och, das lassen wir darauf ankommen. Wetten, dass es dein Personalausweis auch tut? Der Bibliotheksausweis oder die Mitgliedskarte des Alpenvereins, die ich letzthin bei Frau Kleinheinz gezückt habe? Die wenigsten machen sich die Mühe, genau nachzusehen, wenn du ihnen nur ein bedrucktes Plastikkärtchen vor die Nase hältst.«

Selma schluchzte noch einmal, doch es klang schon fröhlicher.

»Am besten besprechen wir alles Weitere bei dir«, sagte er, bevor sie Luft holen und zu einem neuerlichen Einwand ansetzen konnte. »Sagen wir um zwei? Heino freut sich schon!«

Gesagt, getan. Die Hunde tobten im Garten, der Tee dampfte in den Tassen, Heisenberg und Selma planten, welche Ermittlungspunkte Priorität hatten. Selmas Augen waren noch etwas glasig, die Tränensäcke geschwollen, und die Nase stach rot und spitz aus dem blassen Gesicht wie ein Vorwurf. Im Übrigen wirkte die frisch Suspendierte hellwach und sehr motiviert.

»Ignorieren wir zunächst den Mord an Tim«, schlug Heisenberg vor. »Ob Bruno Kleinheinz nun der Täter war oder nicht, darum kümmern wir uns später. Wir müssen davon ausgehen, dass Brunos Mörder davon überzeugt war. Denn deine Tatortbeschreibung ist das reinste Racheszenario.«

»Genau. Brunos Bestrafung wurde regelrecht zelebriert.«

Sie stimmten darin überein, dass Tims Eltern das stärkste Motiv hatten. Durch den Fund ihres toten Kindes war ihr nie ganz verarbeiteter Schmerz frisch aufgebrochen. Als Selma sie zu dem Bronzekreuz befragt hatte, waren sie hellhörig geworden und hatten unabhängig voneinander erahnt, dass Zweifel an der Schuld Morgenroths aufgetaucht waren.

»Wir müssen mit den beiden reden.«

Selma nickte. »Teilen wir uns die Befragungen auf!«

»Einverstanden. Ich würde gern mit Ida sprechen. Ich erinnere mich gut an sie.« Vor allem erinnerte Heisenberg sich an die Verzweiflung in ihren Augen, als sie Tims zerrissene, blutige Kleidung gefunden hatten. Und eine blutdurchtränkte Decke. So viel Blut, dass ausgeschlossen war, Tim könnte noch leben.

»Außerdem sollten wir die Angehörigen von Kasper Morgenroth nicht außer Acht lassen«, meinte Selma. »Wenn ein Familienmitglied plötzlich des Kindesmissbrauchs und des Mordes angeklagt wird, bleibt kein Stein auf dem anderen. Die gesellschaftliche Ausgrenzung ist vorprogrammiert. Und wenn sich dann herausstellt, dass ein anderer dafür verantwortlich war, könnte das Hass und tödliche Rachegefühle bei den Angehörigen heraufbeschwören.«

»Völlig richtig. Ich entsinne mich dunkel an Morgenroths Exfrau, eine gebürtige Südtirolerin.«

»Sie ist wieder in ihre Heimat gezogen, nach Wiesen bei Sterzing.« Selma lächelte Heisenberg an, es war wie ein kleiner Sonnenaufgang. »Ihre Adresse zu recherchieren war die erste sinnvolle Tat nach meiner Suspendierung.«

»Wenn die Befragung von Tims Mutter nicht allzu lange dauert, könnte ich im Anschluss daran nach Sterzing fahren.« Er würde den Ausflug mit einem kleinen Einkauf verbinden. Ein paar Flaschen von dem Roten, der Valentina so gut schmeckte.

»Wunderbar, dann werde ich mich um Morgenroths ältere Schwester kümmern.«

Heisenberg machte sich auf den Weg.

Tims Mutter hieß nicht mehr Kabiersch, sie war mit dem bekannten Psychiater Dr. Bruno Hagleitner verheiratet und wohnte am Ortsrand von Natters, mitten im Grünen. Das Haus, ein Kubus aus Holz, sah in seiner Kargheit wie die Preisträgerhäuser von Architekturwettbewerben aus. Es stand in einem großzügigen Garten, in dem vereinzelte Koniferen ihrer Mickrigkeit zufolge wohl erst vor Kurzem angepflanzt worden waren. In einer Sandkiste lag ein verlassener roter Eimer, halb voll mit Regenwasser. Eine Schaukel schwang sachte im Wind. Heisenberg fragte sich, ob der hohe Maschendrahtzaun, der das Grundstück umgab, zwei- und vierbeinige Bewohner am Ausbüxen oder die gefährliche Außenwelt am Eindringen hindern sollte.

Als ihm Ida Hagleitner die Tür öffnete, erschrak er. Tims Mutter konnte höchstens Mitte vierzig sein, aber trotz der dicken Make-up-Schicht, mit der sie versucht hatte, ihre Falten zu überschminken, sah sie gut zehn Jahre älter aus. Die Nase, die er als fein in Erinnerung hatte, war knolliger geworden. Die Gesichtszüge härter, der Körper magerer. Ein paar Herzschläge lang starrte sie ihn an wie einen Fremden, dann blitzte Erkennen in ihren Augen auf. Ein feines Lächeln spielte um ihre Mundwinkel, doch es war aufgesetzt. Denn in ihrem Blick lag Misstrauen.

Dennoch bat sie ihn gleich herein und schien sich nicht über seinen Besuch zu wundern. Sie führte ihn ins Wohnzimmer, das schlicht, aber gemütlich eingerichtet war. Er setzte sich auf das orange Sofa und wartete. Sie musterte ihn, lauernd und gegen Unannehmlichkeiten gewappnet. Dass sie nicht wissen wollte, warum er gekommen war, gab ihm zu denken.

Er fragte sie zuerst nur Unverfängliches, behutsam, jedes Wort abwägend. Und sie erzählte. Schilderte in knappen Sätzen, wie es ihr in den vergangenen siebzehn Jahren ergangen war. Sie jammerte nicht, sondern spielte ihre Verzweiflung und die Trauer herunter. Erzählte lieber von ihrem Exmann, von seinen Schuldgefühlen, weil er den Jungen nicht wie versprochen vom Klettertraining abgeholt hatte, damals, an jenem verhängnisvollen Gründonnerstag.

»Manfred hat sich vollkommen fertiggemacht, und niemand konnte ihm das ausreden. Einmal hat er versucht, sich die Pulsadern aufzuschneiden, aber ich habe ihn rechtzeitig gefunden. Dann bekam er Medikamente, doch er vertrug sie nicht, setzte sie ab, rutschte wieder in eine schwere Depression. Ein zweiter Selbstmordversuch mit Schlaftabletten war die Folge. Danach hat sich Pater Simon Schleck seiner angenommen. Manfred hat Trost im Gebet gefunden.«

Heisenberg horchte auf. »Ihr Exmann ist religiös?«

»Das ist gar kein Ausdruck! In kürzester Zeit wurde er vom Atheisten zum Betbruder.« Sie senkte die Stimme. »Unsere Ehe hat das nicht ausgehalten. Nein«, korrigierte sie sich, »ich habe es nicht ausgehalten. Seit elf Jahren sind wir geschieden.«

»Und wie geht es ihm heute?«

»Wie Sie sich denken können, sehen wir uns nur noch selten. Aber soviel ich weiß, ist er stabil.« Sie zuckte mit den Schultern. »Sofern er seine Medikamente nimmt.«

»Und Sie?«

»Ich habe Glück gehabt. Ich hatte einen ausgezeichneten Psychiater, der mich aus dem schwarzen Loch herausgeholt hat. Er hat mir die Freude an meinem Beruf zurückgegeben. Später haben wir sogar geheiratet.« Ida Hagleitner zeigte ihm ein breites Lächeln, das die Dankbarkeit unterstreichen sollte, die sie für ihren Mann empfand. Ihre Augen erreichte das Lächeln jedoch nicht. Stattdessen las Heisenberg in ihnen, dass das schwarze Loch von früher die Dimensionen eines monströsen Kraters gehabt haben musste.

Diese Frau war durch die Hölle gegangen. Siebzehn Jahre lang zu wissen, dass ihr einziger Sohn tot war, tot sein musste, und gleichzeitig nicht an seinem Grab trauern und irgendwann mit dieser Trauer fertigwerden zu können, das hatte Tims Mutter dünnhäutig gemacht. Unter den Sprüngen der dicken Make-up-Schicht schimmerte diese dünne und verletzliche Haut durch.

»Es freut mich für Sie, dass Sie wieder gelernt haben zu lachen. Haben Sie Kinder?«

Jetzt blitzten ihre Augen. Für einen flüchtigen Moment sah sie glücklich aus. »Mein Mann und ich waren vor vier Jahren in Kambodscha. Dort haben wir Samnang adoptiert. Sie ist jetzt sechs.« Sie holte eins der gerahmten Bilder vom Kaminsims. Die dunkelhaarige Kleine stand mit staunenden Augen vor dem Christbaum und lächelte selig. »Ich würde sie Ihnen gern vorstellen, aber heute ist sie auf der Geburtstagsparty einer Mitschülerin.«

Nach dem friedvollen Eingangsgeplänkel kam Heisenberg langsam zur Sache. Er fragte sie, ob sie Bruno Kleinheinz gekannt habe. Zeigte ihr ein Foto, das Selma im Internet gefunden und ausgedruckt hatte.

Ida Hagleitner schüttelte den Kopf. Auch den Artikel im Alpenjournal kannte sie angeblich nicht. Während sie in die Küche ging, um ihm das Glas Wasser zu holen, das er verlangt hatte, huschte er zum Zeitungsständer. Unter der Tageszeitung und der Tirolerin entdeckte er die fragliche Ausgabe des Alpenjournals. Entweder hatte Tims Mutter den Artikel wirklich nicht gelesen, oder sie hatte gelogen.

»Wo waren Sie in der vergangenen Nacht zwischen zweiundzwanzig Uhr und vier Uhr früh?«, fragte er, als sie mit dem Wasser zurückkam.

Sie antwortete, ohne zu zögern. »Ab halb acht war ich in der Galerie Nothburga, um die letzten Vorbereitungen für die Ausstellungseröffnung zu treffen.«

»Eine Vernissage? Wer hat ausgestellt?«

»Ich. Die schönsten Stücke meiner Schmuckkreationen der

letzten drei Jahre. Gegen halb drei sind mein Mann und ich nach Hause gefahren. Wir haben noch ein Glas Wein zusammen getrunken, kurz nach halb vier waren wir im Bett.«

Sie zeigte ihm eine gedruckte Einladung. Ein bizarrer Schmuckanhänger war darauf abgebildet. Heisenberg erinnerte sich, dass sie gelernte Goldschmiedin war. Er steckte den Folder ein und nahm sich vor, in der Galerie nachzufragen. Aber höchstwahrscheinlich war Ida Hagleitner vormalige Kabiersch mit diesem Alibi aus dem Schneider, und es gab zahlreiche Zeugen für ihre Angaben.

Sie warf einen Blick auf ihr Smartphone und erschrak. »Oh, ich muss mich beeilen. Um halb vier habe ich einen Friseurtermin, danach muss ich meine Tochter abholen.«

Heisenberg verabschiedete sich. Sie gingen gemeinsam. Plötzlich sagte ihm eine innere Stimme, dass Tims Mutter gelogen hatte. Eine Art Jagdfieber erfasste ihn, er fuhr so langsam Richtung Innsbruck, dass sie ihn überholen musste. Dann folgte er ihr in sicherem Abstand.

Als sie tatsächlich direkt vor einem Friseursalon in der Andechsstraße parkte, verspürte er Enttäuschung darüber, dass seine Nase ihn getrogen hatte. Am liebsten hätte er sich bei Ida Hagleitner entschuldigt, die ihr Auto absperrte und … nein, sie betrat nicht den Friseurladen. Auch am Supermarkt lief sie vorbei. Aber an der Haustür daneben läutete sie und verschwand kurz darauf im Inneren des Gebäudes. Heisenberg wartete einige Augenblicke, dann stieg auch er aus und studierte die Klingelschilder. Ein Zahnlabor und ein Yogazentrum. Er entschied sich für das Yogazentrum. Klingelte, fuhr mit dem Lift in den ersten Stock. Eine ebenso dicke wie freundliche Dame mit blausilbernen Löckchen informierte ihn darüber, dass er sich bei ihr leider nicht zu einem Yogakurs anmelden könne. Er solle morgen wiederkommen, morgen seien die Yogaleute da.

»Aber wenn heute kein Yoga ist, welcher Kurs findet dann statt? Jetzt, in diesem Moment?«

Die Dame musterte ihn ausgesprochen kritisch. Er versammelte die letzten Reste von seinem ursprünglichen Wiener Charme, die nach über dreißigjährigem Tirolaufenthalt schon ziemlich eingetrocknet waren, und lächelte sie an. Und siehe da, sie errötete leicht und zupfte ihre Löckchen zurecht. »Wir haben heute ein offenes Meeting. Sollten Sie also Probleme mit … nun ja, mit dem Alkohol haben, sind auch Sie herzlich willkommen.«

Der Groschen fiel. Im Yogazentrum trafen sich die Anonymen Alkoholiker. Heisenberg bedankte sich und kehrte zu seinem Wagen zurück. Tims Mutter hatte also getrunken, was ihr bestimmt niemand übel nehmen konnte, nach allem, was sie mitgemacht hatte. Warum belog sie ihn? Aus Scham? Oder weil Lügen ihre zweite Natur war? Und wie stand es dann mit dem Wahrheitsgehalt ihrer übrigen Aussagen?

»Wer einmal lügt, dem glaubt man nicht«, murmelte er, während er auf schnellstem Weg auf die Brennerautobahn fuhr und Richtung Süden düste, zu seinem nächsten Befragungstermin. »Und wenn er auch die Wahrheit spricht.«

13

»Bringet her dem Herrn, ihr Gewaltigen, bringet her dem Herrn Ehre und Stärke!

Bringet dem Herrn die Ehre seines Namens; betet an den Herrn in heiligem Schmuck!«

Er wischte mit dem Ärmel über seine Augen, wischte die Tränen fort. Tränen der Freude, Tränen der Ehrfurcht vor dem Allmächtigen. Dann spreizte er seine Hände, hielt sie gegen das Licht, drehte sie hin und her. Er war durchströmt vom Herrn, durchströmt von seiner Größe, seiner Gewalt.

»Die Stimme des Herrn geht über den Wassern, der Gott der Ehren donnert, der Herr über großen Wassern;

Die Stimme des Herrn geht mit Macht, die Stimme des Herrn geht herrlich;

Die Stimme des Herrn zerbricht die Zedern, der Herr zerbricht …«

Wie ein Schwert zerschnitt das Schrillen der Türklingel seine Rezitation des neunundzwanzigsten Psalms. Die Silbe »bricht« zitterte noch in der Luft, einer bösen Vorahnung gleich. Als sie endlich verklungen war, meinte er leises Lachen zu vernehmen. Spöttisch, maliziös, wie ein Versprechen des Antichristen, dass er der Nächste sein werde. Der Nächste, der zerbrechen würde.

Er bekreuzigte sich. Wankte zur Tür. Wusste, dass er nur halluzinierte. Und wenn tatsächlich sein Todesengel draußen stehen sollte, er war bereit.

Doch keinen Engel ließ er herein, sondern die Kommissarin, die keine Kommissarin war. Ihren Namen hatte er vergessen, aber das Gesicht nicht, dieses zierliche Gesicht mit den unschuldigen Mandelaugen, von dunklen Locken wie von einer Aureole umrahmt; wenn er sich die Brille wegdachte, erinnerte es ihn an das Antlitz der heiligen Jungfrau Maria, der Gottesmutter, der Mutter der Barmherzigkeit.

Lieblich und unschuldig wie Maria lächelte sie ihn an. Doch dann sah er den Bruch; sah den Riss in ihrer Larve, hinter dem der Fürst der Finsternis lauerte; sie lächelte noch immer, als sie gnadenlos ihre verteufelten Fragen auf ihn abfeuerte: Wo er gestern Nacht gewesen sei, ob es dafür Zeugen gebe, ob er im Alpenjournal den Artikel über Tim gelesen habe, ob er Bruno Kleinheinz kenne.

Sein Herz schlug viel zu schnell, und er schwitzte. Das Hemd klebte am Körper, er konnte die tellergroßen Schweißflecke regelrecht spüren, konnte das Zittern spüren, das seine Hände durchlief. Er musste sich auf seine Hände setzen, um das Zittern vor ihr zu verbergen.

Die Antworten sprudelten aus ihm heraus: Er sei zu Hause gewesen, allein, das Alpenjournal, dieses Revolverblatt, lese er nicht, und den Namen Kleinheinz habe er erst heute Mittag in den Nachrichten gehört. Der Tote im Alpenzoo. Ob dieser Kleinheinz Tims Mörder sei? Natürlich müsse er sein Mörder sein, denn warum käme sonst die Polizei zu ihm? Er kämpfte gegen das Lächeln, das seine Mundwinkel dehnen wollte, kämpfte gegen die Freude, die sich schon seit Stunden Bahn brechen und wie feurige Lava aus seinem Schlund eruptieren wollte.

Er redete und schwitzte und bedauerte zum ersten Mal, dass er seine Medikamente abgesetzt hatte. Zwar fühlte er sich endlich wach. So wach und klar im Kopf wie schon lange nicht. Aber zugleich schienen Zunge und Kehlkopf schneller zu sein als seine Gedanken, und er hatte Angst, die Kontrolle zu verlieren. Die Kontrolle über seine Mimik, seine Gestik, seine Sprache.

War es klug gewesen, zu verschweigen, dass er das Alpenjournal abonniert hatte? Dass er die Familie Kleinheinz kannte, seit er ihnen ein Klavier abgekauft hatte? Ein Klavier zum achten Geburtstag von Tim, ein Klavier, das zweimal jährlich gestimmt werden musste? Gestimmt von Bartholomäus Kleinheinz und seinem missratenen Sohn Bruno, den der Alte immer im Schlepptau gehabt hatte. Würde die Kripo das nicht ohnehin herausfinden? Oder wussten sie es schon?

»Die Familie Kleinheinz hatte eine Klavierhandlung in Völs«, sagte die Nicht-Kommissarin. »1996 war Bruno Klavierbaulehrling in der Werkstatt seines Vaters. Könnte Tim ihn vielleicht gekannt haben?«

»Wer weiß? Gottes Wege sind unergründlich. Werden Sie mir jetzt sagen, ob dieser Bruno der Mörder meines Tim war?« Damit hatte er die letzte Möglichkeit vertan, die Fakten richtigzustellen. Gern hätte er sich mit dem Ärmel über die Stirn gewischt, um den Schweiß zu beseitigen, aber er wollte nicht zeigen, wie nervös er war.

»Wir wissen es nicht. Aber Sie scheinen davon überzeugt zu sein. Hegen Sie Rachegefühle?«

»Bringt das meinen Jungen zurück?«

»Beantworten Sie meine Frage.«

»Rachegefühle? Nein! In Gottes Namen, nein! Ich bin gläubiger Christ. Und Christus hat immer verziehen. Sogar seinen Todfeinden, dem Verräter Judas, Pilatus und den Menschen, die ihn ans Kreuz genagelt haben.«

»Wollen Sie mir weismachen, dass Christen keine Rache kennen?«

»Wahres Christentum und Rache sind zwei Begriffe, die keinen gemeinsamen Nenner haben.« Er schloss die Augen. Genau diese Worte hatte Pater Simon ihm mitgegeben, als er zuletzt gebeichtet hatte. Seinen unstillbaren Durst nach Vergeltung gebeichtet hatte, der seit dem Auftauchen von Tims sterblichen Überresten immer stärker geworden war. Den Wunsch, Tims Mörder in der Hölle schmoren zu sehen. Aber erst, nachdem er alle denkbaren irdischen Qualen erlitten hatte.

Verständlich, menschlich, aber eines gottesfürchtigen Katholiken unwürdig, hatte Pater Simon gesagt und ihm als Buße aufgetragen, zwanzig Vaterunser und dreißig Ave-Maria zu beten. Natürlich hatte er Buße getan, hatte die Zahl der Gebete sogar verdoppelt und war trotzdem nicht von seinem blutrünstigen Wunsch befreit worden. *Vielleicht wollte Gott es so?*

Bilder blitzten auf. Der Hölle Teufel, die dem feigen Mörder die Haut in Streifen vom Leib reißen, der Hölle Hunde, die ihm die Gedärme aus dem Leib fressen, der Hölle Schlange, die sich in seinen Kopf bohrt und seine Seele aussaugt.

Es fiel ihm schwer, die Bilder auszuknipsen und seine Genugtuung zu unterdrücken. Er war müde. Erschöpft. Hätte die

Nicht-Kommissarin mit der trügerischen Madonnenlarve am liebsten angefleht, dass sie ihn endlich in Ruhe lassen solle.

Sie schien sich mit seiner Antwort zufriedenzugeben, fragte ihn aber noch über seine Exfrau aus und über andere Menschen, die seiner Meinung nach einen Grund hätten, sich an Tims Mörder zu rächen.

Er zuckte mit den Schultern, behauptete, solche Menschen kenne er nicht.

Sie bat ihn, das Bad aufsuchen zu dürfen. Auch teuflische Plagegeister verspürten also menschliche Bedürfnisse. Danach ging sie, Jesus sei Dank.

Zitternd sank er auf die Knie, versuchte, sich wieder ganz auf sein Gebet zu konzentrieren.

»*Die Stimme des Herrn sprüht Feuerflammen.*

Die Stimme des Herrn erregt die Wüste, der Herr erregt die Wüste Kades;

Die Stimme des Herrn erregt die Hinden und entblößt die Wälder; und in seinem Tempel sagt ihm alles Ehre.

Der Herr sitzt, eine Sintflut anzurichten …«

Er hielt inne. Riss die Augen auf. Streckte die zitternden Hände zum Himmel. »Eine Sintflut, Herr!«, bat er. »Schicke eine Sintflut! Ersäufe sie, Herr, ersäufe alle unsere Feinde! Und lass als Erstes diejenige zur Hölle fahren, deren Seele schwarz ist wie die Verdammnis und die sich hinter dem Gesicht der heiligen Gottesmutter verbirgt!«

14

11. Mai

Missmutig blickte Selma nach oben. Eine durchgehende Schicht aus grafitgrauem Zellstoff überwucherte den Himmel wie eine zweite Haut, ohne Anfang und Ende, ohne den kleinsten Riss, der zur Hoffnung berechtigte: Hoffnung auf einen durchbrechenden Sonnenstrahl. Stattdessen fiel der Regen in dicken Schnüren. Zähneklappernd schloss sie den Reißverschluss ihres viel zu dünnen Windstoppers und vermisste die Jeansjacke darunter, die sie im Besprechungsraum des LKA vergessen hatte. Sie würde Linda bitten müssen, ihr die Jacke gelegentlich vorbeizubringen. Selbst schaffte sie es nicht, die vertrauten Räumlichkeiten aufzusuchen, als ob nichts gewesen wäre. Noch nicht.

Heino und Caruso fanden den Regen herrlich, sie balgten sich um einen Stock, tobten am Sillufer entlang, jagten durch Drecklacken, dass es spritzte, suhlten sich im nassen Gras. Selma zog ihre Kapuze tiefer in die Stirn, damit ihr das Wasser, das an Heisenbergs Schirm herunterlief, nicht in den Kragen rann.

Gut gelaunt erzählte er von seinen gestrigen Befragungen. Er schien immer mehr aufzublühen. Die Hängebacken, die ihm so viel Ähnlichkeit mit Heino verliehen, wirkten straffer denn je, und das Altersbeige seines Teints war einem frischen Rosa gewichen. Kurz: Die Ermittlungsarbeit tat ihm gut.

»Dann glaubst du also, dass Tims Mutter nicht für den Mord an Bruno in Frage kommt?«

»Sie war auf einer Vernissage. Ihr Alibi ist wasserdicht«, sagte er mit Blick auf seine durchweichten Schuhe, die es offensichtlich nicht waren. »Die Galeriebetreiber haben bestätigt, dass sie und ihr Mann die ganze Zeit da waren. Bis halb drei Uhr früh.«

»Dann können wir sie abhaken. Denn Prantl zufolge ist Bruno zwischen elf Uhr abends und ein Uhr früh gestorben. Schnitt durch die Kehle, mit einem sehr scharfen Messer. Die Verstümmelungen fanden postmortal statt.«

»Woher weißt du das?«

»Toni hat mich angerufen.« Wurz hatte erzählt, dass er und Weinreich zu Gschwandtner gegangen waren, um gegen ihre Suspendierung zu protestieren. Es sei ja keinesfalls erwiesen, dass Selma Informationen an Journalisten weitergegeben habe. Doch Gschwandtner hatte sich taub gestellt. Und Wurz war tatsächlich geknickt gewesen, weil er ihr nicht helfen hatte können. »Zum Ausgleich war er sehr gesprächig, was die bisherigen Ermittlungsergebnisse betrifft.« Wenigstens etwas, wenn auch nur eine winzige Genugtuung.

»Und wie steht's? Sind die Kollegen weitergekommen?«

»Kein bisschen. Zumindest ist Gschwandtner endlich bereit, den Tod des Landeshauptmanns als Unfall anzuerkennen.« Der Wind blies ihr die Kapuze vom Kopf. »Aber im Mordfall Kleinheinz treten sie auf der Stelle. Bisher gibt es keinen Hinweis darauf, dass Bruno sich nach seiner Entlassung kriminell betätigt hat. Den Kontakt zu seinen früheren Kumpels hat er abgebrochen. Sein einziger Freund soll ein äußerst biederer Alpenzoo-Kollege gewesen sein.«

Heisenberg lachte boshaft. »Dann sollte Gschwandtner schleunigst Brunos Verbindung zu Tim Kabiersch untersuchen.«

»›Timkabiersch‹ ist das Unwort des Jahres für den Chef. Niemand traut sich mehr, den Namen zu erwähnen.«

Heisenberg tätschelte ihren Arm, als wüsste er, wie mies es sich anfühlte, dem Chef gegenüber im Recht zu sein, aber am kürzeren Ast zu sitzen.

»Trotzdem hat Toni diesbezüglich die Augen offen gehalten und mir etwas Interessantes verraten: In der Kundenkartei der ehemaligen Klavierklinik Kleinheinz taucht der Name Manfred Kabiersch auf. Im Jahr 1994 hat er ein Klavier gekauft und es zweimal jährlich stimmen lassen.«

»Ach, da schau her!«

»Mir gegenüber hat Manfred Kabiersch abgestritten, den Namen Kleinheinz je gehört zu haben. Es wäre zwar denkbar, dass er Bruno nicht kannte, aber an den Vater müsste er sich doch erinnern. Ein Klavier kauft man ja nicht jeden Tag.«

»Dann hat Ida auch gelogen«, brummelte Heisenberg. »Aber sie nimmt es überhaupt nicht so genau mit der Wahrheit. Sie hat sogar bestritten, den Artikel im Alpenjournal zu kennen, obwohl ich die Ausgabe in ihrem Zeitungsständer entdeckt habe, und ihren Besuch bei den Anonymen Alkoholikern hat sie ebenfalls verleugnet. Wie ist es sonst bei Manfred Kabiersch gelaufen?«

»Der Gute hat kein Alibi. Und die Tatsache, dass er einen religiösen Fimmel hat, macht ihn natürlich verdächtig. Die ganze Wohnung ist voll von Heiligenbildern, Madonnen und Kruzifixen, mehr als die Hälfte seiner Bücher sind religiöse Schriften. Und doch ... ich traue ihm ehrlich gesagt keinen Mord zu. Der Mann ist körperlich ein Wrack. Er wirkte gestern zwar klarer und aufgeweckter als bei meinem letzten Besuch, aber seine Hände haben gezittert, er hatte Muskeltics und sah aus, als würde er jeden Moment umkippen.«

»Vielleicht hat ihn deine Befragung nervös gemacht?«

»Es liegt wohl eher an den Tabletten.«

Heisenberg schenkte ihr einen fragenden Blick.

»Ich war am WC und habe mir bei der Gelegenheit Kabierschs Badezimmerschrank angesehen. Da lagern mehrere Großpackungen Saroten und Remeron. Meine Hausärztin sagt, es handle sich dabei um Antidepressiva, ein älteres und ein neueres Präparat. Diese Medikamente haben eine sedierende Wirkung. Antriebslosigkeit ist die Folge, dazu kommen Gedächtnis- und Konzentrationsstörungen. Gestern habe ich zwar offensichtlich einen wacheren Moment erwischt, trotzdem kann ich mir nicht vorstellen, dass er den jüngeren, kerngesunden Bruno Kleinheinz getötet hat. Zumindest nicht allein.«

»Warst du auch bei Morgenroths Schwester?«

»Das ist sich leider nicht mehr ausgegangen.« Selma sah ihn schuldbewusst an. Der Besuch bei Manfred Kabiersch hatte sie zu sehr mitgenommen, und sie war ja schon durch die Suspendierung angeschlagen. Sie hatte Trost gebraucht, die starken Arme von Renate, ihre Zärtlichkeit, die Zuversicht, die allein ihr Anblick vermittelte. Anstatt Frau Morgenroth aufzusuchen, hatten Renate und sie sich geliebt, als gäbe es kein Morgen. »Wollen wir heute zusammen hingehen?«

Wenig später standen sie vor Gundula Morgenroths Wohnungstür in der Weiherburggasse. Heisenberg klingelte. Nichts rührte sich. Sie warteten ein, zwei Minuten, dann klingelte er nochmals.

Selma wollte gerade vorschlagen, ein anderes Mal wiederzukommen, als sie ein Tappen und ein Schlurfen hörte. Sie rief sich ins Gedächtnis, was sie bereits über Kasper Morgenroths ältere Schwester herausgefunden hatte. Gundula war sechsundsechzig und unverheiratet. Nach einer abgeschlossenen Lehre zur Herrenmaßschneiderin hatte sie Bühnenbild und Kostüm studiert und war jahrelang als Kostümbildnerin für das Tiroler Landestheater tätig gewesen. Im Übrigen war sie ein unbeschriebenes Blatt.

Als sich endlich die Tür öffnete, erblickte Selma eine ausgesprochen gepflegte Frau, die sich auf ihre Gehhilfe stützte und freundlich lächelte. Bis auf ihr silbergraues Haar, das sie zu einem lockeren Pferdeschwanz gebunden hatte, sah Gundula Morgenroth mindestens zehn Jahre jünger aus. In ihrer Jugend musste sie eine Schönheit gewesen sein. »Entschuldigen Sie, dass es so lange gedauert hat, aber heute bin ich schlecht zu Fuß. Morbus Parkinson, wissen Sie?«

Heisenberg übernahm die Vorstellung. Da Gundula Morgenroth sich noch an ihn erinnern konnte, war das Zücken von Ausweisen überflüssig. Sie bat ihre Besucher ins Wohnzimmer. Obwohl es fast schmerzte, ihr beim Gehen zuzusehen, ließ die resolute Dame es sich nicht nehmen, Gläser aus der Küche zu holen. Eine Karaffe mit frischem Wasser stand bereits auf dem Wohnzimmertisch.

Beim Einschenken zitterte ihre Hand, und Selma wunderte sich, dass der größere Teil des Wassers in den Gläsern landete. Plötzlich musste sie an ihre Mutter denken, die in letzter Zeit auch oft ein unerklärliches Zittern überkam. Nur sekundenlang, dann verebbte das Phänomen, und alles war wieder normal. Waren das die ersten Symptome? Sie nahm sich vor, ihre Mutter anzurufen und sie zum Neurologen zu schicken. Zwar waren ihre Eltern selbst Ärzte, aber gerade deshalb verschlossen sie vor eigenen gesundheitlichen Problemen immer die Augen.

»Seit wann sind Sie krank?«, fragte Heisenberg.

»Schwer zu sagen, wann es begonnen hat. Diagnostiziert wurde die Krankheit 1999. Zwei Jahre später wurde ich in Frühpension geschickt.«

Die Frage nach einem Alibi erübrigte sich. Wenn jemand die körperlichen Voraussetzungen zu einer solchen Tat nicht erfüllte, dann Gundula Morgenroth. Selma hätte sich am liebsten entschuldigt und wäre sofort wieder gegangen.

Doch Frau Morgenroth hatte Lunte gerochen. »Stimmt es, was ich in der Zeitung gelesen habe?«, fragte sie. »Dass mein Bruder unschuldig war?«

»Es wäre denkbar«, antwortete Heisenberg diplomatisch. »Aber beweisen können wir es nicht.«

»Hat die Polizei damals geschlampt?« Ihre grauen Augen ruhten auf Heisenbergs Stirn, als wollten sie seine Gedanken scannen. Weder Hass noch Häme lagen in ihrem Blick, nur aufrichtige Wissbegierde.

Er reagierte gefasst. »Möglich, dass uns damals der ein oder andere Fehler unterlaufen ist«, räumte er ein. »Trotz aller Sorgfalt. Aber wir werden alles daransetzen, eventuelle Irrtümer und Versäumnisse wiedergutzumachen. Das verspreche ich Ihnen.«

Ihre Brauen hoben sich, sie antwortete nicht, ihr Kopf bewegte sich in einer Art Nicken, vielleicht eine Zustimmung, vielleicht auch nur eine Schrulle.

»Ihren Bruder kann das natürlich nicht wieder lebendig machen.«

Sie holte ein Taschentuch aus dem Ärmel ihres Wollkleides, nur um es in der Hand zu zerknüllen. »Ich hatte immer ein gespaltenes Verhältnis zu Kasper. Einerseits habe ich ihn bewundert. Seine Arbeit als Journalist, seine Kompromisslosigkeit, seinen Gerechtigkeitssinn. Andererseits konnte er selbst so rücksichtslos und egoistisch sein. Allein wie er seine Frau und später seine Freundinnen behandelt hat!« Ihre Lippen kräuselten sich. »Wir haben uns oft gestritten. Aber dass er ein Kinderschänder und Mörder sein sollte, das konnte ich einfach nicht fassen. Das war nicht der Bruder, den ich kannte. Damals bin ich aus allen Wolken gefallen.«

Ehe Selma nachfragen konnte, sprach sie weiter: »Trotzdem wäre ich nie auf die Idee gekommen, die Ermittlungen der Polizei anzuzweifeln. Die Beweise waren ja auch überwältigend. Und warum hätte er sich umbringen sollen, wenn nicht aufgrund von Schuldgefühlen? Ich habe den Medien und der Exekutive geglaubt und mir gesagt: Da siehst du, dass man in niemanden hineinschauen kann, nicht einmal in den eigenen Bruder.« Gundula Morgenroths Blick schweifte in die Ferne und wurde glasig. »Ich habe damals nicht zu ihm gehalten. Ich habe nichts unternommen, um seine Unschuld zu beweisen.« Sie hielt einen Moment inne. »Das werde ich mir wohl bis an mein Lebensende vorwerfen müssen, dass ich nicht an Kasper geglaubt habe.«

»Wenn er denn unschuldig sein sollte! Wie gesagt, im Moment ist es noch zu früh ...« Heisenberg streckte beschwichtigend seine Hände vor.

Doch sie hatte sich schon wieder gefangen. »Ich habe verstanden. Trotzdem ...«, sie sprach leise, als redete sie nur mit sich selbst, »ich hätte hinter ihm stehen müssen. Er hatte doch schon genug Feinde!«

»Das war wohl eine Fehlanzeige«, sagte Selma auf dem Rückweg und dachte über das Gehörte nach. Irgendetwas Wichtiges war dabei gewesen, aber sie kriegte es nicht zu fassen.

Heisenberg seufzte. »Für die Katz! Wie meine gestrige Fahrt nach Sterzing.«

»Heißt das, Morgenroths geschiedene Frau scheidet auch aus?«

»Sie hat kein Motiv. Es ist ihr nämlich vollkommen egal, ob ihr Exmann unschuldig war oder nicht.« Er schüttelte den Kopf. »Kasper Morgenroth muss ein wahres Muster von einem Ehemann gewesen sein. Sie ist immer noch wütend auf ihn, siebzehn Jahre nach seinem Tod.«

»Wie ist es ihr danach ergangen? Ich stelle es mir hart vor, die Exfrau eines Mannes zu sein, der in allen Medien als Kinderschänder und Mörder abgestempelt wird.«

»Zuerst hat sie versucht, es auszusitzen. Hat gedacht, die Leute würden irgendwann vergessen. Nach einem Jahr hat sie aufgegeben und ist nach Sterzing zurückgekehrt, an ihren Geburtsort. Vor allem auch wegen der Kinder. Sie hat dann einen Konditor kennengelernt und wieder geheiratet. Heißt jetzt Raffeiner.

Ihr Mann macht übrigens phantastische Strudel, Torten und Krapfen, außerdem hervorragende Pralinen.« Heisenberg langte zum Handschuhfach, öffnete es und fischte eine kleine Schachtel heraus. »Für dich.«

Selma freute sich. Und da sie Süßigkeiten selten widerstehen konnte, riss sie sofort das Papier auf und steckte sich eine der Köstlichkeiten in den Mund. Rumtrüffel, ein Gedicht! Sie schloss die Augen, ließ die Schokolade auf ihrer Zunge zergehen und schluckte. »Und was ist mit den Kindern?«

»Die Zwillinge waren sechzehn, als ihr Vater starb. Die Tochter Verena wurde dadurch völlig aus der Bahn geworfen. Sie hat die Schule abgebrochen und ist schließlich nach Amerika gegangen. Dort hat sie als Dessousmodel Karriere gemacht und sich ein paar Jahre später einen Millionär geangelt.«

»Was für eine steile Karriere!« Selma lachte.

»Und was für ein tragisches Ende: Im vergangenen Jahr hatten sie und ihr Mann einen Autounfall. Beide tot. Die Ursache hat man nie ganz geklärt, womöglich Selbstmord, weil es im Zuge der Wirtschaftskrise mit dem Betrieb bergab ging.«

»Grauenvoll!« Selma sah durch Heisenbergs schlierige Windschutzscheibe in den immer noch grafitgrauen Himmel. Das Leben war ungerecht. Manche fielen auf die Butterseite. Anderen stellte es ständig ein Bein. Und kaum hatten sie sich berappelt, brachte es sie wieder zu Fall und trat noch nach ihnen. »Und der Sohn?«

»Der ist schon interessanter für uns. Tobias soll seinen Vater zwar gehasst, aber zugleich bewundert haben. Immerhin ist auch er Journalist geworden.« Heisenberg hupte, als der Wagen vor ihm bei Grün nicht anfuhr. »Allerdings nur ein mittelmäßiger. Sogar seine Mutter findet, dass er bei Weitem nicht die Klasse seines Vaters hat, dabei liebt sie ihn über alles. Er lebt in Süddeutschland, in der Nähe von Wasserburg, und ist für die Kultur- und Sportbeiträge irgendeines windigen Wochenblattes zuständig.«

»Mit dem sollten wir auf alle Fälle reden.«

»Das könnte schwierig werden. Er ist im März zu einer Pilgerwanderung aufgebrochen. Will den Jakobsweg zu Fuß bewältigen.«

»Das wird ja immer spannender! Also ist er religiös?«

»Nein, nein, keine Spur. Einer von denen, die sich beim Gehen selbst entdecken wollen und dann meinen, sie müssten ein Buch darüber schreiben.«

Selma hob die Brauen. Entweder dieser Tobias Morgenroth war blauäugig hoch fünf, oder er litt an überzogenem Selbstbewusstsein, wenn er dachte, er könne dann mal weg sein und mit einem Bestseller im Gepäck zurückkommen. Dabei war der Jakobsweg-Büchermarkt bereits von echten und Möchtegern-Promis ausgereizt worden.

»Was machen wir jetzt?« Die Praline hatte Selmas Appetit geweckt. Ihr Magen knurrte so laut, dass sie zusammenzuckte und die Hand daraufpresste.

Heisenberg grinste. »Ich glaube, ich schulde dir noch eine Esseneinladung. Indisch, chinesisch, koreanisch oder Pizza?«

Als sie kurz darauf im Madhuban saßen und Mango-Lassi schlürften, sah die Welt schon etwas besser aus, obwohl Selma immer noch das Gefühl hatte, dass die Ermittlungsarbeit von zwei Tagen verlorene Liebesmüh war. Sie waren keinen einzigen Schritt weitergekommen. »Wir müssen von vorn anfangen.« Sie kostete von ihrem Murgh Burma und erwischte ein Stück Chilischote, das ihr Tränen in die Augen trieb. Nur Riechen am frischen Fladenbrot konnte das Feuer-Spei-Gefühl mildern.

»Vielleicht müssen wir nur die Perspektive wechseln«, meinte Heisenberg. Er schien über einem Löffel seiner kurkumagelben Linsensuppe zu meditieren. »Bisher sind wir davon ausgegangen, dass Bruno Kleinheinz aus Rache getötet wurde. Rache für den tatsächlich begangenen oder vermeintlichen Mord an Tim.«

»Ja, so hat es ausgesehen. Die Bibelsprüche an der Wand, die postmortale Verstümmelung, die Inszenierung der Leichenteile in verschiedenen Gehegen.«

Heisenberg ließ den Löffel wieder sinken. »Und wenn es bloß so aussehen sollte, um uns auf eine falsche Fährte zu locken?«

Selma hielt den Atem an. »Keine Rache? Der Täter hat Bruno also nicht für Tims Mörder gehalten?«

»Stell dir einmal vor, Bruno hätte nur dabei geholfen, die Leiche verschwinden zu lassen.«

Selma keuchte. Obwohl ihre Geschmacksknospen von exotischen Gewürzen überschwemmt wurden, konnte sie es förmlich auf der Zunge spüren, dass Heisenberg gerade des Pudels Kern freilegte.

»Jetzt ist Tims Leiche dummerweise aufgetaucht, und die spezielle Verpackung hat eine Spur zu Bruno Kleinheinz gelegt.«

Sie ließ die Gabel fallen, die klirrend auf dem Tellerrand aufschlug, sodass sich die Blicke eines Tischnachbarn vorwurfsvoll auf sie richteten. »Und Tims Mörder«, flüsterte sie, »wurde nervös. Vor allem nach den Andeutungen, die im Alpenjournal zu lesen waren.«

»Er musste befürchten, dass Bruno ihn bei der ersten Befragung verraten würde, um seine eigene Haut zu retten.«

»Da hat er ihn auch …« Schwungvoll zog sie die Handkante in Kehlkopfhöhe über ihren Hals.

Heisenberg tippte an seine große Nase und strahlte sie an. »So war es, darauf würde ich wetten.« Seine Suppe hatte er augenscheinlich vergessen, sie musste bereits kalt sein. »Leider kann Bruno uns nichts mehr dazu sagen, zu seiner Wohnung haben wir keinen Zugang, und seine Mutter wird vermutlich schon von deinen Kollegen ausgequetscht. Um herauszufinden, mit wem er 1996 Umgang hatte, müsstest du bei Toni deinen Charme spielen lassen.«

»Vielleicht brauchen wir Toni gar nicht. Nicht, wenn wir uns nochmals auf einen Perspektivwechsel einlassen.« Jetzt tippte Selma ihrerseits an die Nase. Endlich wusste sie, welcher Satz von Gundula Morgenroth die ganze Zeit in ihrem Unterbewusstsein gelauert hatte: *Er hatte doch schon genug Feinde.* »Wenn Brunos Mörder einen Rachemord inszeniert hat, um uns in die Irre zu führen, dann hat er vielleicht auch Tims Mord inszeniert.«

»Du meinst, es war kein Pädophiler?« Wieder schaffte Heisenbergs Löffel es nicht bis zu seinem Mund. Er schwebte zehn Zentimeter über der Suppenschale.

»Vielleicht ging es nur darum, den Verdacht auf Kasper Morgenroth zu lenken, um ihn aus dem Verkehr zu ziehen? Was ihr ja getan habt.«

Heisenberg legte den Löffel endgültig weg. Er nahm die Suppenschale in beide Hände und trank den Inhalt in einem Zug leer. Dann schloss er die Augen. Selma wusste nicht, ob er dem Geschmack der gelben Gewürze nachspürte oder ihren Gedanken auf Herz und Nieren prüfte.

»Du meinst, Tim wurde geopfert, um den Journalisten aus dem Weg zu räumen?«, fragte er. »Hätte unser Mann dann nicht besser Kasper Morgenroth selbst getötet? Warum kompliziert, wenn es einfacher gegangen wäre?«

Selma schob ihre Brille nach oben. »Wenn Morgenroth ermordet worden wäre, hättet ihr von Anfang an gezielt nach seinen Feinden gesucht. Dann wäre unser Mann wahrscheinlich ins Visier der Kripo geraten. In dein Visier. Da war es weit raffinierter, Morgenroth einen Mord in die Schuhe zu schieben, damit ihr ihn wegsperrt.« Sie stach mit der Gabel in die Luft. »Dass er die JVA nicht überleben würde, konnte der Täter natürlich nicht ahnen, aber es hat ihm hervorragend in den Kram gepasst.«

Als Heisenberg die Augen wieder öffnete, lag Begeisterung darin. Er tupfte sich mit der Serviette den Mund ab. »Du hast recht. Das könnte der springende Punkt sein. Nein, das *ist* der springende Punkt! Wir suchen keinen Triebtäter, sondern einen kaltblütigen Mörder. Jemanden, der Morgenroth bis aufs Blut gehasst hat.«

»Prima. Dann müssen wir nur herausfinden, wen der Journalist vor siebzehn Jahren auf dem Kieker hatte.« Selma klatschte in die Hände. »Zumindest haben wir jetzt einen neuen Ansatzpunkt!«

»Einen vielversprechenden noch dazu.« Heisenberg winkte dem Kellner und verlangte die Rechnung. »Lass uns Morgenroths Artikel durchsehen. Und alles, woran er zuletzt gearbeitet hat.«

Als sie das gemütliche Lokal verließen und durch den Vorhang aus Regenschnüren tauchten, spürte Selma die Kälte der Tropfen gar nicht. Die Aussicht auf neue, auf erfolgversprechende Ermittlungen wärmte sie von innen.

15

14. Mai, 17.19 Uhr

Die Angst sitzt ihm im Nacken. Sie verwandelt seine Muskeln in stahlharte Wülste, die auf das Nervengeflecht drücken. Der Schmerz beginnt als flammender Punkt und breitet sich aus wie ein Buschbrand. Vergeblich versucht er, eine bequemere Sitzposition einzunehmen, die straff angezogenen Kabelbinder um Fuß- und Handgelenke lassen ihm nur minimalen Spielraum.

WARUM? Wie konnte das passieren? *Er hat sich überrumpeln lassen wie ein Anfänger. Hat sich zu sicher gefühlt. Ist unaufmerksam geworden, bequem und träge, trotz der Geländeläufe, der Konditions- und Kraftübungen, die er regelmäßig absolviert. Auch sein schlauer Plan ist gescheitert. Er wollte Geld anbieten, eine große Summe, die er angeblich im Tresor aufbewahre. In Wahrheit hat er gehofft, an die dort deponierte Beretta zu kommen. Aber den Augen aus Stein geht es nicht um Geld, sie haben den Köder nicht geschluckt. Jetzt ist die Waffe außer Reichweite und er an seinen Bürosessel gefesselt.*

»Ich warne dich! Meine Geduld ist endlich. Also noch einmal: Was ist vor siebzehn Jahren geschehen?«

Ihm bleibt nur eins: Er muss auf Zeit spielen. Kommt Zeit, kommt Rat. Vielleicht in Form einer rettenden Idee. Oder noch besser als Hilfe von außerhalb. »Ich weiß nicht, worauf Sie hinauswollen.«

»Mach's Maul auf! Rede! Reden oder Schmerz heißt die Parole. Stehst du auf Schmerz? Ja?«

Vor seinen Augen leuchtet die glühende Zigarettenspitze auf.

»Nein! Bitte …« Der Glimmstängel beschreibt einen Bogen und landet unausweichlich auf seinem Handrücken. Es zischt, kurz darauf riecht es nach verbrannter Haut. Der Schmerz setzt verzögert ein und treibt ihm Tränen in die Augen.

»Nicht! Ich …« Sein Herz legt einen Extrasprint ein, als könne es dadurch der Situation entkommen. »Ich sage alles. Was wollen Sie wissen?«

»Was ist am 4. April 1996 passiert? Es war ein Gründonnerstag. Und komm mir nicht damit, dass du dich nicht mehr erinnerst. Am

besten erzählst du alles von vorn, ich werde unsere kleine Unterhaltung aufzeichnen.«

Er starrt auf das Aufnahmegerät, ein unscheinbares Kästchen in der Form und Größe eines Rasierapparats. Auf Knopfdruck beginnt das Display zu leuchten.

»Ich … ich …« Schweiß bricht aus allen Poren. Als wollten seine Körpersäfte ihn der Lüge bezichtigen. Und lügen muss er, obwohl er jetzt schon nicht mehr glaubt, dass ihn das retten kann. »Wenn es ein Gründonnerstag war, habe ich ihn mit meiner Familie in Kärnten verbracht, am Ossiacher See. Wir fahren jedes Jahr über Ostern hin, ins Ferienhaus meiner Schwiegereltern.«

Die Kälte des Lächelns lässt das Blut in seinen Adern gefrieren. »Falsche Antwort.« Diesmal nähert sich keine glühende Zigarettenspitze, sondern das Messer. Es ist ein Jagdmesser, wie sein Vater es zum Ausweiden von Wild verwendet hat. Als sich die Spitze in die Haut seines linken Unterarms bohrt, schreit er auf. Dann drückt sich die Schneide in die Wunde und fräst einen klaffenden Schnitt in seinen Arm. Er beißt die Zähne zusammen. Der Schmerz ist zu ertragen. Für Augenblicke lenkt er sogar vom heftigen Pochen der Brandwunde ab. Aber das Blut erschreckt ihn, sein Blut. Rote Tropfen wie die Perlen einer Korallenkette, die rasch größer werden, bis sie aus der Form platzen und sich zu einem durchgehenden Rinnsal verbinden.

Wieder setzt das Messer an.

»Nein! Aufhören!«

Ungerührt führt es einen bogenförmigen Schnitt aus, fast einen Halbkreis, direkt neben der senkrechten Linie. Der Schmerz wächst. Er schreit erneut, versucht, die Linke wegzuziehen, aber der Kabelbinder fixiert sie an die Armlehne seines Bürosessels und gräbt sich noch tiefer ins Handgelenk. »Stopp!«, krächzt er.

Das Messer hält inne.

»Ich sage die Wahrheit. DIE WAHRHEIT!« Er braucht mehr Zeit. Hoffentlich hat jemand seine Schreie gehört, immerhin wohnen Leute im Haus. Ältere Leute, die sich kümmern. Denen es nicht egal ist, was rund um sie herum passiert. Die nicht zögern, sondern den Notruf wählen. Vielleicht ist schon Hilfe unterwegs?

»Los, erzähl mir, wie du es gemacht hast. Der Junge kam vom

Klettertraining. Hast du ihn gelockt? Mit Süßigkeiten? Oder hast du ihm aufgelauert, um ihn zu überrumpeln?«

»Ich … ich habe ihn beobachtet. Er war auf dem Parkplatz, hat auf seinen Vater gewartet. Da habe ich ihn gefragt, ob er mitfahren möchte.«

»Und er ist tatsächlich eingestiegen?«

Er nickt. Starrt auf das Blut, das immer noch aus den Schnitten quillt und den bekannten bittersüßen Geruch verströmt, der ihm zum ersten Mal Übelkeit verursacht. »Der Wagen hat ihn fasziniert. Er wollte wissen, was für eine Geschwindigkeit so ein Porsche draufhat.«

»Und du? Hast du's ihm gezeigt? Komm schon, rede! Und was für schöne Spielchen hast du ihm sonst noch gezeigt?«

»Es ist nicht, wie Sie denken. Es war ein Unfall. Ein bedauerlicher, schrecklicher Unfall. Ich hätte alles getan, um den Tod des Jungen rückgängig zu machen. Das schwöre ich beim Leben meiner Kinder. Bei Gott und allen Heiligen.«

»Du glaubst an den alten Herrn? Du wagst es, seinen Namen auszusprechen?« Die Augen funkeln ihn an, bevor sie sich wieder in zwei unterkühlte Steine verwandeln. »Mir kommt gleich das Kotzen.«

»Ich bin auf einen alten Feldweg aufgefahren, auf dem in den Abendstunden niemand mehr unterwegs ist. Dann habe ich auf einhundertachtzig Stundenkilometer beschleunigt. Der Junge fand das gut, er hat gejohlt. Da lag plötzlich etwas auf der Straße. Es war nur eine vergessene Gemüsekiste, ich hätte einfach weiterfahren sollen. Aber aus einem Reflex heraus habe ich gebremst. Der Kleine wurde nach vorn katapultiert, dabei ist sein Gurt gerissen. Keine Ahnung, wie das passieren konnte. Er … er wurde durch die Windschutzscheibe geschleudert. War sofort tot. Genickbruch.«

Applaus brandet auf. »Was für eine rührende Geschichte! Ich kann mich nicht entscheiden, ob ich kotzen oder heulen soll.«

Der Applaus reißt ab. Das Messer kommt so schnell, dass er auf den Schmerz nicht vorbereitet ist. Sein Schrei klingt fremd in seinen Ohren. Unmenschlich. Das Messer lässt erst von ihm ab, als es zwei parallele Linien in seinen Arm geschnitten hat. Und eine kurze Linie, die die beiden verbindet. »Ich« steht da. In roten Lettern steht es auf seinem Arm, geschrieben mit einer Klinge und seinem eigenen Blut. Jetzt schreit er nicht mehr, er wimmert.

»Jedes Wort, das aus deinem schleimigen Mund kriecht, ist eine

Lüge. Tim ist nicht an einem Genickbruch gestorben. Ich gebe dir noch eine allerletzte Chance, zu sagen, wie es wirklich war. Sonst schlitze ich dich bei lebendigem Leib auf. Und dann stopfe ich dir deine Eingeweide ins Maul und zwinge dich, sie zu fressen.« Das Messer bewegt sich auf seinen Bauch zu.

»NEIN!«, brüllt er. Rotz und Tränen tropfen in das Blut auf seinem Arm. »Ich habe Tim ermordet!« Nur die Wahrheit kann ihm jetzt noch weiterhelfen. Wenn ihm überhaupt noch etwas helfen kann. »Ich habe ihm die Kehle durchgeschnitten. Es ging ganz schnell, er musste nicht leiden. War tot, bevor er Angst haben konnte.«

»Warum er? Warum ausgerechnet Tim? War es Zufall? Oder hast du ihn dir ausgesucht?«

»Ausgesucht.« Tagelang hat er den Parkplatz vor der Kletterhalle beobachtet, immer zur selben Zeit, kurz bevor der Schnupperkurs Sportklettern für Acht- bis Zehnjährige zu Ende ging. Ursprünglich wollte er ein Mädchen in seinen Wagen locken. Aber die hatten entweder verlässlichere Eltern, oder sie wohnten nur wenige Häuserblocks weiter oder waren zu brav und ängstlich, um einem Fremden ins Garn zu gehen. »Weil Tim immer der Letzte war und weil er schon einmal auf dem Parkplatz gewartet hat, vergeblich gewartet.« An diesem Tag, dem letzten Kurstag, musste er zuschlagen. Und natürlich bereitete er sich vor und sorgte dafür, dass Tims Vater beschäftigt war. So beschäftigt, dass er sein Söhnchen wieder einmal vergessen würde, weil ihm quasi in letzter Minute ein dicker Auftrag in die Quere kam. »Das Schicksal hat ihn mir in die Hände gespielt.«

»Dann kannst du also gar nichts dafür! Das Schicksal ist der Schuldige. Das Schicksal, dieser miese Verräter. Und natürlich Gott, der Allmächtige, der es wieder einmal nicht verhindert hat. Hat sich wie immer aufs Zusehen beschränkt, der alte Knabe. Was meinst du: Ist es ihm einfach egal, oder geilt es ihn auf, wenn ein unschuldiges Kind krepiert? Und wie war das mit dir?« Jetzt flüstert die Stimme. »Hat es dich aufgegeilt?«

Als das Messer erneut loslegt – diesmal schneidet es ein B in seinen vor Schmerz brüllenden Arm –, verendet sein Schrei, bevor er es über die Lippen schafft. Nur trockenes Schluchzen dringt aus der Kehle, und in seinem Gehirn macht sich die Ahnung breit, dass ihm niemand zu Hilfe kommen wird. Dass die Zeit, die er herauszuschinden versucht, nicht ausreichen wird. Er begreift, dass er den kalten Steinaugen nicht entrinnen kann. Sie trachten ihm nach dem Leben, und bevor er es aushaucht, wollen sie ihn leiden sehen.

Nur ein Wunder kann ihn jetzt noch retten. GOTT!

Die jährlichen Prozessionen zu Anderls Geburtshaus fallen ihm ein, die er gemeinsam mit Pater Simon organisiert hat. Soll das umsonst gewesen sein?

Er möchte beten. Versucht, sich zu erinnern.

Herr, erbarme dich unser.

Jesus, du Lamm Gottes … *Er weiß nicht mehr, wie es weitergeht. Hat zu wenig Zeit in Gotteshäusern verbracht. Aber sein Leben lang hat er auf Gottes Seite gestanden! Auf der Seite der Katholiken. Hat gegen die feigen Juden gekämpft, die Gottes Sohn ermordet haben, gegen die gottlosen Asozialen, die Marokkaner, Zigeuner, Kanaken und Migratten, die das heilige Land Tirol überschwemmen.*

HERR, ERBARME DICH!

16

11. Mai

Kaum war Heisenberg bei Innsbruck-West auf die Autobahn gefahren, verwandelten sich die dichten Regenschnüre in heftiges Regengeprassel, das die Scheibenwischer fast nicht mehr bewältigen konnten. Er drosselte das Tempo und dachte nach.

In den letzten beiden Stunden waren Selma und er ein großes Stück weitergekommen. Sie hatten eine Liste der brisanten Themen erstellt, mit denen sich Kasper Morgenroth in den letzten drei Jahren vor seinem Tod beschäftigt hatte. Der unbequeme Journalist hatte mit Vorliebe die Landespolitik aufs Korn genommen und soziale Missstände angeprangert. Geschichten über unterbezahlte Erntehelfer in der Tiroler Landwirtschaft zum Beispiel, über Mauscheleien bei der Vergabe von großen Bauaufträgen oder über die Ausweitung des Massentourismus auf Kosten der Natur. Morgenroths Artikel zeichneten sich durch astreine Recherche und scharfe Argumentation aus und waren in einer knappen, klaren Sprache geschrieben. Zweifellos hatte er sich diejenigen, auf die seine Kritik abzielte, zu bitteren Feinden gemacht. In zwei Fällen reichte diese Feindschaft womöglich für ein Mordmotiv: einmal im von Morgenroth aufgedeckten Lebensmittelskandal, der den Tiroler Feinkostkaiser Neuhäuser fast in den Ruin getrieben hätte. Darum kümmerte sich Selma. Zum zweiten in der Affäre um den Hotelier Heiko Kampl.

In den achtziger Jahren hatte Kampl die veraltete elterliche Ferienpension im Zillertal zu einem modernen Viersternehotel ausgebaut und war durch Fleiß und Tüchtigkeit von einem – unternehmerisch gesprochen – kleinen Licht nach und nach in die Liga der erfolgreichsten Hoteliers des Landes aufgestiegen. 1994 stand er auf dem Höhepunkt seiner Karriere: Er besaß fünf gut gehende Hotels, wurde als innovativster Unternehmer des Landes mit einem Preis bedacht, eine weitere Auszeichnung bekam er für sein soziales Engagement, da er in seinen Betrieben auch Menschen mit Behinderung beschäftigte. Er übernahm

Aufgaben in zahlreichen Vereinen, war allseits beliebt, und weil er nicht nur unter Alkoholeinfluss schnell und flüssig sprechen konnte, stand er auf dem Sprung zu einer politischen Karriere. Seine Weste strahlte im schönsten Postkarten-Pulverschnee-Weiß.

Das änderte sich schlagartig, als im Dezember 1994 Morgenroths Artikel über illegale Prostituierte erschien. Junge Frauen, zum Teil Minderjährige, die unter falschen Versprechungen aus Rumänien, Bulgarien und anderen osteuropäischen Ländern nach Tirol gelockt und von Kampl als Masseurinnen engagiert wurden. Die Papiere wurden ihnen abgenommen, sie wurden für einen Bruchteil des versprochenen Lohns zur Arbeit gezwungen. Zweck ihrer Massagen war es, männlichen Hotelgästen nach dem Skifahren zur Entspannung zu verhelfen, wobei die Damen sich weniger auf die muskelkatergeplagten Waden der Touristen als auf deren Lendengegend konzentrierten.

Kampl bestritt die Vorwürfe, Sexarbeiterinnen zu beschäftigen. Er gab sich schockiert. Behauptete, nichts davon gewusst zu haben. Lediglich Sportmassagen seien vereinbart gewesen. Dass es sich bei den jungen Frauen um Ausländerinnen ohne Arbeits- und Aufenthaltserlaubnis handelte, habe er auch nicht gewusst. Dafür sei einzig und allein sein Personalchef zuständig gewesen. Natürlich wagte es keine der verstörten Frauen, gegen ihn auszusagen, auch der Personalchef hielt dicht. Fast sah es so aus, als käme Kampl davon. Doch dann gelang der Polizei die Festnahme zweier Schlepper. Überzeugt von den Vorteilen erleichterter Haftbedingungen, brachen die beiden ihr Schweigen und besiegelten Kampls Mitschuld. Der Hotelier wurde zu einer hohen Geld- und zu einer vierzehnmonatigen Gefängnisstrafe verurteilt. Was aber weit schwerer wog: Monatelang geisterte sein Name durch die Presse, seine Reputation war im Eimer und die politische Karriere zu Ende, bevor sie richtig begonnen hatte. Mit den Hotels ging es steil bergab, Kampl musste verkaufen. Danach wurde es still um ihn. Aus seinem Hass auf Morgenroth hatte Kampl damals kein Hehl gemacht.

Während Heisenberg nun zum Wohnort des ehemaligen Hoteliers fuhr, fragte er sich, ob dieser Hass ausgereicht hatte, um einen oder sogar zwei Morde zu begehen.

Heiko Kampl wohnte in einem winzigen Oberinntaler Dorf namens Itzlranggen, einem der Darmausgänge der Welt, wenn auch einem ausgesprochen pittoresken – sofern man das bei regenwolkenverhangenem Himmel beurteilen konnte. Kampls Haus war ein uralter, halb von wildem Wein überwucherter Bauernhof, das erste Wesen, das Heisenberg erblickte, eine grasende Kuh. Sie musste schon einige Jahre auf dem Buckel haben, hatte hübsche Wimpern, an denen Regentropfen hingen, und sah ansonsten eher nach Gnadenbrot als nach Milchleistung aus.

Auf Heisenbergs Klopfen öffnete niemand, eine Klingel gab es nicht. Doch die Haustür war unversperrt. »Hallo? Jemand daheim?« Keine Antwort. Heisenberg trat ein, stolperte im dunklen Flur über einen geöffneten Koffer, aus dem schmutzige Wäsche quoll. *Kruzifixsakrament.* Sein Fuß verfing sich in einem gebrauchten Männerslip, beinahe wäre er gestürzt.

Aus dem ersten Stock hörte er zweistimmiges Stöhnen.

Auch das noch! »Herr Kampl?«, brüllte er.

Das Stöhnen brach ab, die weibliche Stimme stieß einen erstickten Schrei aus, die männliche fluchte. Bettfedern quietschten. Hektische Schritte brachten einen Holzboden zum Knarzen.

Endlich erschien Heiko Kampl auf der Bildfläche. Er knöpfte sich die Jeans zu. »Wer sind Sie? Was wollen Sie?« Seine Freude über den unerwarteten Besucher hielt sich in verständlichen Grenzen.

»Kriminalpolizei. Ich hätte da ein paar Fragen.«

Kampls Pupillen schienen zu explodieren, einen Herzschlag lang sah er aus wie ein gehetztes Tier. Berechtigte Angst? Oder nur unangenehme Erinnerungen an die Exekutive? Widerwillig bat er Heisenberg in die Stube, setzte sich ihm gegenüber auf die Ofenbank und starrte ihn finster an. Erst als kurz darauf eine junge Frau den Raum betrat, entspannte er sich ein wenig. Obwohl sie nur einen Bademantel trug, ihr Haar verschwitzt und das Gesicht gerötet war, kam es Heisenberg so vor, als ginge über ihrem Lächeln die Sonne auf. »Möchten Sie eine Tasse Kaffee?«

Er lehnte höflich ab.

»Magenprobleme?«

Verdutzt sah er sie an. Konnte sie in ihn hineinschauen?

»Da habe ich was Feines.« Sie wuselte hinaus und kam erst nach einer Viertelstunde zurück: vollständig bekleidet und mit einem Tablett beladen, auf dem Teetassen silbrig vor sich hin klirrten.

Inzwischen hatte Heisenberg erfahren, dass Heiko Kampl erst vor wenigen Stunden von einem dreiwöchigen Mosambik-Aufenthalt zurückgekehrt war – daher der unausgepackte Koffer im Flur. Dass er keinen Bruno Kleinheinz kannte, für dessen Ermordung er ohnehin nicht mehr in Frage kam. Dass er seine Strafe für Zuhälterei und Menschenhandel zwischen Mai 1995 und Juni 1996 verbüßt hatte. Damit war auch sein Alibi für den Mord an Tim Kabiersch lupenrein.

Heisenberg ärgerte sich. Die Fahrt hätte er sich sparen können, wenn er vorher gründlicher recherchiert hätte! Am liebsten hätte er sofort kehrtgemacht und die beiden Leute das fortsetzen lassen, worin er sie so rüde unterbrochen hatte. Aber Kampls Frau Lili ließ ihn nicht gehen. Während er am Kräutertee nippte und so tat, als würde er eins ihrer selbst gebackenen Dinkelkekse essen, erzählte sie ihm, wie sie Heiko kennengelernt hatte. Auf einem Schreiseminar. Sie wandte sich ihrem Mann zu und küsste ihn zärtlich auf die Wange. Eine günstige Gelegenheit für Heisenberg, das Dinkelkeks in die hohle Hand zu spucken und in einer seiner unzähligen Westentaschen verschwinden zu lassen. Er hütete sich zu fragen, was ein Schreiseminar war. In seiner Vorstellung siedelte er es irgendwo zwischen Familienaufstellung, Outdoor-Ironing und Extremjodeln an. Jedenfalls musste es Heiko Kampl gründlich verändert, besser gesagt vollkommen umgekrempelt haben, denn so wie Lili ihn beschrieb, hatte er sich in einen reinen Engel verwandelt. Dem Guten war das peinlich, er verzog sich brummelnd ins Freie. Heisenberg nickte, hörte mit einem halben Ohr zu und spielte währenddessen mit dem Dinkelkeks in seiner Tasche, das sich wie ein Stein anfühlte.

»Er hat alle seine Hotels verkauft und den Erlös in sicheren Wertpapieren angelegt. Von den Zinsen hat er in Mosambik eine Schule und ein Krankenhaus gebaut.«

»Und was macht er beruflich?«

»Wir leben ziemlich bescheiden, haben drei Kühe und zehn Milchschafe. Den Sommer verbringen wir auf der Alm, Heiko macht Schafkäse und schnitzt Krippenfiguren, ich sammle Kräuter. Im Winter bin ich Skilehrerin, Heiko arbeitet für die Liftgesellschaft.«

Heisenberg leerte seine Teetasse. Das Gebräu schmeckte erstaunlich würzig und füllte seinen Bauch mit wohltuender Wärme.

»Eine Mischung aus Melisse, Käsepappel und Thymian«, erklärte sie, als hätte sie schon wieder seine Gedanken gelesen. »Wohltuend für den Magen. Die Kekse hätten Ihnen übrigens auch gutgetan. Da sind Ysop und Galgant drin, nach einem Rezept von Hildegard von Bingen.«

Heisenberg fühlte, wie ihm das Blut in die Wangen stieg. Er nahm sich vor, Buße zu tun und demnächst auch ein Schreiseminar zu besuchen, bedankte sich bei Lili Kampl und brach auf. Wenigstens hatte es endlich zu schütten aufgehört! Als er den Gemüsegarten der Kampls passierte, verabschiedete er sich von Heiko, der die Regenpause nützte, um den Boden zu harken.

»In welchem Fall ermitteln Sie eigentlich?«

»Unter anderem im Mordfall Tim Kabiersch.«

»Der Bub, der aus dem Achensee gefischt wurde? Den hat doch dieser verdammte Schreiberling auf dem Gewissen, oder nicht? Dieser verfluchte …« Er presste seine Rechte um den Stiel des Rechens, dass die Knöchel weiß hervortraten.

»Es spricht einiges dafür, dass Kasper Morgenroth unschuldig war.«

Kampl ließ das Werkzeug fallen und pfiff durch die Zähne. »Ist das wahr?« Er schüttelte den Kopf. »Was hab ich diesen Zeitungsfritzen gehasst! Erwürgen hätte ich ihn können! Gefreut hab ich mich, als er damals verhaftet wurde.«

»Und jetzt hassen Sie ihn nicht mehr?«

»Ich weiß, es klingt absurd. Aber eigentlich bin ich ihm zu Dank verpflichtet.«

Heisenberg runzelte die Stirn.

»Ohne Morgenroth wäre ich nicht verurteilt worden. Ich wäre vermutlich noch immer Hotelier, besäße inzwischen zehn Hotels und wäre reicher und erfolgreicher denn je. Ich hätte Einfluss und haufenweise Freunde, bloß keinen einzigen Menschen, der mich wirklich mag. Wahrscheinlich wäre ich übergewichtig, starker Raucher, hätte mindestens einen Herzinfarkt hinter mir und würde keinen mehr hochkriegen.« Er lachte leise. »Ist das nicht irr? Ohne diesen Morgenroth hätte ich mein Leben und meine Ziele nie hinterfragt. Ich wäre einfach immer weitergerannt, ohne links und rechts zu schauen, dem funkelnden Pokal hinterher. Dabei ist der nur aus Katzengold, dieser blöde Pokal, auf den alle so scharf sind.« Er spuckte in die geharkte Erde, als würde ihn vor seiner Vergangenheit ekeln. »Ohne diesen Morgenroth hätte ich niemals meine Lili kennengelernt.« Ein weicher Ausdruck huschte über seine kantigen Gesichtszüge.

Heisenberg nickte. Er hatte genug gehört. Papier war geduldig, Worte waren es ebenso, aber dieses Licht in den Augen, das konnte höchstens ein Schauspielgenie vortäuschen, kein Heiko Kampl.

»Sackgasse«, resümierte er, als er sich später in Selmas Küche über ein Stück Apfelstrudel hermachte. »Kampl ist raus.«

»Mist! Dann dürfen wie wieder von vorn anfangen. Bei mir sieht es leider ähnlich aus. Ich fürchte, wir sind auf dem Holzweg.«

Heisenberg ließ sich den Strudel auf der Zunge zergehen und streichelte dabei das Dinkelkeks in seiner Westentasche. »Köstlich! Ist der vom Neuhäuser?«

»Allerdings. Leider meine einzige Ausbeute.« Selma fasste ihre Nachforschungsergebnisse zusammen: Drei Jahre vor seinem Tod hatte Morgenroth herausgefunden, dass der führende Tiroler Feinkosthändler Sigisbert Neuhäuser seine berühmten Speckknödel falsch deklarierte. Der darin enthaltene Speck stammte keineswegs von Tiroler Schweinen aus biologisch-dynamischer Zucht, wie in der Werbung angepriesen, er wurde auch nicht in Tirol hergestellt. Die Schweine wurden in Süditalien ohne Tageslicht und mit Billigstfuttermitteln aufgezogen, in Rumänien geschlachtet, in Polen zu Speck verarbeitet. Die preisgekrönten Speckknödel vom Feinkostkaiser enthielten außerdem massenhaft Stoffe mit einem E vorn und einer mehrstelligen Zahl dahinter, wie eine von Morgenroth organisierte Lebensmittelprüfung ergab. Sein Artikel wurde von allen Medien aufgegriffen, die

Firma Neuhäuser kam gewaltig in die Bredouille. »Obwohl die Speckknödelproduktion sofort eingestellt wurde, ging auch die Nachfrage nach anderen Produkten dramatisch zurück, zwei Filialen mussten geschlossen werden, die Firma stand kurz vor der Pleite.«

»Das ist doch ein wunderschönes Mordmotiv«, meinte Heisenberg.

»Eben nicht. Natürlich war Sigisbert Neuhäuser anfangs ausgesprochen schlecht auf Morgenroth zu sprechen. Aber der Mann ist ein Beißer. Er hat aus seinen Fehlern gelernt, hat sich Fachleute ins Boot geholt und seinen Betrieb umstrukturiert. 1996 war er längst wieder im Aufwind. Es ist ihm gelungen, an den guten Ruf, den Feinkost Neuhäuser vor dem Skandal hatte, anzuknüpfen, ihn sogar weiter auszubauen. Heute lässt er seine Produkte selbst regelmäßig kontrollieren. So blöd es klingt, letztlich hat er vom Skandal profitiert.«

»Ähnlich wie die burgenländischen Weinbauern von der Glykol-Affäre«, brummte Heisenberg nachdenklich. »Die stehen heute auch besser da, als sie es sich je erträumt hätten.«

Selma nahm ihre Brille ab und putzte sie. »Neuhäuser hatte 1996 keinen Grund mehr, sich an Morgenroth zu rächen.«

Heisenberg verspeiste den letzten Bissen vom Apfelstrudel mit Genuss, obwohl ihm klar war, dass er es später büßen würde. »Kein Wunder, wenn alle seine Produkte so gut schmecken wie der hier.«

Selma raufte sich das Haar. »Weißt du, was ich nicht verstehe?« Sie durchsuchte den Stapel von Kopien, die sich auf dem Küchenfußboden türmten, und zog schließlich ein Blatt Papier heraus. »Schau dir das an. In den alten Akten sind alle Dateien vermerkt, die sich auf Morgenroths Computer befanden, als ihr ihn beschlagnahmt habt. Mit ihrem Erstellungsdatum. Lauter ältere Dateien, die jüngsten stammen vom September 1995. Zwischen Oktober 1995 und dem 4. April 1996 findet sich rein gar nichts. Ist das nicht merkwürdig?«

»Hm, vielleicht hat Morgenroth pausiert? Urlaub gemacht? Immerhin war er ja auch ein passionierter Sportkletterer; soviel ich weiß, hat er sogar an Wettbewerben teilgenommen.«

»Ein halbes Jahr lang? Außerdem steht im Protokoll von Morgenroths Festnahme, dass er an dem Abend gearbeitet hat. Was bitte schön hat er gemacht?« Selma legte einen Finger an ihre Nase. »Weißt du noch, ob deine Leute seinen Computer gleich mitgenommen haben? Ich meine, sofort als ihr ihn abgeholt habt?«

»Ganz bestimmt nicht. Zu dem Zeitpunkt hatten wir noch keinen Durchsuchungsbeschluss. Nur einen anonymen Hinweis, dass Tim in Morgenroths Auto gestiegen war. Die Beweismittel haben wir erst am nächsten Tag gefunden.«

»Dann hätte Tims Mörder also die Möglichkeit gehabt …«

»In Morgenroths Haus einzudringen und den Computer zu manipulieren?« Heisenberg hob die Brauen. »Schon möglich.« Er starrte in die Ferne. »Ja, das ist vorstellbar.«

»Allerdings muss er überdurchschnittliche EDV-Kenntnisse besitzen, wenn er etwas löschen konnte, ohne dass ihr es bemerkt habt.«

»Vielleicht haben die Kriminaltechniker nicht allzu genau darauf geachtet, weil die belastenden Indizien alles überstrahlt haben?«

Selma fuhr hoch. »Du meinst also, ihr habt den Computer damals nicht näher untersucht?« Ein Funkeln trat in ihre Augen. »Dann könnten wir theoretisch heute noch Spuren der Manipulation finden?«

»Ein EDV-Spezialist wie Sepp Weinreich könnte das vermutlich, sofern der Computer noch bei den Asservaten liegt.«

»Hoffentlich ist er da. Ich werde Linda anrufen und sie bitten nachzusehen.« Sie warf einen Blick auf ihr Handydisplay, lachte. »Unsinn. Um diese Zeit werde ich Linda natürlich nicht mehr stören. Ein Wahnsinn, wie schnell so ein Tag vergeht! Das müssen wir dann wohl auf Montag verschieben.«

»Was?« Das Wort »Zeit« ließ Heisenberg einen Augenblick erstarren. Ihm war, als hätte er etwas vergessen. Sein Herz setzte für ein, zwei Schläge aus, wie in Zeitlupe drehte er den Kopf. Die Küchenuhr zeigte zehn Minuten vor neun. Als der Minutenzeiger weiterrückte, setzte die Erinnerung ein. »Nein!« Jetzt galoppierte das Herz los, als müsste es die versäumten Schläge nachholen.

Kruzifixsakrament! Der Tanzkurs! Er hatte den Tanzkurs vergessen! Ungeduldig tastete er nach seinem Handy. Sieben Anrufe in Abwesenheit, sieben Mal Valentina. Er verfluchte sich dafür, dass er es auf stumm geschaltet hatte, um ungestört recherchieren zu können, sprang hoch, riss die Küchentür auf, vor der gerade Renate stand. Die Türkante knallte gegen ihre Stirn, Renate schrie auf, er stammelte eine Entschuldigung.

Selma kam besorgt hinter ihm her, musterte ihn über den Rand ihrer Brille hinweg. Er murmelte etwas von »Verabredung verschwitzt« und »in Eile«, aber Selma ließ ihn nicht ausreden, sie hatte längst begriffen.

»Willst du Heino hierlassen? Er schläft ja schon, und bis wir ihn unter Carusos Beinen hervorgewurstelt haben …«

Dankbar drückte er ihre Hand. Dann raste er durch den Regen zum Wagen. Mit quietschenden Reifen fuhr er los.

Als er in der Nähe des Hauses Falkstraße 26 einparkte, war es zehn nach neun. Der Tangoabend war zu Ende, die ersten Paare tröpfelten bereits angeregt plaudernd auf den Gehsteig. Heisenberg stieg aus dem Wagen und entdeckte Valentina. In ihrem kupferfarbenen Cape, das zu ihrer Lockenpracht passte und sich mit dem Blutrot ihrer Lippen biss, sah sie hinreißend aus. Kleinlaut trat er ihr gegenüber. Er hatte mit ihrem funkelnden Zorn gerechnet, mit bebenden Lippen und gezischten Vorwürfen und sich während der Fahrt eine blumige Entschuldigung zurechtgelegt. Doch angesichts der Enttäuschung in ihrem Blick blieb ihm jedes Wort im Hals stecken. Nach einigen peinlichen Momenten, in denen Valentina ihn stumm gemustert und ihren Regenschirm aufgespannt hatte, brachte er endlich ein gestottertes »Es tut mir so leid« hervor.

Inzwischen hatte Kursleiter Fritz die Tür abgesperrt. Er strich sich die schwarze Schmachtlocke aus der Stirn, nahm Valentina galant den Schirm ab und reichte ihr seinen Arm. »Wollen wir, *princesa*?«

Heisenberg vergaß zu atmen.

»Aber gern«, sagte Valentina und schmiegte sich eng an ihren Tanzlehrer. Fritz drehte den Kopf zu Heisenberg. »Schade, dass Sie den heutigen Kurs verpasst haben. Walli ist toll in Form!«

»Die Arbeit … ich habe einfach die Zeit übersehen.«

Fritz lachte auf, warf dabei affektiert den Kopf nach hinten. »Ja, ja, die viel beschäftigten Pensionisten! Kennen wir, kennen wir.« Er knuffte Valentina in die Seite. »Komm, *corazón*, gehen wir auf einen Drink ins Babalon.« Und im Loslaufen rief er über die Schulter: »Sie können ja mitkommen!« Wieder das Lachen. »Wenn es Ihr Terminkalender erlaubt.«

Heisenberg war erstarrt. Mit offenem Mund stand er im Regen, bewegungsunfähig, unfähig, etwas zu erwidern oder zu tun. Bis er sich gefangen hatte, waren die beiden aus seinem Gesichtsfeld in Richtung Bogenmeile verschwunden.

Kruzifixsakrament. Dieser dahergelaufene Tango-Fritze! Dieser unverschämte Ossi! Was bildete der sich eigentlich ein? Hatte er sich verhört, oder hatte dieser Jungspund es tatsächlich gewagt, Valentina *»corazón«* zu nennen? Und *»princesa«*? Noch dazu mit seinem läppischen sächsischen Akzent, in dem es wie »brindschässa« klang?

»Sie können ja mitkommen!«, äffte Heisenberg den Tanzlehrer nach und zuckte unter dem missbilligenden Blick einer jungen Frau zusammen, die ihren Schirm fester packte und eilig an ihm vorbeilief.

Lächerlich! Dieser Fritz war ein absoluter Loser, ein Niemand, ein hüpfender Hampelmann, der sich das Haar schwarz färbte und nach hinten gelte, vermutlich weil er dachte, dass ältere Damen das von einem Tangolehrer erwarteten. Der war doch bloß ein Abziehbild, ein fleischgewordenes Klischee! Einer, der für Geld seine Hüften schwang und eingelernte spanische Sprüche losließ, um Eindruck zu schinden. *Valentina, ich bitte dich, der ist doch weit unter deinem Niveau!*

Heisenberg fühlte sich angepisst. Er stand im wahrsten Sinn des Wortes im Regen, ein begossener Pudel, den man zusätzlich durch den Kakao gezogen hatte. »Der ist doch viel zu jung!«, rief er laut in den Himmel, der ungerührt Regenschnüre fallen ließ.

Ein passierendes Pärchen hielt kurz inne. Die Frau drehte sich erbost um. »Der ist auch mein Sohn«, zischte sie und zog den jungen Mann weiter.

Heisenberg erwachte endlich aus seiner Starre. Wie ein Roboter bewegte er sich zu seinem Wagen.

Zu Hause riss er sich die nassen Kleider vom Leib, duschte heiß und legte sich ins Bett. Das Handy platzierte er auf dem Nachttisch, obwohl er wusste, dass es nicht klingeln würde. Natürlich konnte er nicht einschlafen. Er wälzte sich hin und her. Deckte sich zu, bis er schwitzte, deckte sich ab, bis er fror. Dann begann das Spiel von vorn. Vor seinem inneren Auge sah er erotische Aufnahmen von Valentina; wie sie mit Fritz Tango tanzte, nackt, wie sie sich tanzend küssten, wie sie sich tanzend liebten. »Brindschässa«, sagte Fritz, als er sich in sie versenkte, und »gourodsoun«. Bevor sie sämtliche Stellungen des »Kamasutra« in Tangofiguren verwandelt hatten, packte Heisenberg das Wasserglas vom Nachttisch und pfefferte es mit einem Aufschrei gegen die Wand.

Er stand auf, ging zuerst im Flur auf und ab, bis seine Füße schmerzten, badete dann so lange, bis der Boiler keinen Tropfen heißes Wasser mehr hergab. Todmüde legte er sich wieder ins Bett und versuchte den Schlaf mit gezählten Schafen zu überlisten.

Einundsiebzig, zweiundsiebzig. Das dreiundsiebzigste hatte rote Locken und wackelte mit der Kruppe, bevor es sich von einem schwarzen Widder mit gegeltem Fell bespringen ließ. Heisenberg drehte sich auf den Bauch, steckte den Kopf unter das Kissen und heulte wie ein Schlosshund.

17

13. Mai

Das Skelett lag in einer mit rotseidenem Tuch ausgekleideten Glasvitrine und erinnerte ein bisschen an Schneewittchen im gläsernen Sarg, obwohl es nicht geschminkt war. Immerhin hatte es Gesellschaft. Es teilte sich sein neues Luxusetablissement im gerichtsmedizinischen Institut mit dem Skelett eines Mannes und dem Fettwachstorso einer Frau. Die beiden hatten sich zu Beginn des Zweiten Weltkrieges aus unglücklicher Liebe zueinander mitsamt ihrem Auto in den Achensee gestürzt. Wie es ihrem letzten Willen entsprach, waren sie nun auf ewig vereint und hatten auch im Tod nur Augen füreinander (natürlich ausschließlich im übertragenen Sinn). Jedenfalls mangelte es ihnen an Kommunikationsbereitschaft. Und so tat das Skelett, was es am besten konnte: Es grinste, wartete und wappnete sich gegen die Langeweile.

Doch Langeweile kam gar nicht auf! Denn schon nach wenigen Stunden oder Tagen – in der märchenhaften Abgeschiedenheit der Glasvitrine hatte das Skelett jegliches Zeitgefühl verloren – kündigte ein leises Klirren Besuch an.

Der Deckel der Vitrine wurde abgehoben, das Skelett auf einen fahrbaren Untersatz gebettet. Es ratterte, als ein junger Sektionsgehilfe mit gelangweilter Miene (vielleicht war es auch ein angehender Leichenpräparator oder ein höhersemestriger Student) mit ihm über den gefliesten Flur rollte. Erst im Sektionssaal wurde der junge Mann langsamer. Ohne seinem eingeschlafenen Gesichtsausdruck auch nur ein Quäntchen Enthusiasmus zu verleihen, übergab er das rollende Skelett an den Gerichtsmediziner, der Prantl hieß und zur Feier des Tages nur seinen schlichten weißen Mantel trug, keine Handschuhe, keine Duschhaube.

Hätte es gekonnt, das Skelett hätte seine knöcherne Hand gehoben. Der Lichtstrahl, den das Metall seiner Zahnspange reflektierte und wie zum Gruß aufblitzen ließ, war ein schwacher Ersatz.

Der Gerichtsmediziner betrachtete das Skelett wehmütig, fast so, als würde er nicht mehr lange dazu Gelegenheit haben. Die ganze Situation atmete das Pathos einer Abschiedsszene, die nur durch den Eintritt eines Fremden gestört wurde. Der Neuankömmling – grau und unscheinbar vom Scheitel bis zur Sohle – brachte einen monströsen Fotoapparat in Anschlag. Er knipste das Skelett von der Seite, von oben, im Ganzen und im Detail, aus allen möglichen Winkeln, mit unterschiedlichen Objektiven und Filtern. Prantl zeigte auf bestimmte Stellen, die ihm offensichtlich besonders am Herzen lagen, der Fotograf bannte sie gehorsam auf seinen Film.

»Haben Sie alles?«

»Glaub schon.«

»Schießen Sie lieber noch ein paar Aufnahmen für unser Archiv, bevor er abgeholt wird.«

»Dann bleibt er also nicht in eurer Sammlung?«

»Der Vater ist dagegen. Geweihte Erde, ruhe in Frieden und so weiter. Und die Mutter wollte sich wohl Streitereien ersparen und hat sich umstimmen lassen.«

Der Fotograf zuckte mit den Schultern und legte noch einmal los.

Nach der Prozedur wurde der fahrbare Untersatz mit dem Skelett zur Seite gerollt und neben dem äußersten der fünf Stahltische abgestellt, auf dem bereits eine Leiche lag. Es war der kopflose junge Mann, den sie erst vor wenigen Tagen hergebracht und nach allen Regeln der Kunst ausgeweidet hatten. Sämtliche Organe hatten sie entnommen, vermessen, analysiert, feine Scheibchen von ihnen abgeschnitten und sie Stunden später in eine wasserdichte Tüte gepackt und in die Bauchhöhle gelegt. Sogar das Gehirn hatte dort seine letzte Ruhestätte gefunden. Dann wurde zugenäht und fertig. Den hirnlosen Kopf, der die Obduktion noch auf einem Beistelltisch thronend überwacht hatte, hatten sie mit Zellstoff gefüllt und an den Rumpf angenäht. Frisch gebadet und mit gewaschenen Haaren lag der junge Mann nun da, die Augen wie zu einem Nickerchen geschlossen. Jetzt fehlte nur noch ein schickes Hemd, das die Nähte und die hässlichen Tätowierungen an seinem Oberkörper verhüllte. Anzug und Krawatte dazu und er hätte als Finanzbeamter durchgehen können. Oder als Staubsaugervertreter.

Zwei Männer mit einem Sarg traten ein, einer kaute lässig auf seinem Kaugummi herum. »Grüß Gott, Bestattung Leimgruber.«

»Holt ihr den Jungen? Tim Kabiersch?« Prantls Stimme klang angespannt.

»Ja«, sagte der eine und kaute.

»Schmarrn«, sagte der andere. »Unsrer heißt Kleinheinz. Bruno Kleinheinz.«

Prantl atmete erleichtert aus, und das Skelett hätte es ihm bestimmt gleichgetan, wenn Skelette erleichtert ausatmen könnten. Es hätte jedenfalls allen Grund dazu gehabt. Denn kaum hatten die Männer vom Bestattungsunternehmen Leimgruber ihren Kunden Bruno Kleinheinz in den Sarg gehievt und abtransportiert, als eine rotwangige und völlig atemlose Dr. Sibylle Sarnthein den Sektionssaal stürmte und ihrem Kollegen Prantl eine Zeitung in die Hand drückte. Es war das Alpenjournal vom letzten Abend.

»Was soll ich mit diesem Käseblatt?«

»Seite sieben«, keuchte sie.

Prantl nahm seine Brille ab, steckte sie in die Manteltasche und schlug die Zeitung auf. Beim Lesen runzelte sich seine Stirn, dann glättete sie sich wieder, und die mit silbernen Härchen durchwirkten Brauen wölbten sich zu formvollendeten Bögen. Als er das Blatt weglegte, pfiff er anerkennend. Ein spitzbübisches Lächeln stahl sich auf sein Gesicht. »Entspricht das den Tatsachen?«

»Habe soeben mit Wurz telefoniert. Es stimmt.«

»Das ändert die Situation natürlich grundlegend.« Prantl rieb sich die Hände.

Als wenig später zwei weitere Männer mit einem Sarg eintraten, ging er ihnen entschlossen entgegen.

»Bestattung Haugstein«, sagte der jüngere der beiden und schlug die Hacken zusammen. Seine Hand zuckte zum Rand einer nicht vorhandenen Mütze, als hätte er erst kürzlich den Wehrdienst hinter sich gebracht und sich noch nicht daran gewöhnt, wieder unter Zivilisten zu sein. »Bereit, den verstorbenen Tim Kabiersch abzuholen!« Er fischte ein Formular aus seiner Brusttasche und händigte es Prantl aus.

Ohne es zu prüfen, steckte der das Papier zurück. »Meine lieben Herren, es tut mir sehr leid, aber im Fall Kabiersch handelt es sich um einen Irrtum. Und bis der sich geklärt hat, bleibt der Junge hier. Ich fürchte, Sie müssen unverrichteter Dinge wieder wegtreten.«

Die Hacken schlugen erneut zusammen. Ohne Murren und zackig wie Zinnsoldaten verschwanden die Herren samt Sarg aus den Räumen der Gerichtsmedizin.

Als das Skelett vom Sektionsgehilfen oder dem angehenden Leichenpräparator oder dem höhersemestrigen Studenten mit dem eingeschlafenen Gesicht wieder durch den Korridor zurückgerollt wurde, grinste es wie immer; aber ein feinsinniger Beobachter hätte in das Grinsen eine fröhliche Note hineininterpretieren können. Nach diesem kurzen Intermezzo schien es sich auf seine rotseiden ausgekleidete Glasvitrine zu freuen, die es nun doch nicht mit einer gewöhnlichen Holzkiste vertauschen musste. Die Schweigsamkeit seiner Mitbewohner machte ihm nichts aus. Tief im Inneren wusste es, dass bald wieder jemand kommen und den Vitrinendeckel abheben würde. Und bis dahin würde es einfach auf sein persönliches Kopfkino zurückgreifen.

Der Projektor im Kopfkinosaal stand bereit, der Film »Tims Tod« war eingelegt. Das Skelett spulte an die Stelle vor, an der der Mann mit der Froschkrawatte Tim packte und aus dem Wagen zerrte. Die Bilder wackelten, als wäre ein Filmamateur mit Handkamera am Werk gewesen: Tim wehrte sich. Zappelte. Trat nach den Beinen des Krawattenonkels. Schrie. Ein Schlag ins Gesicht, und sein Kopf knallte gegen die Autotür. Tim verlor das Bewusstsein, der Film lief weiter, aber die Bilder zeigten nur verwaschenes Grau, als wäre plötzlich dichter Nebel aufgekommen. Als der Nebel sich endlich verzog, lag Tim im Kofferraum, an Händen und Füßen gefesselt und wie ein Paket verschnürt. Nur sein Kopf hing heraus. Der Krawattenonkel stand neben ihm und wühlte im Wageninneren.

»Bitte tu mir nicht weh«, flüsterte Tim. »Mein Papa zahlt bestimmt.« Wenn er ihn schon nicht abgeholt hatte, würde er doch wenigstens eine anständige Summe springen lassen? »Wie viel verlangst du?«, fragte er vorsichtig, denn Millionäre waren seine Eltern nicht gerade, obwohl die Softwarefirma seines Vaters ziemlich gut lief.

»Mach dir keine Sorgen, ich brauche kein Geld.« Tim drehte den Kopf, sah die Milchkanne, die der Mann in der Linken hielt. »Nur ein bisschen Blut.« Jetzt fiel Tims Blick auf das Messer.

Jemand schrie, es klang fremd. War das er gewesen?

»Keine Angst, Schächten tut gar nicht weh. Ist gleich vorbei.«

Das Messer zuckte an seinem Hals. Tim spürte ein Brennen, nicht der Rede wert. Was war Schächten? Das Wort kannte er nicht, obwohl seine Deutschlehrerin ihm erst vor Kurzem einen beachtlichen Wortschatz für einen Zehnjährigen bescheinigt hatte. Eigentlich klang es nicht besonders furchterregend. Ein unangenehmer Geruch drang in seine Nase. Süßlich und metallisch, und er fühlte, wie er immer leichter wurde. Wie ein Sandsack, der einen Riss hatte und aus dem Korn für Korn der Sand …

Ihn fröstelte …

Die Bilder wackelten, wurden wattig, unscharf.

Die letzte Einstellung zeigte einen lachenden Frosch. Eigentlich ein fröhliches Bild, wenn auch ein bisschen banal als Abschluss.

18

Sie erwachte vom Prasseln des Regens, den eine Windbö gegen das Schlafzimmerfenster warf. Ihr fiel ein, dass Montag war und sie nicht zur Arbeit musste, vielleicht lange nicht mehr. Sie drehte sich zur Seite und wollte sich in Renates Arme kuscheln, um den aufsteigenden Frust mit ein bisschen Schmiegsamkeit und Körperwärme zu vertreiben. Aber Renate war nicht mehr da, die Kuhle im Leintuch bereits ausgekühlt, nur ein Hauch ihres Dufts hing noch im Kissen wie ein flüchtiges Versprechen.

Selma tastete nach der Brille und stand auf. Barfuß und zerknittert folgte sie einem anderen verlockenden Duft treppab, in die Küche: Kaffee. Wenn die lakritzfarbene Brühe nur annähernd so gut schmecken würde, wie sie roch, Selma würde sofort zur Kaffeeliebhaberin mutieren. Immerhin half das Aroma, ihre Sinne zu wecken.

Sie blickte sich um. Der Frühstückstisch war gedeckt. Wie ein grauer Flokati lag Caruso darunter und stellte sich schlafend, um nicht weggeschickt zu werden und dadurch die Chance auf Herabfallendes zu verpassen. Nicht einmal als vor der Haustür Schritte zu hören waren und sich der Schlüssel im Schloss drehte, verließ sie ihre Poleposition.

Renate schüttelte Regentropfen aus ihrem roten Haar und ließ sich auf die Stirn küssen, auf die Schramme, die Heisenberg mit der Küchentür verursacht hatte. Sie hatte frische Semmeln mitgebracht und wedelte mit dem neuesten Alpenjournal vor Selmas Nase herum. »Ausgeschlafen, Murmele? Das dürfte dich interessieren.«

»Festnahme im Mordfall Bruno Kleinheinz«.

Selma riss ihr die Zeitung aus der Hand. Wieder ein Artikel, der mit »Lato« unterzeichnet war. Sie überflog ihn, rief dabei ein ums andere Mal: »Nein!«

»Nein gut oder nein schlimm?«, fragte Renate.

»Nein unglaublich. Gschwandtner hat Tims Vater festnehmen lassen.«

Renate hob die Brauen. »Ist das nicht der Typ mit schachtelweise Psychopharmaka im Badezimmerschränkchen? Von dem du erzählt hast, er sei ein menschliches Wrack?«

»Allerdings. Ich kann mir nicht vorstellen, dass er fähig ist, einen jungen, starken Mann zu töten. Aber sicher bin ich mir natürlich nicht. Immerhin hat er mich belogen, und er hat kein Alibi für die Mordnacht. Vielleicht haben meine Kollegen in der Zwischenzeit stichhaltige Beweise gefunden?« Zumindest hoffte Selma, dass Manfred Kabiersch nicht nur wegen seines religiösen Fanatismus in U-Haft gekommen war, wie es in der Zeitung stand.

Noch unglaublicher fand sie allerdings die Neuigkeit, dass Gschwandtner inzwischen auch davon ausging, dass die Morde von Tim Kabiersch und Bruno Kleinheinz zusammenhingen. Ein Paradigmenwechsel! Sie wirbelte Renate einmal rund um den Küchentisch, um ihrer Genugtuung Ausdruck zu verleihen.

Renate lachte. »Entdecke ich da etwa einen Anflug von Schadenfreude?«

»Man gönnt sich ja sonst nichts!« Selma las den Text noch einmal, Wort für Wort. Lato hatte nichts ausgelassen: weder Gschwandtners unsinnige Attentatstheorie im Fall des ertrunkenen Landeshauptmanns noch seinen Versuch, die neuen Indizien im Fall Kabiersch unter den Tisch zu kehren; weder die neuerlichen Ermittlungsleerläufe im Kleinheinz-Fall und den daraus resultierenden Tadel der Innenministerin noch Gschwandtners Einhundertachtzig-Grad-Kehrtwende, die in der »überstürzten und völlig haltlosen« Festnahme von Tims Vater gipfelte. Sogar die Suspendierung einer »ausgesprochen tüchtigen Revierinspektorin aus mehr als fadenscheinigen Gründen« hatte Lato erwähnt. Der Artikel endete mit einer Spekulation darüber, wie lange der neue Kripochef dem Erwartungsdruck der Politiker, die ihn in dieses verantwortungsvolle Amt gehievt hatten, noch standhalten mochte.

Das war der Gipfel der Frechheit! »Bin ich froh, dass ich nicht miterleben muss, wie Gschwandtner jetzt tobt!« Selma fragte sich, woher dieser mysteriöse Lato sein Wissen hatte, obwohl vom Kripochef garantiert ein Informationsstopp verhängt worden war.

Renate goss Milch in ihre Schale und gab so viel von ihrer speziellen Müslimischung dazu, dass der Löffel stecken blieb. »Dieser Artikel ist jedenfalls der beste Beweis dafür, dass dein Chef die undichte Stelle woanders suchen muss, nicht bei dir.« Sie streute Zimtpulver über das Müsli. »Ich wette, der kommt bald angekrochen, um dich auf Knien wieder zurückzuholen.«

Selma lachte laut auf. Bevor Gschwandtner einen Fehler eingestand, würde die Erde aufhören sich zu drehen, oder sie würde mindestens die Richtung wechseln. »Wenn er das macht, fress ich einen Besen!«

Renate holte den alten Kehrwisch unter der Spüle hervor, der zum Entfernen von Spinnweben aus unzugänglichen Ecken diente, und hielt ihn drohend in die Luft.

Selma schüttelte sich. Sie stürzte eine Tasse Tee hinunter. Dann rief sie Linda an, um sie zu bitten, in der Asservatenkammer nach Morgenroths Computer zu sehen. Natürlich wollte sie bei der Gelegenheit auch herausfinden, wie Gschwandtner den Zeitungsartikel aufgenommen hatte.

Doch sie erhielt nur ein Besetztzeichen. Auch Wurz und Weinreich konnte sie nicht erreichen. Schließlich gab sie auf und wählte Heisenbergs Nummer.

Am Sonntag war er völlig fertig zu ihr gekommen, mit geröteten Augen und dunklen Ringen darunter. Auf ihre Nachfrage hatte er nur etwas von »Erkältung eingefangen« gebrummt. Er holte Heino ab und fuhr wieder nach Hause, um sich auszukurieren. Selma glaubte ihm kein Wort. Von wegen Schnupfen! Sie sah ihm über beide Ohren an, dass er Kummer hatte. Kummer, der mit seiner Valentina zusammenhing. Natürlich hatte sie nichts gesagt, schließlich ging es sie nichts an.

Nach dem siebten Klingeln meldete er sich. »Schon besser«, knurrte er auf ihre Frage nach seinem Befinden, doch sein Tonfall strafte ihn Lügen.

Den Artikel im Alpenjournal hatte er gelesen und war empört darüber – sofern der emotionale Ausnahmezustand, in dem er sich befand, eine Empörung überhaupt zuließ.

Weil Beschäftigung das beste Mittel gegen Depressionen war, schlug Selma vor, dort fortzufahren, wo sie am Samstagabend aufgehört hatten. Während sie weiter versuchen wollte, an Morgenroths Rechner zu kommen, sollte Heisenberg recherchieren, wer sich hinter dem Kürzel Lato verbarg. Darum hätten sie sich längst kümmern sollen.

»Ich wette, dieser Journalist hat einen Informanten in unseren Reihen. Und da kommt für mich eigentlich nur Mark Mitterhofer in Frage.«

»Unsinn«, knurrte Heisenberg. »Ich kenne Mitterhofer als absolut loyalen Mitarbeiter.«

»Er platzt vor Ehrgeiz.«

»Was stört dich daran? Du doch auch!«

»Bei ihm ist es ein Ehrgeiz mit ausgefahrenen Ellenbogen. Karrieregeilheit.«

»Du magst ihn nicht.«

Selma schluckte. Leider musste sie zugeben, dass Heisenberg mit seiner Vermutung nicht falschlag. War sie voreingenommen? Oder womöglich neidisch, weil Mitterhofer beim Chef so viel besser ankam als sie? »Muss man alle Leute mögen?«

»Nein«, blaffte Heisenberg. »Aber Vorurteile verstellen die Sicht.«

Als Selma es eine halbe Stunde später immer noch nicht geschafft hatte, Linda telefonisch zu erreichen, beschloss sie, über ihren Schatten zu springen und zum Innrain zu radeln – unter dem Vorwand, endlich ihre Jeansjacke abzuholen. Hoffentlich könnte sie unter vier Augen mit Linda sprechen.

Der Regen, der seit Tagen ohne Unterlass fiel, war in ein feines Nieseln übergegangen, das einen feuchten Film auf Selmas Gesicht hinterließ und sie erfrischte.

Sie fand Linda mit dem Entkalken des Kaffeevollautomaten beschäftigt. »Wie schön, dass du wieder da bist!«, schrie sie, um die zischende, spuckende Maschine zu übertönen.

»Nur kurz. Meine Jacke holen.«

»Die liegt noch immer im Besprechungsraum. Eigentlich wollte ich sie dir vorbeibringen, aber Sepp hat vorgeschlagen, sie hängen zu lassen. Gewissermaßen als Mahnmal.« Linda kicherte. »Damit Gschwandtner sich jedes Mal ärgert, wenn er sie sieht.«

»Apropos … ist die Luft rein? Nicht dass ich ihm versehentlich in die Arme laufe.«

»Reiner denn je!« Linda strahlte wie ein frisch polierter Messingknopf. »Vor einer halben Stunde ist er gegangen.« Sie verdrehte die Augen. »Hättest ihn heute Morgen erleben sollen!«

»Ich kann es mir lebhaft vorstellen. Irgendwelche bleibenden Schäden? Weitere Suspendierungen?«

»Nur ein zertrümmertes Kaffeehäferl und wüste Drohungen, deren Umsetzung aber durch einen Anruf der Innenministerin torpediert wurde.«

»Soso!«

»Es war ein langes Gespräch und nach Gschwandtners Mimik zu urteilen, absolut unerfreulich.« Der Messingknopf strahlte mehr denn je, Mitleid mit dem Chef kannte er offenbar nicht.

»Och, der Arme! Die Politik wird ihn doch nicht fallen lassen?« Selma hielt Schadenfreude zwar für verwerflich. Aber manchmal tat sie der Seele unglaublich gut.

Linda zuckte mit den Schultern. »Danach ist er jedenfalls gegangen. Hat gesagt, er fühle sich krank. Kreislauf.« Sie senkte die Stimme zu einem Flüstern. »So klein mit Hut war er.« Die Spanne, die sie mit Daumen und Zeigefinger anzeigte, maß keinen Zentimeter.

Selma zwickte sich in den Arm, um die Schadenfreude einzudämmen. Dass Gschwandtners Popularität im Sinken begriffen war, fand sie nach wie vor phantastisch, aber Gesundheitsprobleme wünschte sie natürlich niemandem.

»Du, Linda?« Sie beschloss, die Gunst der Stunde zu nützen. »Könntest du mir bitte einen Gefallen tun?« Mit klimpernden Wimpern trug sie ihre Bitte vor.

»Morgenroths Rechner? Aus der Asservatenkammer holen?« Lindas zu einem Strich gezupfte Brauen wanderten steil nach oben. Das Messingknopfgesicht bewölkte sich. »Den kann ich dir aber wirklich nicht aushändigen, das musst du verstehen. Wenn das aufkommt …«

»Das brauchst du auch nicht«, beschwichtigte Selma die Sekretärin. »Du sollst ihn Sepp übergeben, und der soll nachschauen, ob das Ding vor siebzehn Jahren manipuliert wurde. Wenn Daten gelöscht wurden, soll er sie wiederherstellen, falls das möglich ist.«

»Du, ich weiß nicht, ob das eine gute Idee ist. Sepp muss schon die Handys und Rechner von Bruno Kleinheinz und Manfred Kabiersch untersuchen, der ist mit Arbeit eingedeckt. Und wenn Gschwandtner Wind davon bekommt …«

»Bitte, Linda«, flötete Selma. »Das ist eine ganz heiße Spur, glaub mir. Und wenn Sepp etwas Wichtiges findet, wie ich es vermute, dann kann er bei Gschwandtner punkten.«

Linda zögerte. Die Haut über ihren Lippen kräuselte sich zu feinstem Plissee, als sie sie spitzte.

Selma versuchte es mit einem Rehblick. »Der Sepp macht bestimmt mit, der kann doch einer Frau wie dir keine Bitte abschlagen, wenn du deinen Charme spielen lässt. Und bei mir hättest du dann auf alle Fälle was gut.«

Linda stöhnte. »Also schön.« Sie versprach es.

Selma bedankte sich überschwänglich. Dann holte sie endlich ihre Jeansjacke, schlüpfte hinein; genoss das Gefühl der Geborgenheit, das ihr dieses Lieblingskleidungsstück bescherte, und radelte nach Hause.

Das Nieseln war versiegt. Der finstere Wolkenbehang hatte sich in Richtung Nordkette verzogen, wo er zwischen Brandjoch und Bettelwurf Stellung bezog und eine letzte Bastion gegen das von Süden aufziehende Azurblau bildete.

Selma überlegte, was sie mit dem angepatzten Tag anfangen sollte. Selbst wenn Linda erfolgreich war, würde es dauern, bis Sepp den Computer durchforstet hatte, und solange war sie zum Warten verurteilt. Vielleicht konnte sie Renate dazu überreden, sich freizunehmen und mit ihr zu wandern? Auf die Arzler Alm zum Beispiel. Ein bisschen schwitzen und nach der überstandenen Sintflut ein paar Sonnenstrahlen tanken, das würde ihnen beiden guttun.

»Oberst hin oder her, was denken Sie sich eigentlich? Hier werden keine Informanten preisgegeben! Haben Sie noch nie vom Redaktionsgeheimnis gehört?« Ein Klicken, und das Gespräch war beendet.

Kruzifixsakrament! Dieser arrogante Fatzke hatte aufgelegt! Er musste sich beherrschen, sein Handy nicht gegen die Wand zu pfeffern. Empört stapfte Heisenberg in der Küche auf und ab. Fast wäre er dabei über den schnarchenden Heino gestolpert.

So eine Unverschämtheit! Er nahm sich vor, sein Alpenjournal-Abo zum nächsten Termin zu kündigen. Dieser Schnösel von einem Chefredakteur hatte ihn einfach abblitzen lassen. Ohne den kleinsten Respekt vor seiner Stellung!

Deiner ehemaligen Stellung, flüsterte eine Stimme in seinem Kopf, die er gern überhört hätte. *Du gehörst zum alten Eisen.*

Na wenn schon! Wenigstens den Namen, der sich hinter dem Kürzel Lato verbarg, hatte er eruieren können: Lageder Tobias. Heisenberg grübelte. Irgendwo hatte er diesen Namen schon gehört. Aber wo? Er setzte sich, rieb seine Nase. Zog den Bleistiftstummel hervor, den er sich hinters Ohr gesteckt hatte, und schrieb den Namen auf, in Großbuchstaben, die er einrahmte. Mit einem Magneten pinnte er den Zettel an die Kühlschranktür. Dann setzte er seine Küchentischumrundung fort. *Lageder, Lageder.*

Ja, natürlich! Der Weinbauer, der aus biologisch angebauten Trauben einen hervorragenden Lagrein kelterte, hieß so. Valentinas Lieblingswein. Trotzdem war Heisenberg unzufrieden. Er kannte den Namen noch aus einem anderen Zusammenhang, der ihm partout nicht einfallen wollte. Beide Hände gegen die Schläfen gedrückt, dachte er nach. Sah nur Bilder von Flaschen vor sich. Hörte das Geräusch, wenn man eine dieser Flaschen öffnete, ein sanftes »Plopp«, gefolgt von beredtem Gluckern, wenn man den Wein einschenkte. Etwas vom Sinnlichsten, was er sich vorstellen konnte. Dazu Valentinas Lachen. Das Glitzern in ihren Augen, wenn sie ihm zuprostete. Was sie nicht tat. Womöglich nie mehr tun würde. *Kruzi…* Jetzt hatte er sich mit Feuereifer in die Recherchen gestürzt, um wenigstens für ein paar Stunden nicht an sie denken zu müssen, und ausgerechnet dieser blöde Name schubste sein Liebeskummerkarussell wieder an, auf dass es sich drehe und drehe und drehe …

Wenn er schon nicht von ihr loskam, dann konnte er gleich noch einmal versuchen sie anzurufen.

Gesagt, getan. Aber wie zuvor meldete sie sich nicht. Wollte seine Entschuldigung nicht hören. Dabei kam seine Verfehlung einer Bagatelle gleich! Ein einziges Mal hatte er sie versetzt und den Tanzkurs vergessen.

War das eine Bagatelle? Er grübelte. Na ja, der gemeinsame Tangokurs war ein Geschenk von ihr gewesen und bedeutete ihr viel. Furchtbar viel. Er musste zugeben, dass die Bagatelle ein ausgewachsenes Fettnäpfchen darstellte, in das er mit voller Wucht getreten war. Aber war das ein Grund, ihn im wahrsten Sinn des Wortes im Regen stehen zu lassen, Arm in Arm mit dem Tangofritzen zu entschwinden und abzutauchen? Sich ganze zwei Tage lang nicht zu melden, wenn er anrief?

Wieder einmal kramte er Theas Bild aus dem Wäscheschrank hervor. Wieder einmal erzählte er seiner verstorbenen Frau alles. Er vernahm ihre Stimme in seinem Kopf, die ihm riet, Valentina Zeit zu lassen. Manche Menschen waren nun mal etwas länger beleidigt als der Durchschnitt, wenn sie erst einmal beleidigt waren. Die Geschichte mit dem Tangofritzen sei garantiert harmlos und diene nur dazu, ihn eifersüchtig zu machen. Ein Beweis für Valentinas Liebe. Zu gegebener Zeit werde sie bestimmt zu ihm zurückkommen. Bald. Was spielten ein, zwei Tage schon für eine Rolle im Leben eines Pensionisten? Und obwohl ihn Theas Stimme tröstete und ihre hellen Augen verständnisvoll blickten, hörte er nicht auf sie. Diesmal nicht. Denn ein Mann in seinem Alter stand schon mit einem Zeh im Grab. Selbstverständlich kam es da auf jeden einzelnen Tag an! Und er, er wollte keinen einzigen mehr valentinalos verbringen.

Er schnäuzte sich. Er räusperte sich. Er verräumte Thea wieder. Dann rief er Valentinas Freundin Anna an. Die beste Tafelspitzköchin, Marillenkuchenbäckerin und Likörbrauerin aller Zeiten, die reiche Witwe, die Valentina in ihrem hundefreien Domizil Asyl gewährt hatte. Anna meldete sich sofort. Ihr mütterlich besorgter Tonfall machte ihn stutzig. Ihm war, als würde sie ihn bemitleiden. Ja fast, als würde sie sich für irgendetwas schämen. In dem Moment kapierte er: Anna wusste etwas.

»Trifft sie sich mit diesem Fritz?«, fragte er direkt.

Anna antwortete nicht, er hörte sie nur atmen.

»Bitte sag mir die Wahrheit.«

Da brach sie in Tränen aus. »Diese dumme Urschel!« Sie schluchzte. »Wie kann sie dir das antun! Wie kann sie eure wunderbare Beziehung aufs Spiel setzen und dich derart hintergehen! Mit so einem windigen Bürscherl noch dazu«, jammerte sie. »Sie macht sich doch nur lächerlich!«

Wenn er nicht so verzweifelt gewesen wäre, er hätte Anna getröstet. Aber eine eiserne Faust schloss sich um seine Kehle und raubte ihm die Atemluft. »Also doch«, presste er hervor. Valentina hatte nicht nur eine Show abgezogen, um ihn zu strafen, sie hatte die Gelegenheit beim Schopf und das windige Bürscherl bei einem anderen Körperteil gepackt. »Also doch.«

»Sie wird es bald bereuen, Willi. Ganz bestimmt. Wenn die Frühlingsgefühle vorbei sind …«

Er bedankte sich knapp und beendete das Gespräch. Frühlingsgefühle also. Als etwas auf seine Hand tropfte, bemerkte er, dass er weinte.

Was für eine Enttäuschung! Vielleicht ging die Affäre mit Fritz schon länger und er hatte es bloß nicht bemerkt? Vielleicht war der schmalzlockige Sachse gar nicht der Erste, mit dem sie ihn betrog?

Jäher Kopfschmerz erfasste ihn, als hätte sich ein eisernes Band um seine Stirn gelegt, das ein imaginärer Folterknecht immer straffer spannte. Er nahm zwei Eiswürfel aus dem Gefrierfach und presste sie sich gegen die Schläfen, bis die wohltuende Erfrischung sich in Schmerz verwandelte und Schläfen und Finger taub wurden. Danach wankte er ins Badezimmer und betrachtete sich im gnadenlos scharfen Kosmetikspiegel, den er eigens für Valentina angeschafft hatte.

»Was willst du, alter Mann?«, fragte ihn sein Spiegelbild. »Sie hat dir nie was versprochen. Du hast immer gewusst, dass sie ein Faible für Jüngere hat und es mit der Treue nicht so genau nimmt.« Das Spiegelbild hatte recht. Was konnte man von einer ehemaligen Hippiebraut, die ihrem Sohn den Namen Woodstock verpasst hatte, auch erwarten? Lockerheit, Sinnlichkeit und guten Sex. Keine Treue. Und Liebe schon gar nicht.

»Ist angekommen«, antwortete er dem Alten im Spiegel. »Aber

muss sie mich mit jemandem betrügen, der jünger ist als ihr eigener Sohn?«

Plötzlich verspürte er das dringende Bedürfnis, sich zu betrinken, obwohl er seit der Diagnose Magenkrebs Alkohol mied wie der Teufel das Weihwasser. Er nippte höchstens mal an einem kleinen Bier oder einem Achtel Wein, und auch das nur in Gesellschaft. Stärkere Getränke besaß er nicht. Im Kühlschrank wartete eine angebrochene Flasche Lagrein. Bevor er die Kühlschranktür öffnete, fiel sein Blick auf den angepinnten Zettel. *Lageder, Tobias.* In Heisenbergs Hirn ratterten die Räder.

Der Wein. Valentina. Jünger als ihr Sohn.

Lageder. Tobias. Sohn.

Ein winziges Steinchen fiel an seinen Platz, er konnte es einrasten hören. Einen Sekundenbruchteil später wusste er, woher er den Namen kannte. Der Wunsch nach weinseligem Vergessen verblasste, stattdessen verspürte er einen Anflug von Jagdtrieb. Er griff zu seinem Handy. Während er die Telefonnummer heraussuchte, verzogen sich seine Mundwinkel zu etwas, was er ein missglücktes Lächeln genannt hätte, hätte er sich in diesem Augenblick im Spiegel betrachtet.

Selma genoss es, auf der warmen Holzbank zu sitzen, das Gesicht in die Sonne zu halten und nur ans Ein- und Ausatmen zu denken, bis ihr Puls sich wieder beruhigt hatte. Sie war beim Versuch, auf der letzten Steigung nicht zu weit hinter Renate zurückzufallen, völlig außer Puste geraten, weil sie nicht zugeben wollte, dass eine derartige Bagatellwanderung sie schon an ihre Grenzen brachte. An ihrer Kondition musste sie dringend arbeiten. Ab morgen. Sie würde die morgendliche Joggingrunde ausdehnen und damit auch Caruso eine Freude machen. Außerdem nahm sie sich vor, sich in einem Fitnessstudio anzumelden und zweimal pro Woche einen Pilates-Kurs zu besuchen.

Zunächst belohnte sie sich aber mit dem genüsslichen Verspeisen eines Kaspressknödels, während Renate ein üppiges Stück Eierlikörtorte verdrückte. Als ein Tortenbissen wie zufällig vor Carusos Nase landete, warf Selma ihrer Freundin einen strengen

Blick zu. »Sie hat schon drei Hundekekse und einen halben Knödel bekommen. Von Süßigkeiten bekommt sie Blähungen.«

»Kannst du diesen bittenden Hundeaugen widerstehen?«

»Warte ab, bis du abends gemütlich auf dem Sofa sitzt und sie dich mit Gerüchen einnebelt, für die es keinen Namen gibt. Gegen die faule Eier, Wasserleichen und Wunderbäume gehobene Parfumkompositionen sind! Dann kannst du es auch.«

Bergab ließen sie es gemächlicher angehen und überlegten gemeinsam, wie sie den Abend verbringen konnten.

»Wie wär's mit Kino? Irgendein Hollywoodschinken und eine große Tüte Popcorn im Metropol.«

»Nicht schlecht. Aber was hältst du davon, wenn wir es uns zu Hause gemütlich machen? Ich glaube, heute läuft ein Hitchcock-Klassiker. Und Mikrowellen-Popcorn haben wir auch«, sagte Renate.

»Tolle Idee! Caruso müssen wir allerdings in den Flur sperren. Du verstehst.«

»Jetzt sei doch nicht so hart. Wegen ein bisschen Wind!« Renate umarmte Selma von hinten und saugte sich an ihrem Ohrläppchen fest.

In dem Moment tobte Selmas Handy los. Verärgert wollte sie den Anrufer wegklicken, doch ein Blick aufs Display änderte ihre Entscheidung. »Linda!«, stieß sie hastig hervor und warf Renate einen entschuldigenden Blick zu. »Hast du ihn?«

Linda hatte Morgenroths Rechner nicht. »Als die Akte geschlossen wurde, ist er an eine gewisse Gundula Morgenroth ausgehändigt worden.«

»Seine Schwester. Was für ein Mist!« Vor Enttäuschung wäre Selma das Handy beinahe aus der Hand geflutscht und über den Abhang gekullert. »Dann ist alles umsonst!«

»Aber warum denn?«

»Weil Gundula den Computer ihres Bruders längst durch einen moderneren ersetzt haben wird.«

»Jetzt sei doch nicht so negativ!«

Selma schnaubte. Linda hatte gut reden. Linda mit ihrem unverbrüchlichen Optimismus! Vor allem seit Gschwandtner sich krankgemeldet hatte, lief sie zu sonniger Höchstform auf.

»Ist diese Frau Morgenroth nicht schon ein älteres Semester? Vielleicht ist sie sorgsam mit dem Gerät umgegangen und hat es nur selten benutzt?«

»Bestimmt.« Selma verdrehte die Augen. Vermutlich glaubte Linda auch noch ans Christkind. Der Umgang mit chronischen Positivdenkern konnte motivierend sein, oft war er nur nervenaufreibend. »Ich werde sie fragen. Danke jedenfalls, dass du nachgesehen hast.« Natürlich musste sie Gundula Morgenroth einen Besuch abstatten, aber die Chance, dass dabei irgendetwas Brauchbares herauskommen würde, ging gegen null.

Sie nahm Renates Hand. »Du, ähm, ich …«

»Sag nichts. Das war's mit unserem netten Heimkinoabend.« Renate zog eine Schnute.

»Es tut mir so leid.«

»Mir aber nicht.« Sie entzog Selma ihre Hand, packte sie an den Schultern und schüttelte sie sanft. »Tu, was du tun musst. Ich bin so verdammt stolz auf dich!«

»Aber …«

»Weißt du was? Ich kaufe uns die besten Hitchcock-Klassiker auf DVD. Dann können wir den Abend jederzeit nachholen.«

Selma kniff sich in den Oberschenkel. Sie konnte das Glück, dass sie eine Frau wie Renate gefunden hatte, immer noch nicht fassen. Dass sich eine so attraktive, intelligente, erotische, sensible, tolerante und zärtliche Person ausgerechnet in sie verliebt hatte, die kleine, unbedeutende Revierinspektorin, die nun wirklich nichts Besonderes war. Sie wollte gar nicht daran denken, Renate eines Tages zu verlieren. Dabei war bis jetzt sie diejenige gewesen, die in Rekordzeit mit ihren Liebhaberinnen Schluss gemacht hatte.

»Vielleicht ist das sogar ganz gut. Während du einem vorsintflutlichen Rechner nachjagst, werde ich über das Verhältnis der Surrealisten zu Hieronymus Bosch recherchieren. Wer weiß, vielleicht wird meine Diss schneller fertig als geplant.«

Diesmal musste Selma nach dem Klingeln nicht minutenlang warten. Sie vernahm resolute Schritte, die Tür öffnete sich, und eine adrett zurechtgemachte, duftende Gundula Morgenroth stand im

Türrahmen. Ihr strahlendes Lächeln entgleiste, vermutlich hatte sie jemand anderen erwartet.

»Guten Tag, Frau Morgenroth. Erinnern Sie sich an mich? Mein Name ist Selma Tappeiner. Ich bin –«

»Ich weiß, wer Sie sind. Ich habe Parkinson, nicht Alzheimer!«, blaffte Morgenroths Schwester.

Selma erschrak. Der rüde Tonfall passte nicht zu einer feinen älteren Dame. Offensichtlich kam sie wirklich äußerst ungelegen. Sie entschuldigte sich. »Ich werde Sie nicht lange aufhalten. Nur eine einzige Frage.«

Gundula Morgenroth schien sich zu besinnen. Ihre Stirnfalten glätteten sich, sie bemühte sich um ein Lächeln. »Dann kommen Sie doch herein.«

Verblüfft folgte Selma der Kranken, die bei ihrem letzten Besuch einen Rollator benötigt hatte. Diesmal bewegte sie sich ohne Hilfsmittel fort. Sie ging kerzengerade, mit ganz normalen Schritten. Sie stolperte, humpelte und trippelte nicht. Als sie Selmas verwunderten Blick auffing, lachte sie. »So ist das bei dieser Krankheit. Es gibt gute und schlechte Tage, es gibt ein On und ein Off. An den guten Tagen merkt man mir nichts an, an den schlechten bin ich eine schwerbehinderte Frau.«

»Und wovon hängt das ab? Ich meine … können Sie es steuern?«

»Wenn ich meine Tablettendosis früher einnehme als vorgesehen oder wenn ich sie etwas erhöhe, erziele ich optimale Beweglichkeit für einige Stunden. Das On.« Sie zeigte auf das Sofa, und Selma setzte sich. »Das ist aber auch alles. Welche Faktoren für die guten und die schlechten Tage verantwortlich sind – das Wetter, das Essen, meine Laune oder Gott –, ich weiß es nicht.«

Selma kam zur Sache und fragte nach dem Computer ihres Bruders. »Er wurde Ihnen ausgehändigt. Erinnern Sie sich daran?«

Gundula Morgenroth nickte.

»Vermutlich haben Sie längst einen neuen, moderneren«, meinte Selma mit einer abschätzigen Handbewegung.

»Stimmt. Ich habe mir erst vor Kurzem ein nagelneues Notebook zugelegt. Ich bin zwar ein Technikmuffel, aber es ist eine großartige Möglichkeit für Leute wie mich, mit der Welt in Kontakt zu bleiben. Gerade an den schlechten Tagen. Warum fragen Sie?«

»Ich wollte einem Verdacht nachgehen. Überprüfen, ob der Rechner Ihres Bruders manipuliert wurde. Von demjenigen, der ihm das Verbrechen in die Schuhe geschoben hat. Aber das ist dann wohl hinfällig.«

Frau Morgenroth zeigte auf den Teppich. Selma folgte ihrem Finger, konnte aber keine Unregelmäßigkeit im Muster des Persianers erkennen. »Ich bewahre Kaspers Sachen im Keller auf. Wenn Sie wollen, hole ich ihn.« Die alte Frau erhob sich.

Während sie weg war, leistete Selma Abbitte. Nie wieder würde sie sich über Lindas Positivdenkerei lustig machen. Nie wieder würde sie sie für naiv halten oder sich von ihrer überschäumenden Art genervt fühlen. Außerdem hatte Linda etwas gut.

Als Selma mit einer alten Sporttasche, in der Kasper Morgenroths unglaublich schwerer IBM Thinkpad 370C steckte, das Haus verließ, rief ihr seine Schwester hinterher. »Ihr Kollege hat letzthin gesagt, es sei nur eine Vermutung, dass Kasper unschuldig war.« Sie schluckte. »Sind Sie sich inzwischen sicher? Ich meine … können Sie es mir garantieren?«

Selma sah lange in die klaren grauen Augen der Frau. »Ich darf das eigentlich nicht sagen, aber wir sind uns inzwischen hundertprozentig sicher, dass Ihr Bruder den Jungen weder missbraucht noch ermordet hat. Heisenberg hat nur deshalb von einer Vermutung gesprochen, weil er Ihnen keine falschen Hoffnungen machen wollte. Weil es unsicher ist, ob wir je beweisen können, wer die Tat begangen hat.« Sie seufzte. »Aber mit Hilfe dieses Rechners gibt es eine echte Chance.«

»Da ist nämlich noch etwas.« Gundula Morgenroth wirkte auf einmal zerbrechlich, als sie so verloren dastand, mit eingefallenen Schultern und hinter dem Rücken verschränkten Armen. Wie in Zeitlupe kroch ihre Rechte vor und drückte Selma einen Luftpolsterumschlag in die Hand.

Die Härchen an Selmas Armen richteten sich auf. Eine Ahnung erfasste sie. Etwas Entscheidendes geschah. Jetzt, in diesem

Augenblick, wurden die Karten neu gemischt. Sie öffnete den Umschlag, linste hinein. Er enthielt eine Videokassette und einen ziemlich dicken Schnellhefter mit Kopien. »Was ist das? Gehörte es …?«

»Kasper.« Gundula Morgenroth trat von einem Bein aufs andere. »Er hat es in einem Schließfach aufbewahrt. In der Sporthalle, in der er seine Kletterkurse abgehalten hat.«

»Woher haben Sie es? Weiß die Polizei davon?«

»Monate nach Kaspers Tod wurde sein Schließfach geöffnet. Ein Trainingskollege von ihm, der auch mich ganz gut kennt, hat mir den Umschlag zukommen lassen. Ich habe überlegt, ob ich ihn der Polizei übergeben soll. Aber der Mordfall galt als geklärt, und Kasper war tot.« Die Stimme wurde weinerlich wie die einer weit älteren Frau. »Warum hätte ich alles wieder aufwirbeln sollen? Wem hätte es genützt?«

»Was ist auf dem Video zu sehen? Und was sind das für Kopien?«

»Ich weiß es nicht.« Sie starrte auf ihre Füße. Die Füße, die manchmal vergaßen, wie Gehen funktionierte, die ihre Besitzerin manchmal nicht tragen wollten, aber heute schon. »Wie gesagt, ich war von Kaspers Schuld überzeugt. Ich habe der Polizei mehr geglaubt als meinem Herzen.«

Selma hielt die Luft an. Gundula Morgenroth hatte die Sachen nie berührt, aus Angst, in die Abgründe der Seele ihres Bruders zu blicken. Aus Angst, Kinderpornos zu sehen oder andere Sauereien. Weggeworfen hatte sie sie auch nicht, vermutlich aus einem Gefühl von Pietät heraus.

»Sie werden es als Erste erfahren, wenn wir den Fall geklärt haben«, versprach Selma und hatte es plötzlich eilig.

Als sie mit dem Luftpolsterkuvert unterm Arm an Heisenbergs Tür klingelte, wurde diese nach wenigen Augenblicken aufgerissen. Wieder einmal entgleiste ein Lächeln bei ihrem Anblick, wieder einmal hatte jemand einen anderen Besucher erhofft.

»Ach, du bist es.« Heisenbergs Mundwinkel fielen schlaff nach unten, der Funke in seinen blutunterlaufenen Augen erlosch.

»Störe ich?«

»Komm schon rein.« Er schlurfte voraus in die Küche, die im Vergleich zu ihrer eigenen blitzte, als wäre sie der Meister-Proper-Werbung entsprungen. Vielleicht sollte sie ihn gelegentlich um die Adresse seiner Haushaltshilfe bitten.

Selma setzte sich, das Kuvert hielt sie auf ihrem Schoß geborgen wie eine Ladung roher Eier. »Wie geht's dir?«

Heisenberg entnahm dem Kühlschrank eine Flasche Wein. »Möchtest du ein Glas Roten? Es gibt Neuigkeiten.« Er stellte zwei altmodische Kristallgläser auf den Tisch, schenkte ein und erzählte, was er über den geheimnisvollen Artikelschreiber im Alpenjournal herausgefunden hatte. »Lato heißt Tobias Lageder. Und – halt dich fest – er ist der Sohn von Kasper Morgenroth.«

»Aber müsste er dann nicht …?«

»Er hat nach dem Tod seines Vaters den Mädchennamen seiner Mutter angenommen.« Heisenberg lächelte ein halbes Lächeln. »Hat mich Stunden gekostet, bis ich mich erinnert habe, woher ich den Namen kannte. Ich habe mit seiner Mutter gesprochen. Sie hat mir nochmals bestätigt, dass Tobias bei Wasserburg lebt, aber momentan unterwegs ist. Du erinnerst dich? Der Jakobsweg. Das Buchprojekt.«

Selma nickte. Und ob sie sich erinnerte. Sie hatte es schon damals nicht glauben können. »Hast du das überprüft?«

»Das Käseblatt, für das er schreibt, hat bestätigt, dass er für ein halbes Jahr beurlaubt ist. Und seine Wohnungsvermieterin sagt dasselbe. Er habe die Garçonnière mit ihrer Erlaubnis untervermietet.«

»Ich wette, dass er sich in Wirklichkeit in Innsbruck aufhält.«

»Vermutlich hast du recht. Wir sollten mit ihm sprechen.«

»Man müsste ihn zur Fahndung ausschreiben.«

»Deswegen habe ich vorhin mit Wurz telefoniert. Leider …«

»… traut er sich nicht«, nahm sie Heisenberg das Wort aus dem Mund. »Wegen Gschwandtner.«

»Dein verehrter Chef hat sich krankgemeldet und ist telefonisch nicht erreichbar. Und im Alleingang …«

»Eşek oğlu eşek!«

Heisenberg runzelte die Stirn. »Glaub mir, Selma. Toni sind wirklich die Hände gebunden.«

Sie zuckte mit den Schultern. »Vielleicht kommen wir ja auf andere Art weiter.« Dann erzählte sie Heisenberg von ihrem Besuch bei Gundula Morgenroth. »Den Rechner habe ich bei Sepp abgeliefert. Er will sich nach Feierabend drum kümmern. Kann aber dauern, bis er was findet.«

»Fein.« Heisenberg rieb sich die Hände. »Zumindest ein Ansatz, wenn wir auch einstweilen nur warten können.«

»Von wegen.« Mit einem Schmunzeln ließ Selma die Videokassette und den Schnellhefter auf die bestickte Leinentischdecke gleiten, die vermutlich noch von Heisenbergs verstorbener Frau stammte, und erklärte, was es damit auf sich hatte. »Ich bin so gespannt auf die Kassette. Du besitzt doch bestimmt einen Videorekorder?«

Heisenberg schüttelte den Kopf. »Der ist vor zwei oder drei Jahren kaputtgegangen. Damals bin ich auf DVDs umgestiegen.«

»Mist!« Selma hatte eigentlich fix damit gerechnet, dass ein altmodischer Mensch wie Heisenberg, der sich noch dazu selbst als notorischen Sammler bezeichnete, mit antiquierten Geräten aller Art ausgestattet war. »Dann sehen wir eben zuerst die Kopien durch. Wenn Morgenroth sie in einem Schließfach aufbewahrt hat, sind sie bestimmt wichtig.«

Es handelte sich um einen dicken Stapel von Zeitungsausschnitten, Auszügen aus diversen Büchern und Fachzeitschriften, eingescannten Fotos, stichwortartigen handschriftlichen Notizen und protokollierten Interviews – im weitesten Sinn also um Recherchematerial. Außerdem waren drei verschiedene Versionen eines Artikels abgeheftet, den Morgenroth 1995 veröffentlicht hatte. Alle Unterlagen zusammen drehten sich um ein einziges Thema: um Andreas Oxner, genannt Anderl von Rinn, ein dreijähriges Kind, das im fünfzehnten Jahrhundert in Rinn bei Innsbruck gelebt hatte.

Selma staunte. »Verstehst du das?«

»Das ist eine uralte Geschichte.« Heisenberg nippte an seinem Weinglas. »Der kleine Anderl soll an durchreisende Juden verkauft worden sein, die ihn angeblich geschächtet und im Rahmen ihrer Pessachfeier sein Blut getrunken haben.« Er sah auf und kratzte sich am Kinn. »Eine von vielen antisemitischen Ritualmordlegenden, wie sie in ganz Europa immer wieder verbreitet wurden. Die Jesuiten haben sogar ein Theaterstück darüber geschrieben, später wurde es zum Volksschauspiel umgedichtet und hat einen regelrechten Kult ausgelöst. Im zwanzigsten Jahrhundert haben sich die Nazis begeistert auf den Stoff gestürzt.«

»Ja klar, die Legende kenne ich natürlich. Aber ich verstehe nicht, wieso sich Morgenroth dafür interessierte. Die Verehrung Anderls wurde doch verboten. War die ganze Geschichte im Jahr 1995, aus dem Morgenroths Artikel stammt, nicht schon Schnee von gestern?«

»Das hätte ich auch gedacht«, murmelte Heisenberg. Er suchte eine bestimmte Stelle in Morgenroths Text. »Hier steht es schwarz auf weiß: 1985 sorgte Bischof Reinhold Stecher dafür, dass die Anderl-Reliquien aus der Kirche in Judenstein entfernt wurden. 1989 wurde der Kult um Anderl verboten.«

»Entsetzlich spät, aber immerhin lang bevor Morgenroths Artikel erschienen ist.«

»Weil sich offensichtlich niemand daran hielt. Deshalb hat er das Thema aufgegriffen! Morgenroth schreibt: *Nach wie vor findet jährlich am ersten Sonntag, der auf den 12. Juli, den angeblichen Anderl-Geburtstag, folgt, eine Pilgerfahrt nach Rinn statt. Busseweise strömen Wallfahrer in das idyllische Dorf. Zwar bleibt ihnen die Kirche verschlossen, aber sie verehren das seliggesprochene Kind im Rahmen einer Prozession mit anschließender Feldmesse. Organisiert wird die Veranstaltung von katholischen Fundamentalisten wie dem suspendierten Pater Simon Schleck. Unterstützt werden sie von bekennenden Antisemiten und einer erklecklichen Schar von Menschen, die politisch am äußersten rechten Rand angesiedelt sind. Darunter finden sich sowohl schwarz gekleidete Glatzköpfe in Springerstiefeln als auch ihre weit unscheinbareren Brüder im Nadelstreif, mit honorigem Akademikerberuf, Mitgliedschaft in einer schlagenden Burschenschaft und häufig auch mit FPÖ-Parteibuch.*«

»Die Ewiggestrigen haben sich also mit katholischen Reaktionären und Volksfrömmlern zusammengetan«, schlussfolgerte Selma. »Sicher ein brisantes Thema. Aber finden wir hier unser Mordmotiv?«

Heisenberg produzierte Denkfalten und schwieg.

»Anders gefragt: Meinst du, Tim Kabiersch musste sterben, damit dieser Artikel über den Anderl-Kult nie erscheint?«

»Der ist doch schon erschienen! Aber vielleicht ist Morgenroth im Zuge dieser Recherchen auf eine andere, größere Geschichte gestoßen? Eine Geschichte, die mit der Anderl-Verehrung zusammenhängt, zu der wir den Schlüssel aber noch nicht in der Hand halten?«

»Weil der in den Tiefen von Morgenroths Rechner oder auf der Videokassette verborgen ist? Dann müssen wir uns wohl gedulden, bis Sepp sich meldet.«

»Ich kenne jemanden, der uns einen Rekorder leiht. Ist aber schon zu spät, ihn anzurufen.«

Es war wirklich ziemlich spät. Selma gähnte. »Morgen ist auch noch ein Tag.« Sie kraulte Heino, der unter dem Küchentisch schnarchte, und verabschiedete sich. Heisenberg bat sie, den Schnellhefter hierzulassen. Er schliefe ohnehin schlecht, da könne er genauso versuchen, sich noch ein bisschen mehr in den Anderl-Kult zu vertiefen.

»Du siehst blass aus, Willi.« Wie ein kahlköpfiges Gespenst mit den Hängebacken einer Bulldogge und den blutunterlaufenen Augen eines Bassets. Heino jaulte im Schlaf auf, als hätte er Selmas Gedanken gelesen und als Beleidigung für seinesgleichen empfunden.

Heisenberg brummelte etwas Unverständliches.

»Geh lieber ins Bett! Nicht dass du noch krank wirst.« Er war ihr bisher unverwüstlich vorgekommen. Ein bärbeißiger Haudegen. Nun wirkte er angeschlagen und irgendwie – endlich. Selma wurde plötzlich bewusst, dass seine Uhr irgendwann ablaufen würde, und das stimmte sie wehmütig. Eine Art vorauseilender Trauer.

»Kruzifixsakrament«, knurrte er. »Raus mit dir! Bist du meine Mutter?«

19

Er kniete nieder und betete, die Stimme zu einem Flüstern gesenkt:

»Richte mich, Gott, und führe meine Sache wider das unheilige Volk und errette mich von den falschen und bösen Leuten.«

Falsch und böse waren sie fast alle: Ida, die ihn verraten und ihr Gelübde »Bis dass der Tod uns scheidet« gebrochen hatte; die Ärzte, die ihn jahrelang mit Drogen vollgepumpt hatten, um ihn einzulullen; die Gerichtsmediziner, die Tims Körper die letzte Ruhe in geweihter Erde verweigern wollten, um ihn wie eine Monstrosität in ihrem Gruselkabinett zur Schau zu stellen; die Kommissarin, die keine Kommissarin war, mit ihrem Madonnengesicht und den hinterhältigen Ermittlungen; die Uniformierten, die ihm Anschuldigungen ins Gesicht geschmettert, ihn auf angebliche Rechte hingewiesen und ihn in Handschellen abgeführt hatten. Wie ein Stück Vieh zur Schlachtbank. Und wie ein Stück Vieh hatte er gezittert und sich die falsche Rede des Blonden mit der Fistelstimme angehört. Der in seinem karierten Hemd wie der nette Bergbauernbub von nebenan wirkte und dabei hartnäckiger war als die abgebrühten Männer in ihrer Uniform.

Aber er, er hatte geschwiegen, stundenlang, bis er nicht mehr konnte. Bis die Trauer und die Angst und die Müdigkeit über ihm zusammengeschlagen waren und ihm ein Ja abgepresst hatten. Ja, ja. Damit endlich Ruhe einkehren würde. JA UND AMEN.

»Denn du bist der Gott meiner Stärke; warum verstößest du mich? Warum lässest du mich so traurig gehen, wenn mich mein Feind drängt?«

Der Allmächtige hatte ihn alleingelassen, allein im Staub, allein hinter Gitterstäben. Allein im Dunkel der Nacht, allein im Gestank des Abtritts. Allein mit einem verruchten Ungläubigen, der permanent fluchte und Gottes Namen lästerte.

»Sende dein Licht und deine Wahrheit, dass sie mich leiten und bringen zu deinem heiligen Berg und zu deiner Wohnung, dass ich

hineingehe zum Altar Gottes, zu dem Gott, der meine Freude und Wonne ist, und dir, Gott, auf der Harfe danke, mein Gott.«

»Ey, Kerzlschlucker, bist deppert? Sei stad, oder i zeig dir, was a Wonne is!«

»Fass mich nicht an!«

»Dann schleich di, Betschwester! Kusch! Verschwind auf dei Pritschn und lass koan Mucks mehr hörn.«

Ein stechender Schmerz fuhr in sein Knie, als er abrupt aufstand. Er humpelte zum Bett, erklomm die Leiter und setzte sich auf die obere Pritsche. Er hatte zwar bloß geflüstert, aber die letzten Verse des 43. Psalms durfte er nur noch denken. Er musste die Worte im Kopf vorüberziehen lassen.

Als er sich hinlegte, fühlte er etwas Hartes durch den Stoff seines Hemdes. Er tastete danach. Es war ein Stück Metall, eine Büroklammer. Wieso lag auf seinem Bett eine Büroklammer? Er betrachtete sie lange, als hätte er eine fremdartige und seltene Blume vor sich. Dann bog er die Klammer auf, bis ein Ende des Drahts steil nach oben ragte. Der Zeigefinger Gottes, dachte er und sprach im Stillen den Psalm fertig, ohne die Lippen zu bewegen.

Was betrübst du dich, meine Seele, und bist so unruhig in mir? Harre auf Gott; denn ich werde ihm noch danken, dass er meines Angesichts Hilfe und mein Gott ist.

Nein, der Allmächtige hatte ihn nicht verlassen, er hatte ihm ein Zeichen gegeben.

»Hier geht's lang«, sagte der Finger Gottes. Und er folgte ihm.

20

14. Mai

Der Schweiß lief in Strömen, als sie nach einer XXL-Joggingrunde wieder nach Hause kam. Ihre Waden schmerzten noch von der gestrigen Wanderung, aber sie hatte den Lauf durchgezogen, fest entschlossen, ihre Kondition zu verbessern. Bei der nächsten gemeinsamen Tour würde sie es Renate schon zeigen! Für heute hatte sie wohl etwas übertrieben. Sogar Caruso wirkte erledigt und verzog sich ins kühle Gras unter dem Birnbaum.

Nach ein paar halbherzig absolvierten Dehnübungen stellte sich Selma unter die Dusche. Als sie fertig angezogen und mit feuchten Haaren in die Küche kam, hatte Renate bereits den Frühstückstisch gedeckt.

Selma bedankte sich mit einem Kuss. »Herrlich! Aber du darfst mich nicht so verwöhnen! Morgen bin ich dran.«

»Willst du auch ein bisschen Müsli?«

Sie ließ sich zu einem Löffel von Renates Spezialmischung überreden. Doch der Körnerbrei schmeckte so gesund, wie er aussah, und ließ sie reumütig zu ihrem Toast mit Erdnussbutter und Weichselgelee zurückkehren.

Renate lachte. »Also das kann ich ja noch halbwegs verstehen. Auch dass du Kaffee verschmähst. Aber deine Vorliebe für diesen widerlichen parfümierten Teebeuteltee …« Sie schüttelte den Kopf und zeigte auf eine mit bunten Ornamenten verzierte Metalldose in Selmas Regal. »Dabei besitzt du auch richtigen.«

»Das ist türkischer Çay. Von Aygün, meiner Cousine.«

Renate hob fragend die Brauen.

»Schmeckt absolut köstlich, aber man muss ihn im Semaver zubereiten.«

»Eine Art Samowar? Wie bei den Russen?«

»Eine doppelte Teekanne. In der unteren wird Wasser erhitzt, in die obere gibt man das Teekonzentrat. Die Familie meiner

Mutter macht eine richtige Zeremonie aus der Zubereitung von Çay. Dementsprechend zeitaufwendig ist die ganze Prozedur.«

»Wenn dein Fall geklärt ist, könnten wir uns doch mal die Zeit nehmen, meinst du nicht?«

Selma winkte ab. »Mir ist das zu spießig. Ich würde mir wie meine Cousine vorkommen, die perfekte Hausfrau, die nur für ihre vier Kinder und ihren Pascha von Ehemann lebt. Und dafür, immer eine vorbildliche Gastgeberin zu sein. Dabei hat sie ein abgeschlossenes Studium in Politikwissenschaft!« Nein, sie hatte keine Lust, die Traditionen ihrer türkischen Verwandtschaft fortzusetzen. Lipton hieß die Devise, Lipton ging schnell, war praktisch, und letztlich gewöhnte man sich an alles.

Als sie ihre Brille putzte, begann ihr Handy auf dem Küchentisch zu tanzen. Sie nahm den Anruf an, ohne den Namen am Display zu entziffern. Vermutlich Heisenberg. Hoffentlich hatte er einen Videorekorder aufgetrieben. Aber nicht das Gebrummel des Alten kitzelte ihr Trommelfell, sondern die Fistelstimme von Toni Wurz.

»Hallo, Selma. Kannst du so schnell wie möglich herkommen? Besprechung Soko Alpenzoo in zehn Minuten!«

»Hä?« Sie setzte ihre Brille wieder auf. Fragte sich, was für ein Datum sie heute hatten. Nein, definitiv kein Aprilscherz. »Ich bin suspendiert, Toni. Schon vergessen?«

»Tut mir leid, da täuschst du dich.«

Selma konnte keine Spur von Ironie oder Zynismus aus seiner Stimme heraushören. Sie wurde nicht schlau daraus. »Heißt das, Gschwandtner hat die Suspendierung rückgängig gemacht?«

»Das traust du ihm zu?« Jetzt lachte er leise. »Nein, nein. Aber er hat kein Disziplinarverfahren eingeleitet.«

»Was? Er hat doch gesagt, dass … Komm, Toni, ihr wart alle dabei, als ich meine Dienstwaffe abgeben musste.«

»Klar, es war ihm auch bestimmt ernst damit. Aber er hat es offensichtlich versäumt, sich um die nötigen Formalitäten zu kümmern. Er war ja auch ziemlich eingespannt mit seinen Pressekonferenzen, den Wienflügen und diversen Banketten mit der Ministerin. Wie auch immer, ohne Disziplinarverfahren keine Suspendierung. So einfach ist das.«

»Das heißt ja noch nichts. Im Krankenstand findet er bestimmt Zeit für den nötigen Papierkram.« Sie nahm ihre Teetasse, um zu trinken.

»Wohl kaum. Offiziell leidet er zwar an einem Burn-out, aber von höchster Stelle weiß ich, dass er nicht mehr zurückkommen wird.«

Renate zuckte zurück, als Selma den Tee über dem Frühstückstisch versprühte, anstatt ihn zu schlucken. »Was?«

»Gschwandtner ist Geschichte. Bis auf Weiteres bin ich wieder in Amt und Würden. Als interimistischer Leiter des LKA, wie gehabt.« Seine Stimme hatte sich mit jedem Wort noch ein bisschen höher geschraubt, und Selma sah regelrecht vor sich, wie seine Bergbauernwangen leuchteten. In Radieschenfarben.

»Mensch, Toni, das ist ja absolut genial! Gratuliere!« Ihr Gefühl hatte sie nicht getrogen, als sie heute mit so unerklärlich guter Laune aufgewacht war. Gschwandtner würde ihr nie mehr das Leben schwer machen. *Ich bin wieder drin!* Sie jubelte innerlich, und ihre Mundwinkel beschlossen, den Ohrläppchen einen Besuch abzustatten.

»Danke. Meine erste Amtshandlung ist es, Frau Revierinspektorin Tappeiner herzubeordern. Also los, schwing deinen Hintern aufs Rad und komm. Es gibt viel zu tun.«

Die Besprechung begann mit einem minutenlangen Applaus für Oberleutnant Toni Wurz, dessen Wangen inzwischen neonpink glühten, sodass jedes Radieschen vor Neid erblasst wäre. Weinreich johlte, der mürrische Bartsch hatte ausnahmsweise ein Lächeln aufgesetzt, nur Mitterhofer wirkte etwas bleich um die Nasenspitze. Wurz händigte Selma Kokarde, Dienstausweis und die Glock aus, und Selma bemerkte, dass ihre Wangen schmerzten, weil die Mundwinkel nicht mehr von den Ohrläppchen wegzubringen waren. Schließlich trudelte Linda mit einer Magnumflasche Sekt und einem großen Karton vom Konditor ein.

Wurz krempelte die Ärmel hoch. »Danke, Kollegen. Ich freue mich sehr über euren Zuspruch. Aber jetzt ist nicht der richtige Moment, um Korken knallen zu lassen.«

Bartsch blickte sehnsüchtig auf den Kuchenkarton und leckte sich die Lippen.

»Linda, bitte stell den Sekt kühl, den trinken wir, wenn wir die Mordfälle gelöst haben. Einverstanden? Aber vielleicht bist du so gut und bringst uns Kaffee zu den Blätterteigteilchen. Alles, was die grauen Zellen anregt, ist willkommen.«

Natürlich waren alle einverstanden, und allein die Tatsache, dass Wurz diese Frage gestellt hatte, die nie über Gschwandtners Lippen gekommen wäre, trug enorm zu einer positiven Stimmung bei.

»Die Fahndung nach Tobias Lageder läuft«, sagte der neue, alte Chef. »Hoffentlich erwischen wir den Kerl bald, ich bin nämlich neugierig, woher er seine Informationen hat.«

»Mmh«, brummte Bartsch und schnappte sich eine Apfeltasche.

Selma wartete gespannt, ob irgendjemand eine Bemerkung über die undichte Stelle machen würde, die es in ihrer Runde geben musste. Anders ließ sich Lageders Kenntnis der Dinge ja nicht erklären. Aber niemand sagte etwas. Und Mitterhofer, den sie unauffällig aus dem Augenwinkel beobachtete, hatte seinen Blick stur auf das oberste Blatt seines Notizblocks gerichtet.

Wurz räusperte sich. »Als Erstes bitte ich euch um ein Resümee unserer bisherigen Erkenntnisse. Mark, fängst du an?«

Mitterhofer setzte sich gerade hin. »Der abschließende Bericht von Prantl ist eingetrudelt. Dass Bruno Kleinheinz verblutet ist, nachdem seine Halsschlagader mit einem scharfen Messer durchtrennt wurde, wussten wir schon. Auch, dass sich keinerlei Abwehrverletzungen fanden. Leider gab es keine Hautpartikel unter den Fingernägeln oder andere verwertbare DNA-Spuren.« Er sah von seinen Notizen auf. »Vermutlich hat Kleinheinz sein Opfer also gekannt, ihm vertraut und es sehr nah an sich herangelassen.«

»Oder er wurde hinterrücks überrumpelt«, warf Wurz ein.

»Interessant sind auch noch die Tätowierungen an Brunos Oberarmen und seinem Rücken. Neben einigen keltischen Ornamenten finden sich auch eine Achtundachtzig, eine Wolfsangel und ein Mjölnir.«

»Was ist ein Mjölnir?«, fragte Selma.

»Der Kriegshammer des Donnergottes Thor«, erklärte Bartsch. »Germanische Mythologie. Mit dem Mjölnir hat er Midgard, die Welt der Menschen, beschützt. Vor den Riesen zum Beispiel. Oder der Midgardschlange. In der Neonaziszene ist der Thorshammer als Schmuckstück oder Tattoo sehr beliebt. Aber auch bei Metallern, Goths und anderen Gruppen, denen man kein rechtsextremes Gedankengut nachsagen kann. Die Wolfsangel ist dagegen ein astreines Nazisymbol, das in Deutschland verboten ist. Und die Achtundachtzig muss wohl nicht extra erklärt werden.«

Die Frage, woher Bartsch das alles wusste, lag Selma auf den Lippen. Sie schluckte sie hinunter, als ihr einfiel, dass es da ein dunkles Geheimnis um seinen ältesten Sohn gab, über dessen Geschick er sich in Schweigen hüllte.

»Solche Tattoos sind bei Häftlingen nicht gerade ungewöhnlich«, sagte Mitterhofer. »Das Interessante ist aber, dass es sich bei Kleinheinz um alte Tätowierungen handelt, die nicht von seinem Gefängnisaufenthalt stammen, und dass er offensichtlich kürzlich versucht hat, sie zu entfernen. Allerdings stümperhaft und erfolglos. So weit Prantls Einschätzung.«

Mitterhofer lehnte sich zurück, Bartsch ergriff das Wort. »Meine Leute haben ihre Untersuchungen am Tatort Alpenzoo und in der Wohnung von Bruno Kleinheinz abgeschlossen. Die Ergebnisse sind enttäuschend. In drei Worten zusammengefasst: Wir haben nichts. Keine Spur von Drogen im Kleinheinz-Domizil und auch sonst nichts, was auf aktuelle kriminelle Aktivitäten hinweisen würde.« Bartsch streifte mit einer resignierenden Handbewegung die Brösel von seinem Bierspoiler. »Im Bärengehege, wo Kleinheinz zweifelsfrei ermordet wurde, konnten wir zwar massenhaft Fingerabdrücke sichtbar machen, aber ausschließlich von den Tierpflegern, von denen keiner für den Mord in Frage kommt. Im Übrigen nichts, kein Sohlenabdruck, keine Spur im Blut, kein Haar, noch nicht mal ein paar Hautschüppchen.« Er zuckte mit den Schultern. »Was die Wohnung von unserem Hauptverdächtigen Manfred Kabiersch betrifft, sieht es schon viel interessanter aus. Erstens ist Kabiersch erzfromm. Er besitzt unzählige religiöse Bücher und Zeitschriften und sammelt Devotionalien. Von Kruzifixen, Heiligenbildern und Papstporträts bis zu Madonnenstatuen ist alles vorhanden. Das würde die Schmierereien im Bärengehege erklären.«

»Aber Manfred Kabiersch ist doch rein körperlich gar nicht zu einem Mord in der Lage«, erwiderte Selma.

»Um jemandem die Kehle durchzuschneiden, ist nicht viel Kraftaufwand nötig, wenn du das Überraschungsmoment auf deiner Seite hast. Außerdem kannte Kabiersch die Familie Kleinheinz, obwohl er es abgestritten hat.«

»Stimmt, Toni, er hat dem alten Kleinheinz ein Klavier abgekauft. Und klar, eine Arterie ist leicht zu durchtrennen, aber um jemandem den Kopf abzuschneiden, braucht man schon eine gewisse Kraft.«

»Wenn das Messer scharf genug ist, nicht unbedingt. Und scharf ist es, denn ...« Bartsch spitzte den Mund wie in Erwartung eines besonders genussreichen Bissens. »Wir haben es in Kabierschs Kellerabteil gefunden.«

Mit einem Zischen sog Selma Luft durch die zusammengebissenen Zähne. »Was? Ihr habt die Mordwaffe?«

»Deshalb auch die Festnahme. Zwar fehlen seine Fingerabdrücke darauf, weil der Griff sorgfältig abgewischt wurde, aber Spuren von Kleinheinz' Blut konnten die Kollegen von der KT nachweisen.«

»Kannst du mir verraten, warum er den Griff abwischen sollte und die Schneide nicht? Und warum wirft er die Mordwaffe nicht weg, sondern bewahrt sie im Kellerabteil auf, wo ihr sie finden müsst?«

»Seltsam, allerdings. Versperrt war das Abteil auch nicht, es hätte also jeder etwas dort verstecken können. Trotzdem – eine bessere Spur haben wir nicht. Und er hat ja noch dazu gestanden!« Bartsch blickte zur Tür. »Wo bleibt eigentlich Linda mit dem Kaffee?«

»Für mich riecht das nach Manipulation. Außerdem nimmt Kabiersch regelmäßig Antidepressiva, die eine sedierende Wirkung haben und –«

»Was?« Verblüfft sah Bartsch auf. »Von Medikamenten weiß ich nichts. Wir haben keine gefunden. Wie kommst du darauf?«

Wie in Zeitlupe öffnete sich die Tür. Linda trug ein großes Tablett herein, auf dem die Tassen bedrohlich aneinanderklirrten. Als sie es abstellte, hatten sich bereits einige Kaffeepfützen gebildet.

»Ja mei, heut hast aber einen Zitterer drauf, Linda. Was ist denn los mit dir?«

Jetzt erst bemerkte Selma, dass der Teint der Sekretärin käsiger war als die Fülle der Topfengolatschen. »Ein Anruf«, stammelte sie. »Die JVA.«

Alle hingen an ihren Lippen. »Raus mit der Sprache! Was ist passiert?«

»Der Kabiersch ist tot.«

»Nein!«, riefen Selma und Wurz zugleich. Mitterhofers Mund klappte auf. Und Weinreich ließ die Zigarette fallen, an der er soeben geschnuppert hatte.

»Er hat sich die Pulsadern aufgeschlitzt.«

»Hardigatti.« Wurz schlug mit der Faust auf den Tisch. »Womit denn, um Himmels willen?«

»Mit einer Büroklammer.« Linda schüttelte sich. »Der muss die halbe Nacht dafür gebraucht haben.«

»Hat er einen Abschiedsbrief hinterlassen?«

Sie fingerte ein zusammengefaltetes Blatt Papier aus ihrer Rocktasche und reichte es Wurz. »Das haben sie gefaxt. Er hat es mit einem Bleistiftstummel auf Klopapier geschrieben.«

Wurz las mit gerunzelter Stirn. »Ein Schuldeingeständnis«, murmelte er. »Kabiersch fühlte sich schuldig am Tod seines Sohnes. Jetzt will er neben Tim begraben werden. Das ist sein letzter Wunsch.«

»Das wird den Prantl ärgern, der hat schon fix mit einer neuen Attraktion für seine Sammlung grechnet«, sagte Weinreich. »Hat gmeint, wenn der Kabiersch sitzt, kann er kein Veto mehr einlegn.«

»Und zum Mord an Bruno Kleinheinz?«, fragte Selma. »Steht dazu nichts im Brief?«

»Manfred Kabiersch schreibt: ›Habe Bruno gekannt, auch den Artikel im Alpenjournal. War voll von Rachegedanken. Wollte ihn zur Rede stellen. Habe meine Medikamente nicht mehr genommen, um klar im Kopf zu sein. Als ich im Radio von seinem Tod erfuhr, habe ich gejubelt. Der Herr hatte mich erhört! Später kamen Zweifel. Tims Mörder war letztlich nur ein Werkzeug des Teufels. Der eigentliche Schuldige war ich. Hätte ich meinen Jungen wie vereinbart abgeholt, er würde heute noch leben. Richte mich, Herr!‹ Und so weiter und so weiter …«

»Himmel!« Selma schlug mit ihrer Faust auf den Tisch. »Der war doch gar nicht haftfähig, wenn er seine Medikamente abgesetzt hat. Hat das niemand bemerkt?«

»Natürlich habe ich bemerkt, dass etwas nicht stimmt. Er hat ja gezittert und zwischendurch auch wirr geredet. Und sein Gesicht hat immer wieder gezuckt. Aber der Gschwandtner war ganz versessen darauf, ihn zu einem Geständnis zu bringen und wegzusperren. Und Dr. Höflinger, der diensthabende Arzt, hat ihn untersucht und für haftfähig erklärt. Hat gemeint, Kabiersch sei völlig gesund. Nur aufgeregt, was ja nicht weiter verwunderlich ist, wenn man mit einer Mordanklage konfrontiert wird.«

»Du hast nichts falsch gemacht, Toni«, beschwichtigte Bartsch. »Die Kollegen von der JVA werden sich allerdings einiges anhören müssen. Und der Höflinger. Andererseits kann man eine Büroklammer leicht übersehen, und wer es schafft, sich damit über den Jordan zu beamen, der ist vermutlich so lebensmüde, dass er auf alle Fälle einen Weg gefunden hätte.«

»A tragische Gschicht«, warf Weinreich ein. »Und wir müssn von vorn anfangen. Selma, stimmt's, dass du mit dem Alten zsamm ermittelt hast? Quasi hinterrücks?«

Selma fasste die wichtigsten Aspekte ihrer Recherchen zusammen. »Willi und ich glauben, dass Tim ermordet wurde, um den unbequemen Kasper Morgenroth aus dem Verkehr zu ziehen. Der Mörder hat nicht nur Beweisstücke in Morgenroths Garage und seinem Haus deponiert, sondern vermutlich auch wichtige Dokumente auf seinem Rechner gelöscht. Und wir hoffen, dass Sepp sie wiederherstellen kann.«

Wurz knetete sein Ohrläppchen. »Schau an, Sepp, davon hast du uns ja kein Sterbenswörtchen verraten!«

Weinreich setzte zu einer Entschuldigung an: »Tut mir leid, Toni, ich hätt ja was gsagt, aber ich hab ja nicht gwusst, ob –«

»Passt schon. Musst dich nicht rechtfertigen. Wir haben wohl alle begonnen, im Verborgenen zu agieren, weil Gschwandtner uns dermaßen eingeschränkt hat. Aber jetzt fangen wir von vorn an. Ich möchte euch für die Zukunft um euer Vertrauen bitten. Ab sofort spielen wir mit offenen Karten!«

Selma hüpfte ungeduldig auf ihrem Stuhl auf und ab. »Wie weit bist du denn, Sepp?«

»Ja, also ein bissl Geduld müsst's schon haben mit mir, gell? Weil so ein alter IBM Thinkpad ist wie ein schwerhöriger Hund mit Rheuma. Der braucht sei Zeit, wenn'st ihn rufst. Schon allein, bis er weiß, dass er gmeint is, und seine alten Knochen gstreckt hat.« Weinreich nahm eine neue Zigarette aus seiner Packung und zeigte mit ihr auf Selma. »Und gestern war's so spät, dass ich nimmer lang dran gsessn bin. Aber eins weiß ich schon: Die Kinderpornos, die die Kollegen 1996 auf dem Thinkpad gfunden ham, die sind alle in der Nacht von Morgenroths Festnahme raufgspielt worden.«

»Und wieso ist das niemandem aufgefallen?«

»Ja mei, ganz blöd war der Täter fei nicht. Der hat das Datum natürlich verändert. Freilich, wenn die Kollegen damals genauer gschaut hätten, hätten sie's merken müssen.«

»Sind auch Daten gelöscht worden?«

»So weit bin ich noch nicht. Heut is auch noch ein Tag, hab i mir denkt.«

Selma verdrehte die Augen. Einerseits war sie froh, dass er sich überhaupt darauf eingelassen hatte, ihr zu helfen. Andererseits hätte er sich ruhig mal eine Nacht für die gute Sache um die Ohren schlagen können. »Jedenfalls danke, Sepp. Jetzt wissen wir zumindest sicher, dass jemand das Notebook manipuliert hat.«

»Bittschön, gern gschehn.« Er fischte die Zigarette hinterm Ohr hervor und betrachtete sie so sehnsüchtig, dass Wurz sich erbarmte und die Sitzung aufhob. »Sepp, du machst mit dem Morgenroth-Rechner weiter. Mark, du befragst Brunos Mutter, ob ihr Sohn Kontakt zur rechten Szene hatte, wegen der Tätowierungen, und du, Selma, du rufst den Willi an, damit er uns die Videokassette und diese Kopien vorbeibringt.«

»Toni, wie wär's, wenn wir ihn dazubitten? Ich glaube, es würde ihn freuen, und zwei Augen mehr –«

»Das geht natürlich gar nicht. Laut Vorschrift …« Er hielt inne, schien zu überlegen, schüttelte den Kopf, grinste. »Weißt du was? Das ist eigentlich eine großartige Idee.«

Als Heisenberg wenig später durch die Tür trat, wurde er überschwänglich begrüßt. Linda erdrückte ihn fast, und obwohl er sie sofort verscheuchte und ein »Kruzifixsakrament« brummelte, musste er sich selbst eingestehen, dass es ihn maßlos freute. Er fühlte sich motiviert und voller Tatendrang. Endlich hatte er aufgehört, auf einen Anruf zu warten, der ohnehin nicht kam; er hatte aufgehört zu hoffen, dass seine Herzensdame begriff, was sie an ihm hatte und wie sehr sie ihn verletzte. Schluss damit! Hier spielte die Musik. Hier wurde er gebraucht und konnte vielleicht etwas Wichtiges zur Aufklärung eines Kapitalverbrechens beisteuern.

Linda fütterte den Videorekorder im Besprechungsraum mit Morgenroths Kassette und drückte auf Start. Alle setzten sich. Heisenberg schlug die Beine übereinander und war gespannt, was ihn erwartete. Der Film begann.

Ein altes Kellergewölbe. Zwanzig Jugendliche, darunter einige Skinheads mit Motorradjacken und Springerstiefeln, aber auch völlig unauffällige junge Männer, die quatschend, rauchend und biertrinkend herumstehen. Im Hintergrund ein überdimensionales Hakenkreuz, das mit schwarzer Farbe auf eine rote Wand gesprüht ist, außerdem ein Podium mit einer Hitlerbüste drauf. Adolfs Porträt starrt auch von den Etiketten der Bierflaschen, aus denen die Jugendlichen trinken.

Nächste Einstellung: dieselben jungen Leute beim Singen.

Die Melodie erinnerte Heisenberg mit etwas Phantasie an ein Seemannslied von Freddy Quinn, das er sich an jedem Zweiten Weihnachtsfeiertag anhören musste, wenn er mit Thea bei seiner Schwiegermutter zu Besuch war. »Weihnachten auf hoher See« hatte die LP geheißen. Der Text des Liedes fiel ihm nicht mehr ein, irgendetwas mit Heimweh und Seemannsehre.

Auch im Lied auf dem Video geht es um Ehre. »Unsere Ehre

heißt Treue«, grölen die Jugendlichen. Sie beschwören die guten alten Zeiten herauf, als noch Autobahnen gebaut und Juden verbrannt wurden, und kündigen an, dass der Wind im Land sich wieder drehen werde. Den Refrain brüllen sie so zackig, wie das im alkoholisierten Zustand möglich ist: »Die Brüder, die Brüder Thors sind wir, und eines versprechen wir dir: Bei uns geht's um Tapferkeit, Ehre und Stolz, wir sind aus einem anderen Holz.«

Ein Mann betritt das Podium und grüßt mit ausgestrecktem Arm und drei abgespreizten Fingern. Der Kühnengruß, der auch bei einigen österreichischen FPÖ-Politikern beliebt ist. (Nachträglich behaupten sie dann, sie hätten nur drei Bier bestellt.) Leider ist die Kamera zu weit hinten positioniert und das Gesicht des Mannes nicht genau zu erkennen. Er hält eine mitreißende Rede über nützliche Mitglieder der Gesellschaft, die er den Sozialschmarotzern gegenüberstellt. Den Parasiten, die ausgerottet werden müssen. Da der Staat bei der Erfüllung dieser Aufgabe kläglich versage, würden sie einspringen, die Kammerjäger der Gesellschaft: die Brüder Thors.

Schnitt.

Ein Schießstand in einem Waldareal. Jugendliche in Tarnanzügen robben durchs Unterholz, üben Anschleichen, Hinter-Bäumen-Deckung-Suchen. Schießen auf menschliche Attrappen. Mit Steyr-Mannlicher-Sturmgewehren und Selbstladepistolen. Kurzzeitig ist ein MG 74 zu sehen. Bilder wie aus einem Imagefilm des österreichischen Bundesheers.

Die nächste Szene zeigt das Höttinger Hallenbad bei Nacht. Ein blonder Junge sprüht Naziparolen an die Wand, während sein glatzköpfiger Kumpan einen Obdachlosen aufstöbert, der sich neben einem mit Plastiksäcken behängten Einkaufswagen zum Schlafen eingerollt hat.

»He, Sandler, hast an Tschick?«

Der Obdachlose antwortet nicht. Er schläft.

Auch als die Glatze erst dem Einkaufswagen, dann ihm einen Tritt verpasst, reagiert er nicht. Er wehrt sich nicht, schreit nicht. Unschlüssig hält die Glatze inne, blickt in die Kamera.

»War das alles?«, fragt eine Stimme aus dem Off. Die Stimme

des Redners von vorhin. Eine leise, beherrschte Stimme, aber befehlsgewohnt.

Die Glatze tritt noch einmal zu, fester diesmal.

»Na los, mach ihn fertig!« Angenehm und vertrauenerweckend klingt die Stimme. Nur der Wortlaut passt nicht dazu.

Jetzt kniet die Glatze über dem Obdachlosen und bearbeitet seinen Rücken mit den Fäusten. »Steh schon auf, i red mit dir!«, brüllt er. »An Tschick will i!« Doch der Obdachlose hat keine Zigaretten, und er macht keine Anstalten, aufzustehen. Man hört ihn nur leise stöhnen.

Da kommt der Blonde dazu. Statt der Spraydose hält er jetzt einen Holzprügel in der Hand, ein Kantholz, etwa einen Meter lang. Das schlägt er dem Wehrlosen über den Kopf. Einmal, zweimal, dann wirft er es weg.

»Gut so, Gunnar! Weitermachen, zertretet das Ungeziefer!«

Der Obdachlose wimmert, die Kamera zoomt näher heran, zeigt den blutverschmierten Hinterkopf des Mannes.

»Einar, gib ihm den Rest!«

Der Glatzkopf greift sich das Kantholz und schlägt zu, immer wieder, wie im Rausch.

Dann ist es still. Die beiden Burschen sehen sich unsicher an, wirken plötzlich geschrumpft, wie halbe Kinder. Es sind halbe Kinder.

Applaus ertönt. »Gut so, Männer. Dem habt ihr es gezeigt. Ihr seid würdige Brüder Thors, habt der Gesellschaft einen Dienst erwiesen und die Prüfung bestanden.«

Der Mann, der vorhin als Redner nur unscharf zu erkennen war, kommt nun ins Bild. Er trägt einen tadellosen Anzug, Hemd, Krawatte, feines Schuhwerk. Seiner Kleidung, Haltung und Sprache nach kann er auf einem Ärztekongress auftreten. Er umarmt die Burschen, klopft ihnen auf die Schulter. Die Glatze spricht ihn an, leider unhörbar. Zum Schluss posieren die drei für die Kamera. Der Mann stellt seinen Fuß auf den Kopf des toten Obdachlosen, als hätte er einen besonders kapitalen Rehbock erlegt. Die Kamera zoomt auf das Gesicht des Mannes: kurzes braunes Haar, streng gescheitelt, wache Augen hinter einer dünnen Hornbrille, eine feine Narbe, die sich schräg über die linke Wange zieht, schmale Lippen, zu einem süffisanten und siegessicheren Lächeln verzogen.

Ende.

Wurz war blass geworden, Selma schien zu frösteln, denn sie schlüpfte in ihre Jeansjacke und verschränkte die Arme. Mitterhofer starrte mit weit aufgerissenen Augen ins Leere.

»Damit wäre der Mord an dem obdachlosen Walter Taschner aus dem Jahr 1994 endlich geklärt«, murmelte Heisenberg. Er erinnerte sich gut daran. »Wir müssen uns nur noch um die Identität der beiden Jugendlichen kümmern. Und vor allem um die des sympathischen Herrn im Anzug.«

»Der schaut aus wie der Staubsaugervertreter, mit dem meine Mari-Tant einmal verlobt war«, sinnierte Weinreich.

Wurz schüttelte den Kopf. »Auf mich wirkt er wie ein Akademiker. Seriös und vertrauenswürdig, auch die Stimme. Bis auf die gequirlte braune Scheiße, die er verzapft.«

Selma schob die Brille auf die Nase. »In dem Film ist er um die vierzig. Wenn die Aufnahme von 1994 stammt, muss er jetzt in etwa Anfang sechzig sein. Sein Anzug sieht teuer aus, er hat also einen einträglichen Beruf. Die Narbe auf der Wange halte ich für einen Schmiss, das heißt, er ist Mitglied einer schlagenden Verbindung.«

Heisenberg nickte anerkennend. Für ihre Jugend war Selma eine erstaunlich gute Beobachterin. »Leider hilft uns das nicht viel weiter. Wir brauchen einen Namen.«

Weinreich spulte das Video an die Stelle zurück, wo die Kamera das Erscheinungsbild des Mannes am besten eingefangen hatte. Er ließ die Einstellung als Standbild stehen.

Selma tippte aufgeregt auf die Brust des Nazis. Ein Schatten auf der linken Brusttasche hob sich vom hellen Stoff des Hemdes ab. »Da! Was ist das? Ein Monogramm? Kannst du das größer machen, Sepp?«

Sepp konnte. Der weinrote Schriftzug war zwar verpixelt, aber lesbar. Heisenberg kamen die Schnörkel bekannt vor. »Das ist kein Monogramm, sondern ein Zirkel«, murmelte er. Leider blieb ein Teil der Buchstabenverschlingung unter dem Sakko verborgen.

Nach kurzer Internetrecherche war Heisenberg fast sicher, dass der Zirkel der Brixia auf der Brusttasche des Mannes prangte. Beschwören konnte er es nicht. Gesinnungsmäßig würde es gut passen, denn die Brixia war Teil des Dachverbandes der Deutschen Burschenschaften und somit politisch am äußersten rechten Rand positioniert. Zu ihren Mitgliedern gehörten Holocaustleugner, Antisemiten, italophobe Südtirol-Aktivisten und Leute, die gegen das NS-Verbotsgesetz verstoßen hatten.

Weinreich hatte es inzwischen geschafft, das unverständliche Genuschel des Glatzkopfs deutlicher zu machen. »I mein, er nennt ihn Wotan, aber horcht's selber.«

Wieder und wieder spielte er ihnen die Worte vor.

Heisenberg zuckte mit den Schultern. »Also ich verstehe gar nichts.«

»Er sagt: ›Danke, Wotan‹«, bestätigte Selma. »Bestimmt ein Tarnname.«

Wurz stimmte zu. »Würde zu den Brüdern Thors passen, dass sie sich so nennen. Einar und Gunnar sind ja auch keine alltäglichen Vornamen in unseren Breiten.«

Heisenberg tippte sich an die Nase. »Die Hoffnung ruht ganz auf deinen Schultern, Sepp. Wir müssen warten, was du aus den Untiefen des Morgenroth-Rechners noch alles hervorzauberst. Wenn wir Glück haben, stoßen wir auf die Identität dieses Scheusals.«

Weinreich seufzte. Vermutlich hatte er auf eine ausgiebige Zigarettenpause gehofft. Er nickte jedoch ergeben und schlurfte in sein Büro. Parallel dazu wollte Mitterhofer versuchen, eine Liste der alten Herren der Brixia zu eruieren.

Kaum hatten die beiden den Besprechungsraum verlassen, als Linda hereinstürmte.

Heisenberg grinste. Manche Dinge änderten sich nie. Auf Lindas Gesichtsfarbe war Verlass. Ihre geröteten Wangen versprachen eine gute Nachricht, der Wölbungszustand ihrer Brauen sogar eine kleine Sensation. »Sie haben ihn!«, stieß sie atemlos hervor.

»Wer hat wen?«

»Die Kollegen in Orthez.« Linda strich ihren Rock glatt. »Das ist in Frankreich«, fügte sie hinzu, als sie die entgeisterten Blicke reihum bemerkte. »Den Tobias Lageder.«

Die Überraschung war gelungen. Angeblich hatte Lageder, der sich gerade in Ostabat, einem winzigen Dorf in den Pyrenäen aufgehalten hatte, von der Fahndung Wind bekommen und sich selbst beim nächsten Gendarmerieposten gemeldet. Und jetzt sollte Wurz mit dem zuständigen Gendarmen, einem Brigadier Philippe Chabrier, sprechen, dessen Englisch von Linda als vollkommen unverständlich eingestuft wurde. Wurz räusperte sich verlegen. »Linda, kannst du nicht …?«

Linda schüttelte den Kopf. Heisenberg erinnerte sich, dass sie perfekt Italienisch sprach und ausgezeichnet Englisch, was bei Weitem mehr war, als er, Wurz oder Weinreich von sich behaupten konnten. »Hat Severin nicht als Kind in der französischen Schweiz gelebt?« Aber Bartsch war längst gegangen.

Selma gab zu, dass sie in der Schule Französisch gelernt hatte. Sie übernahm das Telefonat, stotterte und schwitzte, schlug sich aber tapfer. Irgendwie gelang es ihr, dem Kollegen Chabrier die Dringlichkeit des Falles nahezubringen, denn es dauerte nicht lange, und Wurz durfte Tobias Lageder via Skype befragen.

Heisenberg sah ihm dabei über die Schulter. Als das Gesicht des Jakobswegpilgers auf dem Bildschirm von Wurz' Laptop auftauchte, war Heisenberg doppelt verblüfft. Denn erstens hatte er nicht erwartet, so große Verwunderung im Blick des Journalisten zu entdecken. Der junge Mann verstand nicht, weshalb man ihn suchte. »Ist etwas passiert? Mit meiner Mutter?«, fragte er sofort und wirkte ehrlich besorgt.

Als Wurz ihm erklärte, worum es ging, blieb Lageder der Mund offen vor Entsetzen. Und diese Augen, das schmale Gesicht und die hohe Stirn verblüfften Heisenberg noch mehr. Er kannte diese Gesichtszüge!

Nein, er habe keinen Artikel für das Alpenjournal geschrieben, schwor Lageder. Er sei gewandert. Täglich dreißig Kilometer und mehr. Bis Konstanz sei er gefahren, von dort durch die Schweiz und Frankreich gepilgert. Jetzt fehlten ihm noch knappe achthundert Kilometer bis Finisterre. Abends schreibe er zwar, aber nur in sein Reisetagebuch. Er habe absichtlich weder Handy, Tablet noch Notebook mitgenommen und auch nie ein Internetcafé besucht.

»Wie erklären Sie sich, dass die Artikel von Ihrer privaten Mail-Adresse verschickt worden sind?«

»Gar nicht. Nur wer meinen Usernamen und das Passwort kennt, kann Mails über meinen Account versenden.«

»Gibt es jemanden, der diese Daten kennt? Oder erraten könnte?«

Er dachte lange nach. »Höchstens Verena, aber die lebt nicht mehr. Nein, ich kann es mir beim besten Willen nicht erklären.« Mit Verena meinte Lageder seine Zwillingsschwester, die in Amerika bei einem Autounfall ums Leben gekommen war. Während Heisenberg die aufgesprungenen Lippen des jungen Mannes betrachtete, überlegte er, ob es die Ähnlichkeit mit seinem Vater war, die ihn so frappierte. Nein, Kasper Morgenroths Gesicht war viel kantiger gewesen, das Kinn eckiger. Tobias Lageder erinnerte ihn an jemand anderen, jemanden, den er erst kürzlich gesehen hatte. Aber an wen? Lageders Mutter sah vollkommen anders aus, die konnte er definitiv ausschließen. Heisenberg schnaubte. Dann hob er die Brauen. *Und was ist mit seiner Tante? Mit Gundula Morgenroth?*

»Sonst steht Ihnen niemand so nahe, dass er Ihr Passwort herausbekommen könnte?«, fragte Wurz. »Andere Verwandte? Ein guter Freund? Eine Exfrau? Arbeitskollegen?«

»Ausgeschlossen.« Lageder zuckte mit den Schultern. »Aber heutzutage ist es natürlich kein Problem für einen professionellen Hacker, Passwörter zu knacken. Gibt ja sogar Trojaner, die das erledigen. Ich schwöre jedenfalls, dass ich mit diesen Zeitungsartikeln nichts zu tun habe.«

Heisenberg hörte nicht mehr zu, er grübelte. Und plötzlich, als Lageder sich durchs Haar fuhr, fiel es ihm wie Schuppen von den Augen. Alle Puzzlesteinchen hüpften an den richtigen Platz. Jetzt wusste er, wo er die undichte Stelle suchen musste!

Er erhob sich leise von seinem Stuhl und zog sich in Gschwandtners Büro zurück, das Wurz ihm großzügigerweise überlassen hatte. Er musste Beweise für seine erschreckende Theorie finden, bevor er die anderen damit konfrontierte.

21

14. Mai, 17.42 Uhr

Er versucht, den Vorhang aus Schmerz zu teilen und seinen Geist durch den Spalt lugen zu lassen. Denk, DENK NACH! *Wie spät mag es sein? Wann wird Gertrud ihn vermissen? Zwischen halb sechs und sechs kommt er normalerweise nach Hause, um halb sieben wird gegessen. Wenn abzusehen ist, dass er sich verspätet, ruft er an. Immer. Verlässlich wie ein Präzisionsgewehr.*

Wenn er nicht kommt, wird Gertrud versuchen, ihn zu erreichen. Sein Handy wird ins Leere klingeln. Sie wird sich wundern. Aber wird sie sich auch Sorgen machen? Oder nur tatenlos abwarten und sich ärgern? Wann wird sie die Polizei verständigen? Um sieben? Acht? Oder erst am nächsten Morgen?

Er weiß es nicht, und der Vorhang schließt sich wieder. Das höllische Brennen und Stechen in seinem Körper hindert ihn, länger darüber nachzudenken. Es ist auch müßig, denn tief in seinem Inneren weiß er, dass es viel zu früh ist, um auf Gertruds Einschreiten zu hoffen.

»Du hast Tim also ausbluten lassen, hast sein Blut in einer Milchkanne aufgefangen. Und weiter? Wie ging es weiter?«

»Ich habe den Jungen ausgezogen, die Kleider mit Blut getränkt. Die Unterhose mit Morgenroths Sperma präpariert.«

»Woher hattest du das?«

»Drei Wochen lang habe ich sein Haus beobachtet. Er hatte keine fixe Beziehung, sondern One-Night-Stands. Zweimal wöchentlich schleppte er eine Frau an, anderntags wanderten zwei bis drei gut gefüllte und sauber verknotete Kondome in den Restmüll. Ich brauchte mich nur zu bedienen.«

»Und dann?«

»Als ich bei Morgenroths Haus in Mühlau ankam, war es gegen halb zehn. In seinem Arbeitszimmer brannte Licht. An den Abenden, an denen er nicht vögelte, arbeitete er täglich bis ein, zwei Uhr nachts. Die Garage und sein Auto waren unverschlossen. Im Wagen habe ich eine alte Decke gefunden und sie auch mit Tims Blut getränkt. Dann

steckte ich sie zusammen mit den Kleidern des Jungen in einen Müllsack und deponierte alles in Morgenroths Mülltonne.«

»Warum hast du nicht einfach Tims Leiche in seinen Kofferraum gelegt? Das wäre doch am naheliegendsten gewesen.«

»So war es auch geplant. Aber ich … ich wollte vermeiden, dass die Polizei DNA-Spuren von mir findet.«

»Hast du keine Handschuhe angezogen, bevor du ihn berührt hast? Du hast doch sonst alles bis ins Detail geplant.«

»Ich …«

»Ich werde dir sagen, was passiert ist. Du hast dem Kleinen die Kehle durchgeschnitten und die Angst in seinen Augen gesehen, die Todesangst. Das hat dich unheimlich angetörnt. Du warst so spitz wie nie zuvor. Einmal einen kleinen Jungen ficken! Als du ihn ausgezogen hast und der kleine Kinderarsch nackt und bloß vor dir lag, wehrlos und noch warm, da konntest du dich nicht mehr zurückhalten. Du hast deinen Lümmel hineingesteckt. War es so?«

Ja, verdammt. VERDAMMT! *Bis heute versteht er nicht, was damals in ihn gefahren ist. Er ist rasend gewesen vor Geilheit. Hat sich gehen lassen. Nie zuvor hat er eine ähnliche Befriedigung erlebt, und auch später nie wieder. Weder bei Gertrud noch bei seinen gelegentlichen Eskapaden mit Professionellen. Nicht einmal bei Einar, der ein begnadeter Schwanzlutscher ist. Und erstaunlicherweise auch bei dem zwölfjährigen Thai nicht, den er Jahre später in Pattaya gekauft hat. Der Kleine war so vollgepumpt mit Drogen, dass er nicht einmal Angst hatte, als er das Messer sah. Vielleicht war es diese fehlende Angst, die seine Lust dämpfte und im Nachhinein ein schales Gefühl hinterließ. Später ist er nie wieder so ein Risiko eingegangen. Hat regelmäßig seine ehelichen Pflichten erfüllt und ab und zu eine verschwiegene Seefelder Domina besucht oder sich den knackigen Arsch eines jungen Bruders vorgenommen.*

»Antworte endlich! War es so?«

Das Messer fährt auf ihn zu und pflügt sich seine Bahn. Der anhaltende Schmerz muss Unmengen von Adrenalin in seinem Körper freigesetzt haben. Er spürt nichts mehr, sein linker Arm ist taub.

»ICH BIN EIN MÖRDER –«, steht da, Blut auf Haut. Mehr Worte haben nicht Platz.

Er fühlt sich schlaff und schwach, einen Augenblick lang ist er versucht, der Müdigkeit nachzugeben. Einfach die Augen zu schließen und sich fallen zu lassen, dem unabänderlichen Schicksal in den Schoß. Mit letzter Kraft beißt er die Zähne zusammen. Durchhalten. In den Schmerz hineinatmen. Antworten und versuchen, das Messer zu stoppen.

»Ja, es war so«, stößt er hervor. »Ich habe es getan.«

Er hat gehofft, dass das Messer einhält und die Fragerei weitergeht. Aber er hat sich getäuscht. Schon wütet es auf seinem rechten Arm. Ungebremst kommt der Schmerz zurück. Er brüllt. Der Arm brennt, als stünde er in Flammen.

»Es? Sprich aus, was du getan hast. Nenn es beim Namen.« Das Messer rastet nicht, bis es ein blutiges »EIN« in den rechten Arm geschnitten hat.

»Gefickt. Ich habe den Jungen GEFICKT!«, schreit er, so laut er kann. Warum hört ihn denn niemand?

22

Zwei Stunden früher

Selma schüttelte den Kopf. Was war denn nur in Heisenberg gefahren? Einfach sang- und klanglos zu verschwinden, jetzt, wo sie so kurz vor der Lösung des Falles standen. Oder vielleicht auch nicht? Vielleicht waren sie weiter entfernt denn je? »Lageder ist nicht unser Mann«, sagte sie zu Wurz, der seinen Kopf in beide Hände gestützt hatte und zerknirscht aussah. »Er wirkte völlig überrumpelt, und so gut kann man das nicht spielen, oder?«

Wurz nickte.

»Wer kann die Artikel sonst geschrieben haben?«

»Im Grunde jeder, der über ausreichende EDV-Kenntnisse verfügt.«

»Aber es kann doch kein Zufall sein, dass ausgerechnet Tobias Lageders Account dazu missbraucht wurde. Der Artikelschreiber muss gewusst haben, dass Lageder monatelang auf Pilgerreise ist. Es muss jemand sein, der ihn gut kennt, Toni.«

»Das liegt auf der Hand. Aber wer? Seine Zwillingsschwester ist tot. Seine Mutter kommt nicht in Frage, sie hat Morgenroth gehasst. Warum sollte sie auch nur einen Finger krumm machen, um den Ruf ihres geschiedenen Mannes wiederherzustellen oder ihn womöglich zu rächen?«

Selma sprang auf und wanderte durch den Besprechungsraum. Sie sah aus dem Fenster. Ein rotes und zwei schmutzig weiße Autos brausten vorbei. Dann ein pflaumenfarbenes und ein silbergraues. Selma musste an das silbergraue Haar von Morgenroths Schwester denken. An die kühlen grauen Augen der feinen alten Dame. Wobei, so alt war sie ja gar nicht. Abrupt drehte sie sich um und fixierte Wurz. »Was ist mit Lageders Tante? Gundula Morgenroth.«

»Die Parkinsonkranke? Die auf eine Gehhilfe angewiesen ist?«

»Nur an schlechten Tagen. Hast du sie einmal an einem guten erlebt? Da würde niemand bemerken, dass mit ihr etwas nicht stimmt.«

Wurz wiegte den Kopf. »Hast du nicht erzählt, dass sie ein zwiespältiges Verhältnis zu ihrem Bruder hatte?«

»Einerseits ...«, Selma nahm ihre Brille ab und schwenkte sie durch die Luft, »mochte sie ihn nicht. Andererseits plagen sie Schuldgefühle. Sie wirft sich vor, dass sie damals nicht an ihn geglaubt hat.« Sie setzte die Brille wieder auf. »Immerhin war er ihr Bruder! Als Tims Leiche und mit ihr die Zweifel an Kaspers Schuld auftauchten, hat sich ihr schlechtes Gewissen vervielfacht. Vielleicht wollte sie ihre Versäumnisse wiedergutmachen?«

Wurz runzelte die Stirn. »Aber körperlich ...«

»Eine große, muskulöse Frau. Sieht zehn Jahre jünger aus. Bei meinem letzten, unangekündigten Besuch ist sie ohne Rollator gegangen, und ich habe mich gefragt, ob sie ihre Gebrechlichkeit zuvor nur vorgetäuscht hat. Außerdem ist sie klug, drückt sich gewandt aus und könnte die Artikel durchaus geschrieben haben.«

»Und das Passwort? Willst du behaupten, sie ist eine Hackerin?«

»Womöglich kennt sie ihren Neffen besser, als er glaubt? Vielleicht hat sie es erraten?«

Wurz knetete sein Ohrläppchen. »Ganz von der Hand zu weisen ist das nicht.« Mit einem Ruck sprang er auf. »Du hast mich überzeugt. Los, komm, wir statten der Lady einen Besuch ab.«

Als sie wenig später vor Gundula Morgenroths Tür standen, tat sich nichts. Auch nach mehrmaligem Klingeln und Klopfen öffnete niemand. Schließlich lugte eine korpulente Mittvierzigerin aus der Nachbarwohnung und musterte Selma misstrauisch. Mit einem Gefühl der Genugtuung zeigte sie ihre Kokarde vor, worauf die Dicke vor Beflissenheit zerfloss und ausplauderte, dass Gundula schon vor einer halben Stunde ein Taxi bestiegen hatte.

»Wie hat sie sich fortbewegt? Mit Krücken oder einem Rollator?«

Die eingebackenen Rosinenaugen quollen der Nachbarin fast aus ihrem Teiggesicht, so sehr schien sie sich über die Frage zu wundern. »Krücken?« Sie strich sich eine Haarsträhne hinters Ohr. »Meinen Sie vielleicht jemand anderen? Also eins ist mir aufgefallen: Die Gundula war nicht so elegant angezogen wie sonst. Sie liebt nämlich lange Kleider und fließende Röcke, meistens in Rottönen. Die stehen ihr auch am besten. Heute trug sie Jeans und einen abgewetzten Parka, ich hätte sie fast nicht erkannt. Sie hatte es sehr eilig.«

Wurz bedankte sich bei der aufmerksamen Beobachterin, die errötete und ihre Rosinenaugen wohlwollend über seine Bergbauernwangen gleiten ließ. Bestimmt hätte sie ihn gern hereingebeten und Kaffee für ihn gekocht, wenn Selma nicht dabei gewesen wäre.

»Schon merkwürdig, dass die Nachbarin Gundula nie mit einer Gehhilfe gesehen hat«, meinte Selma auf der Rückfahrt.

»Vielleicht geht sie nur an den guten Tagen außer Haus? Wenn man ihr nichts anmerkt?«

»Eins müssen wir noch klären. Angenommen, Gundula steckt hinter den Artikeln. Wie ist sie an ihre Informationen gekommen? Woher wusste sie zum Beispiel, dass ihr Manfred Kabiersch festgenommen habt, wenige Stunden nachdem es passiert ist? Das muss ihr doch jemand von uns …«

Wurz hätte beinahe das Lenkrad verrissen. »Wen verdächtigst du?«

Selma druckste herum. Sie wollte niemanden anschwärzen. Kollegen diffamieren war ja wirklich das Letzte. Und doch. Sie mussten den Maulwurf finden. »Vielleicht Gschwandtner?« Sie zögerte. Gab sich einen Ruck. »Oder Mark?«

Wurz gab Gas. »Ich werde überprüfen, ob es eine Beziehung zwischen Gschwandtner und Gundula Morgenroth gibt. Aber schlag dir Mark aus dem Kopf. Für den lege ich meine Hand ins Feuer.«

»Er ist wahnsinnig ehrgeizig. Würde alles tun, um nach oben zu fallen.«

»Ich bitte dich! Das sind wir doch alle. Außer Severin vielleicht, der bald in Pension geht. Sogar der lässige Sepp hat ab und zu Anfälle von Ehrgeiz. Mark ist schwer in Ordnung. Klar trauert er Gschwandtner hinterher, der ihn als Einzigen immer gelobt hat. Kannst du ihm das übel nehmen?«

Selma zuckte mit den Schultern. Vielleicht tat sie Mitterhofer wirklich unrecht. Vielleicht sollte sie endlich ihre Vorurteile abbauen.

Als sie durch den Korridor des Landeskriminalamts gingen, stürzte ihnen Weinreich entgegen, in einem Tempo, das sein angeborenes Phlegma Lügen strafte. Er strahlte bis über beide Ohren. »Jetzt hamma ihn!« Die Wiederherstellung aller gelöschten Dateien war zwar noch nicht ganz fertig, aber er hatte bereits ein paar interessante Dokumente gefunden. Recherchematerial über die Brüder Thors und einen halb fertigen Artikel Morgenroths vom April 1996 über einen angesehenen Innsbrucker Rechtsanwalt namens Dr. Kurt Gudera. »Und jetzt schaut's euch einmal an, was die Tante Google dazu ausgspuckt hat.« Er zeigte ihnen zwei ausgedruckte Bilder. Gudera in Abendgarderobe auf irgendeiner Wohltätigkeitsveranstaltung und Gudera im Profil, mit einem jovialen Lächeln. So präsentierte er sich auf der Homepage seiner Rechtsanwaltskanzlei.

Selma keuchte. »Wotan. Gudera ist Wotan.« Sein Haar war schütterer und grauer geworden, die Brille randlos. Aber der Schmiss bewies: Zweifel ausgeschlossen.

Wurz klopfte Weinreich auf die Schulter. »Wahnsinn, Sepp, ich glaube, jetzt haben wir endlich einen Riesenschritt in die richtige Richtung gemacht.«

Vergessen war Gundula Morgenroth. Vergessen waren die immer noch offenen Fragen nach dem Verfasser der Zeitungsartikel im Alpenjournal. Sie hatten den Namen des Nazis, der auf dem Video zu sehen war.

Selma las den unvollendeten Artikel über Gudera. Laut Morgenroth war er der Anführer der österreichischen Niederlassung der Brüder Thors, einer illegalen rechtsradikalen Organisation, die ein Waffenlager besaß und als absolut gefährlich eingestuft werden musste. Und er hatte zwei Jugendliche zum grausamen Mord an einem Obdachlosen angestiftet. Weitere kriminelle Taten waren angeführt, jede einzelne hätte genügt, um Guderas Karriere zu ruinieren und ihn für lange Zeit hinter Gitter zu bringen.

»Damit hatte Gudera ein astreines Motiv, Morgenroth aus dem Weg zu räumen. Und skrupellos, wie der Mann sich auf dem

Video präsentiert, ist ihm der Mord an einem unschuldigen Kind absolut zuzutrauen. Toni, wir müssen sofort hinfahren. Hast du seine Adresse, Sepp?«

Wurz hielt Selma seine Handflächen wie Stoppschilder entgegen. »Auf keinen Fall. Wir dürfen nichts überstürzen. Wenn wir Gudera besuchen, dann nur mit Durchsuchungs- und Haftbeschluss. Und wie ich meine alte Freundin, die Heidrich, kenne, wird sie erst damit herausrücken, wenn wir etwas Hieb- und Stichfestes gegen ihren Juristenkollegen in der Hand haben.«

»Ist das Video etwa nichts?«

»Sie wird sich fragen, wie wir an das Video gekommen sind. Und ob es nicht womöglich jemand manipuliert haben könnte. Nein, wir brauchen mehr. Sepp, was hast du noch aus der Versenkung geholt?«

Weinreich, der sich gerade mit seinen Lucky Strike nach draußen schleichen wollte, fluchte. Ein von Linda gebrauter doppelter Espresso, in dem der Löffel stecken blieb, konnte ihn ein bisschen beschwichtigen. Danach servierte er dem staunenden Wurz ein Word-Dokument, auf dem lediglich drei Namen mit Adressen verzeichnet waren. Es handelte sich um drei ehemalige Brüder Thors, zwei Kirchberger und einen Mann aus Passau. Laut Morgenroths Aufzeichnungen hatten sie Kurt Gudera persönlich gekannt und waren zu einer Aussage gegen ihn bereit. Oder besser gesagt: bereit gewesen, vor siebzehn Jahren.

Selma schnappte sich die Namen der beiden Kirchberger und fand heraus, dass einer von ihnen gestorben war. Und zwar schon im Mai 1996, nachdem ihn ein mutmaßlich alkoholisierter Autolenker auf dem Gehsteig überfahren und Fahrerflucht begangen hatte. Der Lenker konnte nie ermittelt werden. Sie fragte sich, ob Gudera auch hier seine Finger im Spiel hatte.

Der zweite Zeuge mit Kirchberger Adresse, ein gewisser Karl Weißkogler, war kurz nach dem tragischen Unfall nach Australien ausgewandert. Aus Angst vor einem ähnlichen Schicksal? Selma durchforstete die australischen White Pages nach Karl Weißkogler, vergebens. Vielleicht hatte er seinen Namen geändert? Oder war auch er längst gestorben? Sie suchte sich die Telefonnummer der australischen Botschaft in Wien heraus. Erreichte niemanden, weil dort nur bis sechzehn Uhr gearbeitet wurde. Ein Blick auf ihr Handydisplay zeigte: sechzehn Uhr dreiundzwanzig. Damit war auch ein Anruf im australischen »Department of Immigration and Border Protection« hinfällig, denn in Down Under herrschte längst Nacht.

Mist! Selma sandte eine Anfrage per Mail. Wenn sie Glück hatte, würde in frühestens sechs bis sieben Stunden eine Antwort eintrudeln.

Hoffentlich hatte Wurz mehr Erfolg. Neugierig trottete sie hinüber und betrat sein Büro. Er hatte recherchiert, dass der bayrische Zeuge namens Quirin Freilinger dreiundachtzig Jahre alt war und in einem Altersheim in der Nähe von Passau lebte. Die Passauer Kripokollegen hatten sich als äußerst hilfsbereit erwiesen und versprochen, Freilinger einen Besuch abzustatten.

»Und was machen wir inzwischen?«, fragte Selma ungeduldig.

»Hoffen und warten. Und beten, dass Freilinger nicht senil ist und uns im Fall Gudera nicht hängen lässt.«

Selma drückte beide Daumen. Das Beten überließ sie Wurz. Selbst wenn sie an ein allmächtiges Wesen geglaubt hätte, hätte sie, die Halbtürkin und Halbsüdtirolerin, ohnehin nicht gewusst, ob sie Allah oder Gott zu IHR hätte sagen sollen.

23

14. Mai, 18.03 Uhr

Plötzlich die Kälte in seinem Gesicht. Er schreckt hoch. Muss für kurze Zeit eingenickt sein. Oder war er bewusstlos? Die Flüssigkeit rinnt über Brille und Wangen, hinterlässt einen vertrauten Geruch nach Honig, Holz und Alkohol. Der Talisker. Ein paar Tropfen fallen auf seine aufgeschlitzten Unterarme, die inzwischen beide taub geworden sind. Doch der Alkohol weckt den Schmerz, lässt ihn brüllen und sich aufbäumen, als hätte jemand die Schnitte mit glühender Lava aufgefüllt. Er selbst kann nicht mehr brüllen, und jedes Aufbäumen würde seine Schmerzen nur vergrößern. Sein Kehlkopf fühlt sich an wie nach einer Rasierklingenmahlzeit. Die Stimme ist weniger als ein Rascheln.

»Na, geht's wieder? Oder soll ich dir ein zweites Glas ins Gesicht kippen? Schlafen kannst du früh genug, vorher brauche ich noch ein paar Antworten.«

Er starrt in die Steinaugen, nickt.

»Du hast also die blutige Decke und die Kleider des Jungen in einen Müllsack gesteckt und in Morgenroths Mülltonne deponiert. Wie ging es weiter?«

»Ich habe gewartet. Gegen zehn kam die Vermisstenmeldung in den Regionalnachrichten.« Er spricht abgehackt, muss immer öfter pausieren, weil es ihn zu viel Kraft kostet. »Habe bei der Polizei angerufen, mit verstellter Stimme. Gesagt, ich hätte einen Mann gesehen, der einen Jungen ins Auto gezerrt hat. Morgenroths Autonummer durchgegeben.«

»Dann hast du wieder gewartet. In der Nähe von Morgenroths Haus, bis die Kripo ihn holen kam.«

»Sie haben ihn abgeführt. Als sie weg waren, bin ich über ein gekipptes Kellerfenster eingestiegen. Habe mir seinen Computer vorgenommen. Alles gelöscht, was mit mir zu tun hatte. Kinderpornos hochgeladen.« Wieder muss er den bitteren Speichel hinunterschlucken, der sich in seinem Mund gesammelt hat. »Den Schreibtisch durchsucht. Disketten und Recherchematerial mitgenommen. Sofortbilder vom toten Tim samt Kamera in der Nachttischschublade deponiert. Unter der Packung mit

den Kondomen. Den Kleiderschrank durchwühlt, eins der Hemden mit Tims Blut befleckt und in die Waschmaschine gestopft.«

»So viele Indizien. Morgenroth hatte keine Chance. Und der Artikel über dein Doppelleben würde nie erscheinen, du warst also aus dem Schneider.« In den Steinaugen blitzt ein Funke auf. Silbrig leuchten sie jetzt, silbrig wie das Haar. Die Eiseskälte ist einem anderen Ausdruck gewichen, fast glaubt er, so etwas wie Bewunderung in ihnen zu lesen.

»Nur eins verstehe ich nicht. Woher wusstest du, dass er es auf dich abgesehen hatte? Soviel ich weiß, hat er nie über seine aktuellen Projekte gesprochen.«

Er leckt sich über die rissigen Lippen.

»Wer hat ihn verraten?«

»Er sich selbst.« Obwohl er auf das leere Whiskyglas auf dem Schreibtisch starrt, spürt er die Silberaugen, die jetzt glühen, denn ihr Blick frisst sich wie flüssiges Metall in seine Stirn. »Morgenroth war nicht zimperlich, was die Recherchemethoden betrifft. Ist eines Nachts in mein Büro eingebrochen, hat alles durchwühlt. Damals besaß ich noch keinen Tresor. Eine Videokassette mit ausgesprochen kompromittierenden Aufnahmen war in meinem Bücherregal versteckt, hinter dem ersten Band des Standardwerks ›Das Finanzstrafgesetz‹. Dort fand er auch die Hitlerbüste und einige andere einschlägige Dinge. Die Büste hat er fotografiert, die Kassette mitgenommen. Was er vor lauter Eifer übersehen hat: die Kamera.«

»Eine Überwachungskamera? Wofür?«

»Weil mich einmal ein Praktikant bestohlen hat. Weil Vertrauen gut, aber Kontrolle besser ist. Als ich nach dem Einbruch den Film ansah, erkannte ich Morgenroth trotz schwarzer Mütze sofort. Von einer früheren Gerichtsverhandlung.« Er sieht auf. »Mir war klar, worum es ihm ging. Er wollte mich fertigmachen. Ins Gefängnis bringen wie den Hotelier Heiko Kampl. Ich musste handeln. Meine Karriere wäre ruiniert gewesen, meine Familie, alles, was ich mir aufgebaut hatte.«

»Warum hast du nicht Morgenroth selbst getötet?«

»Dann hätte die Polizei den Mörder unter seinen Feinden gesucht. Unter den Opfern seines investigativen Journalismus. Das war mir zu riskant.«

»Riskant war es auch so. Immerhin hast du die Videokassette nicht wiedergefunden.«

»Stimmt, ich war sehr verzweifelt darüber. Stundenlang habe ich Morgenroths Haus durchsucht, stets darauf bedacht, keine Spuren zu hinterlassen. Ich hatte schlaflose Nächte deswegen. Aber ich hoffte, dass die Indizien ausreichen würden, um Morgenroth zu vernichten. Und so ist es ja auch gekommen.«

»Ja, dein Plan war fast perfekt. Nur schade, dass Tims Leiche nach so vielen Jahren noch entdeckt wurde. War der Achensee deine Idee?«

Er nickt. »Ich habe einmal gelesen, dass einige Leichen in seinen Tiefen vermutet werden, Leichen, die nie wieder ans Licht kommen werden. Man muss nur die Plätze der Taucher vermeiden, dann hat man ein sicheres Grab für immer.«

»Für immer ist relativ, wie wir gesehen haben. Vor allem, wenn man die Sache einem Grünschnabel überlässt wie Bruno Kleinheinz. War er einer deiner ›Brüder‹?«

»Er hatte Schwierigkeiten mit seinem Erzeuger. Schlechte Schulergebnisse, schlechten Umgang mit Kiffern und Ladendieben. Sein Vater hatte null Verständnis für ihn, die Mutter konnte sich nicht durchsetzen. Bei uns ist er aufgeblüht. Hat eine Familie gefunden. Anerkennung. Freundschaft und Liebe.«

»Wie schön. Liebe! Wofür hast du ihn geliebt? Für seine devote Haltung dir gegenüber oder für seinen knackigen Hintern?« Die silbrigen Augen lachen ihn aus. »Die warmen und liebevollen Brüder Thors!«

Widerwillig schüttelt er den Kopf. Natürlich ist es im Zuge der Treffen manchmal auch zu sexuellen Handlungen gekommen. So what? Eine Verbrüderungsmaßnahme, die mit Homosexualität nicht das Geringste zu tun hat. »Wir sind kein Schwuchtelverein, sondern gestandene Männer, die sich gegen die herrschenden politischen Verhältnisse auflehnen.« Sporadischer Sex mit den Burschen hat das Band zwischen ihnen und ihm als Anführer gestärkt, es hat den Zusammenhalt gefördert. Mehr nicht. »Bei uns geht es um wahre Werte. Um Ehre und Ehrlichkeit, um Freiheit und Treue. Um Vaterlandsliebe …«

Wieder das spöttische Lachen.

Wut keimt in ihm auf, verleiht ihm neue Kraft. »Nach einer einjährigen Probezeit wählt sich jeder neue Mitbruder einen Namen. Bruno hat sich für ›Munin‹ entschieden. Nach einem der Raben von Odin aus der nordischen Mythologie, einem treuen, durch und durch loyalen Begleiter des obersten Gottes. Weil ihm diese Werte am wichtigsten waren.«

»Hast du ihn deshalb für das Entsorgen der Leiche ausgesucht?«

»Es war seine Bewährungsprobe. Danach wurde er endgültig zu einem von uns.«

»Was müssen die anderen Brüder tun, um die Probe zu bestehen? Die Synagoge beschmieren? Jüdische Gräber zerstören? Ausländerwohnheime anzünden? Romalager überfallen? Sandler verprügeln oder auch einmal ganz erschlagen?« Das Silber erkaltet. Es erstarrt und wandelt sich in totes Gestein zurück.

Er antwortet nicht. Von kleinlichen Durchschnittsbürgergehirnen kann er kein Verständnis erwarten. »Munin sollte ein paar Tage warten und die Leiche des Jungen dann im Achensee versenken. An einer genau vorgegebenen Stelle. Er war stolz darauf, dass ich ihm so etwas Großes anvertraut habe. Und er hat mir versprochen, sich exakt an meine Anweisungen zu halten. Ich bin unterdessen meiner Familie hinterhergefahren, nach Kärnten, wie jedes Jahr zu Ostern.«

»Wie praktisch. Wenn etwas schiefgegangen wäre, hätte die Polizei zunächst Bruno Kleinheinz verhaftet. Und bevor er zu viel ausgeplaudert hätte, wärst du aus Kärnten angereist und hättest dich um ihn gekümmert, nicht?«

»Es war ein Fehler, ja. Ich habe nicht damit gerechnet, dass Munin so dumm sein würde, die Leiche in die Transportdecke eines Flügels zu hüllen, sie mit Klavierbeinen zu beschweren und damit im Fall der Fälle die Spur auf sich zu lenken.« Er schüttelt den Kopf. »Natürlich musste ich ihn zum Schweigen bringen.«

»Natürlich. Du hattest keine andere Wahl. Es war Munins Schuld und sein Schicksal. So wie es Manfred Kabierschs Schicksal war, dass du den Verdacht auf ihn lenken musstest. Damit hast du sein Leben gleich ein zweites Mal zerstört. Zumindest das bisschen Leben, das nach dem ersten Mal noch übrig war. Aber nimm es dir nicht zu Herzen, der Gute leidet nicht mehr. Er hat sich umgebracht!« Aus der eisigen Stimme tropft Zynismus, ätzend wie Salzsäure.

»Ich kannte Tims Vater von den jährlichen Prozessionen zu Anderls Geburtstag, kannte seine religiöse Besessenheit. Da kam mir die Idee.«

Die Steinaugen starren ihn an. Nein, nicht Bewunderung wohnt in ihnen, sondern Häme. Abgrundtiefe Bosheit. Hass. Sie wandern nach oben, scannen den Plafond. Bleiben an der Kamera hängen, die hinter Halogenstrahlern getarnt immer noch ihren Dienst versieht. Die

Frau mit den Steinaugen, der Eisesstimme und dem Silberhaar packt eine der herumliegenden Akten, erklimmt den Stuhl und schlägt die Kamera damit herunter.

Dann setzt sie sich wieder und zückt das Messer. »Na komm, Nazischwein«, sagt sie. Zum ersten Mal liegt so etwas wie Wärme in ihrer Stimme, Zärtlichkeit. »Lass es uns zu Ende bringen.«

24

Eine Stunde früher

Er bemerkte, dass er ins Leere gestarrt hatte. Ins Narrenkastl, wie Thea sich ausgedrückt hätte. Wie so oft, wenn ihm etwas Unangenehmes, Unaufschiebbares bevorstand.

Er schüttelte den Kopf und ließ den Blick über das gerahmte Foto von Gschwandtner gleiten, das noch immer über dem Schreibtisch hing. Es zeigte ihn händeschüttelnd mit der Innenministerin, in seltsam gekrümmter Haltung, vielleicht aus einer Bemühung heraus, mit der weit kleineren Politikerin auf Augenhöhe zu bleiben.

Heisenberg riss sich von dem Bild los. Seine Vermutungen hatten sich bestätigt, jetzt musste er sich nur noch überlegen, wie er es den anderen beibringen sollte. Das war das Schwerste.

Seit er den Besprechungsraum verlassen hatte, war er einer wahren Recherchemanie verfallen. Er hatte versucht, so viel wie möglich über Tobias Lageders Zwillingsschwester und Morgenroths Tochter, Verena McKenzie, herauszufinden. Zuerst hatte er mit ihrer Mutter telefoniert, die ihm noch einmal und diesmal ausführlicher die wichtigsten Stationen aus Verenas Leben erzählte. Mit fünfzehn, sechzehn war sie eine gute Schülerin gewesen und eine Riesenbegabung im Sportklettern – genau wie ihr Vater, der auch ihr Trainer war. Sie wurde Jugendweltmeisterin, gewann den Rock Master in Arco und stand auf dem Sprung, in die Riege der weltbesten Kletterinnen aufzusteigen. Dann passierte die Katastrophe. Die Vorstellung, dass ihr geliebter und bewunderter Vater ein Kinderschänder und Mörder sein sollte, warf sie völlig aus der Bahn. Zu ihrer Enttäuschung, der Trauer und dem Schock kam das Mobbing in der Schule und im Sportverein. Ihr Freund machte Schluss mit ihr, ihre Clique ließ sie fallen wie eine heiße Kartoffel.

Verenas Mutter übersiedelte nach Sterzing, um ihren Kindern einen Neuanfang zu ermöglichen. Doch sosehr Tobias davon profitierte, für Verena funktionierte es nicht. Sie fand keinen

Anschluss, verschloss sich immer mehr, hing verloren im luftleeren Raum wie eine Astronautin, die von ihrer Crew im Weltall vergessen worden war, und bekam keinen Fuß auf die Erde. Sie schwänzte die Schule. Sie betrank sich. Schließlich zog ihre Mutter die Notbremse: Sie reiste mit Verena in die Vereinigten Staaten, suchte für sie einen Job als Au-pair-Mädchen bei einer netten Familie in Washington. Nach ein paar Wochen flog sie wieder nach Hause und ließ Verena allein zurück. Sie hoffte, dass die Distanz ihrer Tochter beim Vergessen helfen konnte, oder wenn nicht beim Vergessen, dann wenigstens bei einer Neuorientierung. Und wirklich, Verena blühte auf.

Sie kümmerte sich rührend um die beiden Kinder und wurde von den Eltern wie ein Familienmitglied aufgenommen. Vor allem die Frau, die als Übersetzerin arbeitete und sich gern auf Deutsch unterhielt, nahm Verena unter ihre Fittiche. Sie stellte sie interessanten Leuten vor, brachte sie wieder zum Joggen und auch zum Fotografieren. Als Verena eine Ausbildung zur Fotografin beginnen wollte, wurde sie als Dessous-Model entdeckt. Innerhalb weniger Jahre machte sie Karriere.

Versonnen betrachtete Heisenberg die Fotos, die er im Internet gefunden und ausgedruckt hatte. Eine attraktive junge Frau lächelte lasziv in die Kamera. Sie hatte dieselben Augen wie ihr Bruder, dasselbe schmale Gesicht, sogar denselben Leberfleck am Hals. Nur ihre Nase war ein wenig groß geraten und am Ende mit einem kleinen Knubbel ausgestattet.

»Frau Raffeiner, wie ging es Ihrer Tochter als Model in Amerika?«, hatte er gefragt.

»Sie hat das Reisen sehr genossen, die Shootings, dass sie viel Geld verdiente. Auf einer After-Show-Party hat sie Bill McKenzie kennengelernt, einen erfolgreichen Geschäftsmann, den Duschgelkaiser von Arizona. Drei Wochen später waren sie verheiratet, und sie zog zu ihm nach Phoenix.«

»Klingt nach großer Liebe und einer guten Partie. War sie glücklich?«

»Anfangs schon. Bill war sehr charmant. Er hat Verena auf Händen getragen. Obwohl er fast dreißig Jahre älter war als sie, schien sie bis über beide Ohren verliebt zu sein.«

»Was ist dann passiert?«

Verenas Mutter schwieg lange. Als sie weitersprach, klang ihre Stimme belegt. »Verena war durch und durch Kaspers Tochter. Mir hat sie nie viel erzählt. Immer stand eine Art Wand zwischen uns, obwohl ich mich so um sie bemüht habe. Vielleicht, weil ich mich zu sehr bemüht habe.« Sie seufzte. »Auf ihrer Hochzeit habe ich sie zuletzt gesehen. Einmal im Monat haben wir telefoniert, viel zu selten. Sie klang immer fröhlich und unbeschwert, über etwas anderes als banalen Alltagskram haben wir nie geredet. Erst kurz vor ihrem Tod habe ich bemerkt, dass etwas nicht stimmt. Ganz und gar nicht stimmt.«

Heisenberg ließ ihr Zeit. Manchmal bestand die Kunst des Aushorchens darin, nicht nachzufragen.

»Sie hat geweint und mir zum ersten Mal in ihrem Leben ihr Herz ausgeschüttet. Angeblich hat mein Schwiegersohn schon kurz nach der Hochzeit die Maske des edlen Ritters fallen lassen. Er war ein Lebemann und ein Spieler, hat sein Geld für Partys, Koks und Nutten ausgegeben. Durch den Bankencrash bekam er finanzielle Probleme, sein Duschgelimperium stand auf wackeligen Beinen. Verena hat er ausgenützt, hat ihre Ersparnisse aufgebraucht, sie respektlos behandelt und betrogen. Sie war für ihn wie ein Schmuckstück, das man bei gewissen Anlässen präsentiert und danach wieder weglegt. Eines Tages kam es zu einem furchtbaren Streit, bei dem er ihr ein blaues Auge verpasst hat.«

»Wie haben Sie auf diese Beichte reagiert?«

»Ich war entsetzt. ›Geh‹, habe ich gesagt. ›Jetzt sofort! Verlass ihn und reiche die Scheidung ein, oder er wird es wieder tun.‹«

»Hat sie sich darauf eingelassen?«

»Sie sagte nur: ›Mach dir keine Sorgen, Mama, mich kriegt er schon nicht unter.‹« Frau Raffeiner schluchzte auf. »Drei Wochen später war sie tot. McKenzie hat Selbstmord begangen und sie mitgenommen. Sie sind mit dem Wagen in eine Schlucht gestürzt, der Wagen explodierte, beide sind bis zur Unkenntlichkeit verbrannt.« Er hörte sie atmen, war überrascht, wie viel Leid und Verbitterung man aus so einem simplen Geräusch heraushören konnte. »Mir bleibt nur die Hoffnung, dass sie nichts von seinem

Entschluss wusste. Dass sie keine Todesangst ausstehen musste, sondern sofort tot war.«

Er versuchte nicht, ihr etwas Tröstendes zu sagen. Was auch? Für den Verlust des eigenen Kindes gab es keine passenden Worte.

Die Phrase »bis zur Unkenntlichkeit verbrannt« fuhr in seinem Kopf Karussell. Er suchte und fand einen ausführlichen Zeitungsartikel über den Vorfall.

»Murder-suicide« stand da als Überschrift – erweiterter Selbstmord. Der Abschiedsbrief wurde erwähnt, in dem McKenzie seine finanziellen Probleme und die Scheidungsabsichten seiner Frau als Auslöser für die Tat nannte. Es hieß, er sei mit Verena in den Grand-Canyon-Nationalpark gefahren, sei bei einem Aussichtspunkt mit dem Van über die Absperrung hinausgerast und fast zweihundert Meter tief in den Abgrund gestürzt.

Interessant fand Heisenberg, dass McKenzie in seinem Wagen Unmengen von Brandbeschleuniger mitgeführt haben musste. Von den Leichen war nicht mehr viel übrig.

Er beschloss, mit einem Beamten des zuständigen Police Department von Las Vegas zu sprechen. Kurz darauf hatte er einen gewissen Undersheriff William R. Ellington am Telefon, den er schonungslos mit seinem unterirdischen Schulenglisch konfrontierte. Obwohl er sich mit Ellingtons breitem Dialekt schwertat und nicht alles verstand, begriff er ziemlich rasch, dass sich die Kollegen aus Arizona nach dem Auffinden des Abschiedsbriefes nicht mehr lange mit Untersuchungen belastet hatten. Erweiterter Selbstmord, Fall geklärt, basta. Andere Möglichkeiten kamen den Amis gar nicht in den Sinn. Was für eine Schlamperei!

Heisenberg musste an seinen Umgang mit dem Fall Morgenroth denken. Hatte er 1996 nicht genauso schludrig ermittelt? *Wer im Glashaus sitzt, soll nicht mit Steinen werfen.* Stattdessen fragte er den Undersheriff, ob er sich vorstellen könne, dass die Tote auf dem Beifahrersitz des Wagens nicht Verena McKenzie gewesen sei, sondern eine andere Frau.

Ellington lachte schallend. Es müsse Verena McKenzie gewesen sein, denn die Gute sei ja nicht mehr da und könne sich schlecht in Luft aufgelöst haben!

»Did you do a …«, Kruzifixsakrament, was heißt Zahnstatus auf Englisch?, »… a dental check?«, improvisierte er.

Der Ami lachte wieder, und Heisenberg konnte es ihm nicht übel nehmen. Nein, damit hätten sie sich nicht aufgehalten, wozu auch, bei so eindeutiger Indizienlage?

Wo kein Kläger, da kein Richter. Irgendwie konnte Heisenberg den Kollegen verstehen. Als er erklärte, dass er überzeugt sei, Verena McKenzie lebe noch und habe ihren Mann und eine weitere Person umgebracht, um ihren Tod vorzutäuschen, blieb seinem Gesprächspartner das Lachen im Mund stecken.

Niemand werde vermisst, entgegnete Ellington. Wer sollte diese unbekannte Tote also sein?

»Maybe a homeless person? A tramp? A prostitute?« Es gab doch wahrhaftig genug Leute, die niemand vermisste.

Dem Undersheriff hatte es endgültig die Sprache verschlagen. Zwar konnte Heisenberg ihn nicht sehen – er stellte sich einen Mann mit Bierbauch und John-Wayne-Gesicht in mittlerem Alter vor –, glaubte aber, aus seinem Schweigen eine Mischung aus Verblüffung, Unglauben und aufkeimendem Ärger herauszuhören. Er bedankte sich freundlich und beendete das Gespräch.

Also gut, dachte er. Angenommen, Verena hatte sich ihres Mannes entledigt und ihren eigenen Tod vorgetäuscht. Wie ging es dann weiter? Als Nächstes brauchte sie einen neuen Namen und ein neues Äußeres. Er sah sich noch einmal die Bilder aus Verena McKenzies Modelzeit an, verglich sie mit dem einzigen Foto, das er von ihrer neuen Identität besaß. Er hatte es selbst von ihr geknipst, mit seinem neuen Smartphone, neben zig Fotos von Valentina und einigen Schnappschüssen von Caruso und Heino, die er Frau Wohlfahrtstätter zeigen wollte.

Auf den ersten Blick überwogen die Unterschiede: Die neuen Brüste waren kleiner, die Lippen voller, die Nase besaß nicht mehr den charakteristischen Knubbel am Ende, sie war schmäler und feiner, und der Leberfleck am Hals fehlte, hatte nur eine winzige Narbe hinterlassen. Kinkerlitzchen für einen plastischen Chirurgen. Aber einem geübten Kriminalisten wie ihm konnten die Ähnlichkeiten dennoch nicht entgehen: die Form des Gesichts, die Augen, die denen ihres Zwillingsbruders aufs Haar glichen, der lange Hals, der v-förmige Haaransatz, die Form der Ohrläppchen. Heisenberg schnalzte mit der Zunge. Er war sich so sicher! Leider würde es schwer zu beweisen sein, dass sie sich einer Schönheitsoperation unterzogen hatte. Vermutlich würde er in der Patientenkartei irgendeines plastischen Chirurgen in irgendeinem amerikanischen Bundesstaat fündig werden, doch der bürokratische Aufwand, um die ärztliche Schweigepflicht zu umgehen, wäre enorm. Monate würde das dauern!

Heisenberg begann den Schreibtisch zu umrunden. Er fragte sich, wie die junge Frau das alles schaffen konnte, wenn sie ganz auf sich allein gestellt war. Noch dazu als Ausländerin. *Sie muss einen Komplizen gehabt haben.* Einen Fluchthelfer. Eine Vertrauensperson.

Noch einmal telefonierte er mit ihrer Mutter, fragte sie nach Freunden von Verena in Amerika. Guten Freunden.

Frau Raffeiner verstand nicht, worauf er hinauswollte, antwortete aber, ohne zu zögern. »Da gab es nur Liz. Elizabeth Hunt. Die Frau aus Washington, bei der sie als Au-pair-Mädchen gearbeitet hat. Sie war für Verena ältere Schwester, Freundin, Kumpel – sogar ... Muttersatz.« Wehmut klang aus ihrer Stimme, versetzt mit einer Messerspitze Eifersucht. »Sie haben einander regelmäßig besucht, auch als Verena längst in Phoenix wohnte und verheiratet war.«

Heisenberg erfragte Adresse und Telefonnummer von Mrs. Hunt. Dann beendete er das Gespräch und beschloss, hoch zu pokern. »Linda? Wie kann ich meine Stimme um dreißig Jahre jünger klingen lassen?«

Lindas Blick zweifelte an seinem Verstand. »Kreide lutschen vielleicht? Wie der Wolf im Märchen.«

»Kruzifixsakrament, ich will ja nicht wie eine Frau klingen!«

Doch Linda hatte schon erfasst, dass es ihm ernst war. Sie fischte eine Packung Traubenzucker aus ihrer Handtasche und gab sie ihm. »Schmeckt bestimmt besser als Kreide.«

Und tatsächlich, es half. Nach dem dritten Stück hörte er sich weniger brummig an als sonst. Glatter. Der Traubenzucker funktionierte anscheinend wie ein Sieb, das sich über seine Stimmbänder legte und zwei bis drei Jahrzehnte an desillusionierenden

Erfahrungen, Enttäuschungen und Frust aus ihren Schwingungen herausfilterte.

Er atmete ein paarmal tief durch. Das Spiel konnte beginnen, die Karten waren gemischt.

Elizabeth Hunt meldete sich nach dem fünften Klingeln.

»Guten Tag, Mrs. Hunt, mein Name ist Tobias Lageder.«

»Guten Tag.« Sie sprach akzentfrei Deutsch, schien aber in ihrem Gehirn danach zu suchen, woher sie einen Tobias Lageder kannte.

»Sie kennen mich nicht, ich bin der Bruder von Verena, Ihrem ehemaligen Au-pair-Mädchen.«

»Oh!« Stille. Atemgeräusche. »Es … es tut mir so leid.«

»Das muss es nicht. Ich weiß, was passiert ist. Weiß, dass sie noch lebt. Sie hat sich bei mir gemeldet. Ich weiß sogar, dass sie sich in Innsbruck aufhält.« Er pausierte. *Es lebe der Bluff.*

Am anderen Ende hatte vielleicht ein Blitz in Mrs. Hunt eingeschlagen. Außer einem unterdrückten Keuchen war nichts zu hören.

»Aber ihren neuen Namen und ihre genaue Adresse kenne ich nicht. Und weil Sie Verenas beste Freundin sind, wollte ich Sie fragen, ob Sie mir weiterhelfen können.«

»Was? Ich habe keine Ahnung, was Sie meinen.«

Heisenberg hätte seinen Kopf verwettet, dass sie es ganz genau wusste. Er war auf dem richtigen Weg, das spürte er im kleinen Finger. »Eine Großtante von uns ist gestorben und hat mir ihren ganzen Besitz vermacht, wissen Sie? Mir allein, weil sie Verena für tot hielt.« Er seufzte. »Nicht dass ich es nicht brauchen könnte. Aber ich finde es nicht richtig, wenn meine Schwester leer ausgeht. Gerade für einen Neuanfang benötigt man doch immer Geld, nicht wahr?« Er wartete und zählte dabei bis fünf. »Vielleicht habe ich mich auch getäuscht, und Sie wissen wirklich nichts davon. Dann entschuldigen Sie bitte die Störung.«

Vollkommene Stille herrschte. Stille, die nach schwitzigen Händen und Kopfzerbrechen klang: Liz Hunt überlegte, was schlimmer wäre. Das Geheimnis zu verraten, das Verena ihr anvertraut hatte? Oder ihr die Chance auf ihr Erbe und damit eine finanziell gesicherte Zukunft zu vermasseln?

Heisenberg begann erneut zu zählen. Bei zwölf glaubte er, er hätte das Spiel verloren.

»Frisch«, krächzte sie. »Renate Frisch. Wo sie wohnt, weiß ich nicht, aber Sie können sie per Mail erreichen.« Mit kaum noch vorhandener Stimme diktierte sie ihm die Mailadresse.

Royal Flush.

Nach dem Telefonat fühlte er sich wie ein Sieger, dem der Sieg zentnerschwer im Magen lag, weil ihm vor den Konsequenzen graute. Er hatte lange überlegt, wie er es den anderen, vor allem wie er es Selma beibringen sollte. Hatte vergeblich nach den richtigen Worten gesucht und ins Narrenkastl gestarrt.

Kruzifixsakrament! Er musste es hinter sich bringen. Ächzend erhob er sich, fluchte ein letztes Mal und verließ mit großen Schritten das Büro.

Selma lauschte mit offenem Mund, als Wurz mit Passau telefonierte.

»Der Freilinger Quirin is halsstarrig und immer no a oide Nazisau«, sagte der Kriminalhauptkommissar mit dem seltsamen Namen Zitzelsberger, »aber total klar im Kopf, gell, trotz seim Alter.« Freilinger habe in den achtziger Jahren in Innsbruck gelebt und mit Gudera zusammen die westösterreichische Niederlassung der Brüder Thors gegründet. Als der weit Ältere sei Freilinger der Chef der Truppe gewesen, Gudera seine rechte Hand. Nach einem schweren Arbeitsunfall, bei dem Freilinger ein Bein verlor, wurde er von Gudera jedoch entmachtet. Angeblich weil er als Krüppel nicht mehr in der Lage sei, eine so verantwortungsvolle Aufgabe wie die Leitung des Vereins auszuüben. »Diesen Verrat hat der Quirin Freilinger eurem Gudera nie verziehen«, sagte der bayerische Kollege. »Er is dann wieda heim, nach Passau.«

Als Morgenroth ihn kontaktierte, habe er sich bereit erklärt, gegen Gudera auszusagen, obwohl ihn das selbst ins Gefängnis gebracht hätte. Nach Morgenroths Tod bekam er es mit der Angst zu tun und zog zu entfernten Verwandten nach Argentinien. »Von dort is er dann 2009, nach an Schlaganfall, wieder zrugg nach Bayern«, resümierte KHK Zitzelsberger. »Und weil er jetzat nix mehr zum Verliern hat, will er gegnan Gudera aussagn. Zum

Beispiel, dass der Gudera zwei junge Buam aufghetzt hat, dass' an Sandler derschlagn.«

Wurz bedankte sich freudestrahlend bei Zitzelsberger.

Endlich hatten sie die Trümpfe in der Hand! Das Okay der Staatsanwältin einzuheimsen war nur noch eine Formalität. Selma unterdrückte einen Jubelschrei, als Wurz das Victoryzeichen formte. Er schnallte sich das Holster um und schlüpfte in seine Lederjacke. »Komm mit, jetzt schnappen wir ihn uns! Hast du die Adresse?«

Selma nickte. »Sein Büro ist in der Maria-Theresien-Straße. Bürozeiten bis siebzehn Uhr. Wohnen tut er aber in Telfs.«

»Um halb sieben sitzt der garantiert schon gemütlich beim Abendessen. Also auf nach Telfs! Verstärkung fordere ich von unterwegs an.«

Im Flur trafen sie auf einen brummigen Heisenberg. Ihren aufgeregt hingeworfenen Erklärungen hörte er gar nicht zu, sondern bestand darauf, unter vier Augen mit Selma zu sprechen.

»Das geht jetzt nicht! Ich begleite Toni!« Die erste Konfrontation mit Gudera wollte sie sich auf keinen Fall entgehen lassen.

»Nimm Mark mit«, sagte Heisenberg zu Wurz, und Wurz dachte nicht daran, zu widersprechen.

Selma konnte es nicht fassen. Wut kroch in ihr hoch. Was fiel diesen Chauvis eigentlich ein? So hart hatte sie an dem Fall gearbeitet – dem von Heisenberg verbockten Fall –, und jetzt, kurz vor dem Ziel, nahm er sie einfach aus dem Rennen! Und Wurz – kein bisschen besser – sah zu!

»Was ist los?«, fauchte sie. Sie hätte wetten mögen, dass wieder diese Valentina hinter Heisenbergs Misslaune steckte. »Und warum siehst du mich an, als wäre jemand gestorben?«

Ohne sich zu einer Erklärung herabzulassen, nahm er ihren Arm und zog sie in den nächsten Raum, die Damentoilette. Er hielt ihr einen Zettel hin, auf dem in großen, krakeligen Buchstaben stand: »Zieh deine Jacke aus!«

Entgeistert starrte sie ihn an. »Was soll das?« Er musste vollkommen verrückt geworden sein. Aber in seinem Blick entdeckte sie nur eine große Melancholie, keinerlei Zeichen von spontan ausgebrochenem Irrsinn oder schleichender Altersdemenz. Also schlüpfte sie aus ihrer Jeansjacke und gab sie ihm. »Was willst du damit?«

Er drückte seinen Zeigefinger auf die Lippen. Blick und Geste forderten Schweigen. Dann durchsuchte er die Jacke. Holte eine angebrochene Packung Taschentücher aus der linken, einen alten Lippenstift und ein angeschnäuztes Taschentuch aus der rechten Innentasche. Aus der linken Brusttasche fischte er die kleine Kunststoffbox, in der Selma drei Tampons als eiserne Reserve aufbewahrte. Er legte sie auf den Seifenspender und trat einen Schritt zurück, als rechnete er mit einer Detonation.

»Jetzt reicht's mir aber!«, zischte sie. Im selben Moment fiel ihr auf, dass die Kunststoffbox anders aussah, als sie sie in Erinnerung hatte. Sie war nicht blau, sondern schwarz, außerdem etwas größer und flacher. »Was ist –«

Wieder gebot Heisenberg ihr zu schweigen. Er ließ den seltsamen Gegenstand liegen, gab Selma die Jacke zurück und schob sie aus dem Klo.

»Kannst du mir jetzt endlich erklären, was das ist, Willi?«

Seine mit Altersflecken übersäte Hand schloss sich um ihren Arm und drückte zu. Einmal, zweimal. »Die undichte Stelle«, brummte er und führte sie in Gschwandtners ehemaliges Büro.

»Wie bitte?«

»Das ist ein Abhörgerät.«

»Eine Wanze?«

Er bot ihr einen Stuhl an. »Ein GSM-Abhörsender. Klein und effektiv. Die andere Seite braucht nur via Handy die Rufnummer des Geräts anzuwählen und kann alles mithören.«

»Aber wie kommt der in meine Jacke? Den muss jemand hineingesteckt haben, während ich sie hier vergessen habe.«

Langsam schüttelte Heisenberg den Kopf. »Denk nach, was Lato geschrieben hat. Der erste Artikel, in dem er erwähnte, dass die Spur zu Bruno Kleinheinz führt. Das waren unsere Ermittlungsergebnisse, nur du und ich, Bruno Kleinheinz und der Mörder konnten davon wissen. Damals muss der Sender schon in deiner Jacke gewesen sein.«

»Denkst du etwa, ich …?«

»Natürlich nicht!« Er schenkte ihr einen väterlichen Blick.

»Selma, glaub mir, mir fällt das nicht leicht. Ich weiß, wie weh es tun muss. Aber es gibt nur eine einzige Person, die dir das Ding untergejubelt haben kann. Tobias Lageders Zwillingsschwester.« Dann zeigte er ihr die ausgedruckten Fotos. Sie blickte in Augen, die ihr allzu bekannt vorkamen. Geliebte Augen. Aber nein, das konnte nicht sein. Unmöglich. Lächerlich geradezu! »Niemals!«, schrie sie und wusste zugleich, dass Schreien nicht dazu beitragen konnte, die Überzeugungskraft schmerzhafter Argumente zu schmälern.

Heisenberg erklärte ihr seine Theorie. Er beschrieb Verena McKenzies Ehehölle; den vermeintlichen erweiterten Selbstmord, mit dem sie ihren eigenen Tod vortäuschte; die kosmetische Operation; die neue Identität als Renate Frisch; und die Rückkehr nach Europa, in die Stadt, in der sie vor mehr als siebzehn Jahren aufgewachsen war.

»Nach dem Auftauchen von Tims Leiche hat sie sich an dich herangemacht.«

»Aber ich habe Renate ganz zufällig kennengelernt. In einem Lokal. Sie wusste nicht, dass ich bei der Kripo bin. Woher hätte sie es auch wissen sollen?«

»Und ob sie das wusste. Wetten? Dein Bild war in der Zeitung, zusammen mit dem Bronzekreuz und der Bitte um die Mithilfe der Bevölkerung.«

Selma schluckte. »Und wer hat ihr verraten, dass ich auf Frauen stehe?«

»Hast du dir mal deine Facebookseite genauer angesehen? Sogar ein Fossil wie ich hätte das ohne große Mühe herausfinden können.«

Ihren Einwänden ging die Luft aus. »Und wie hat sie erraten, dass ich ausgerechnet an diesem Abend ins Domcafé ...«

»Vermutlich hat sie dich beobachtet und ist dir nachgegangen.«

Ihre Ohren klingelten. Der Schatten, der sie verfolgt und den sie als Einbildung abgetan hatte ... Ihr war schlecht. Der Kopf dröhnte, als hätte ihn jemand als Gong missbraucht und mit einem Klöppel gegen die Schädelwände geschlagen.

Ein Bild flatterte auf: Renate im Domcafé, die kurz nach ihr gekommen, sich neben sie an die Bar gestellt und sofort aggressiv geflirtet hatte.

»Aber …« Die Zuneigung, die sie aus Renates Augen herausgelesen hatte, konnte sie sich doch nicht eingebildet haben! Echte, tiefe Zuneigung. Und die Zärtlichkeit und die Leidenschaft und die Hingabe, die sie von ihr erfahren hatte, war das etwa alles gespielt?

Eine unsichtbare Schnur legte sich um Selmas Hals, und jemand, der im Verborgenen blieb, zog daran. Das Schlucken tat weh, das Atmen fiel schwer. Am liebsten wäre sie allein gewesen, hätte sich fallen lassen. Hätte in ihren zerliebten Teddy geheult, den einzigen, der ihre Kindheit überlebt hatte. Aber sie musste sich zusammenreißen. Jetzt war keine Zeit für Selbstmitleid und Liebeskummer. Sie spürte Heisenbergs Hand auf ihrer Schulter. Er blickte in die Ferne. Ob er mit seiner Valentina Ähnliches erlebt hatte?

Selma zerriss die Schnur, atmete tief durch und drückte ihre Fingernägel in die Handballen. »Wie hast du es herausgefunden?«

»Die Augen und die Gesichtsform von Tobias Lageder haben mich an Renate erinnert. Als er seine Zwillingsschwester erwähnte, habe ich begonnen nachzudenken. Was wäre, wenn sie noch lebte? Wenn aus Verena Renate geworden wäre? Außerdem ist mir ein Zwischenfall in den Sinn gekommen, den ich völlig vergessen hatte.« Er tippte sich gegen die Stirn. »Ich habe nach einer unserer Besprechungen einmal abrupt deine Küche verlassen und bin mit ihr zusammengestoßen. Erinnerst du dich? Die Tür ist gegen ihre Stirn geknallt, sie hat sogar geblutet. Damals habe ich mir nichts dabei gedacht, weil ich andere Sorgen hatte. Heute weiß ich: Sie hat gelauscht.«

»Ich fasse es nicht.« Selma schüttelte den Kopf.

»Sie hat gelauscht, weil du deine Jacke mitsamt Sender ja hier im Besprechungsraum vergessen hast und sie also zu dem Zeitpunkt nur die Ermittlungsergebnisse von Gschwandtner und seinen Leuten mitbekam.«

Unglaublich! Sie fasste sich an die Stirn. Natürlich hatte sie Renate das ein oder andere über den Fall erzählt. Dabei war ihr nie aufgefallen, dass sie sich über Gebühr dafür interessiert hätte. Andererseits hatte Selma weder ihren Laptop noch die kopierten Akten je weggeschlossen und Renate damit genug Gelegenheit geboten, darin herumzustöbern. »Dass sie diese Artikel geschrieben hat, um ihren Vater posthum zu rehabilitieren, kann ich nachvollziehen. Aber eine Mörderin? Renate?« Die Frau mit den unglaublich geschickten, unglaublich zärtlichen Fingern?

»Den Mord an ihrem Mann und seiner unbekannten Beifahrerin kann ich nicht beweisen. Aber wie sonst sollte sich das zugetragen haben?«

»Am besten, wir fragen sie«, knurrte Selma. »Jetzt müsste sie in der Boutique sein. Die haben heute langen Einkaufstag.«

»Ach so, das weißt du auch noch nicht.« Heisenberg räusperte sich. »Ich habe in diesem Laden angerufen. Eine Renate Frisch ist dort nicht bekannt.«

»Was?« Deshalb hatte sie sich jederzeit freinehmen können, ganz nach Lust und Laune. Sogar ihr Job war also eine Lüge gewesen. »Dann finden wir sie hoffentlich bei mir oder in ihrer eigenen Wohnung.«

Heisenberg schenkte ihr ein aufmunterndes Lächeln. »Bist du so weit?«

»Packen wir's.«

Sie saßen bereits in seinem Wagen, als Selmas Handy lostobte. »Hallo, Toni. Habt ihr ihn?«

»Fehlanzeige. Gudera ist heute nicht nach Hause gekommen. Seine Frau kann ihn nicht erreichen und macht sich Sorgen. Sonst ruft er immer an, wenn er sich verspätet.«

Selma biss sich auf die Lippen. »Renate«, flüsterte sie. Dank des Senders hatte Renate den Namen von Tims Mörder mitbekommen. Und zwar schon vor zwei Stunden. Und jetzt würde sie ihn für alles büßen lassen, was er ihrem Vater angetan hatte.

»Wir sind auf dem Weg nach Innsbruck und fahren direkt zu Guderas Büro. Kommt auch dorthin, aber wartet auf uns. Der Mann ist gefährlich!« Wurz' Stimme schraubte sich in luftige Höhen. »Welche Renate meinst du eigentlich?«

Aber Selma hatte den Anruf schon weggedrückt. »Fahr schneller!«, rief sie Heisenberg zu. »Renate ist in Guderas Büro.« Sie durften keine Zeit verlieren. Bei Bruno waren sie zu spät gekommen. Jetzt hatten sie vielleicht noch eine Chance.

Als sie das Haus mit der gut erhaltenen Gründerzeitfassade betraten, hielt Heisenberg Selma am Arm fest. »Stopp. Wir postieren uns an den Ausgängen und warten auf Verstärkung.«

»Die brauchen mindestens zwanzig Minuten. Inzwischen ist Gudera tot.«

»Ich habe nicht mal eine Waffe.«

»Ich aber.« Selma brannte darauf, Renate zur Rede zu stellen. An nichts anderes konnte sie denken. »Tut mir leid«, murmelte sie und riss sich los.

Heisenberg verlor das Gleichgewicht, musste sich an der Hausmauer abstützen. Mit einem Satz sprintete sie an ihm vorbei. Immer drei Stufen auf einmal, bis sie keuchend im zweiten Stock ankam. Vor Guderas Büro riss sie die Glock aus dem Holster. Sie holte Atem, um »Aufmachen, Polizei!« zu brüllen, als sie bemerkte, dass die Tür nur angelehnt war.

Vorsichtig drückte sie sie auf, schob sich mit der Pistole im Anschlag Zentimeter für Zentimeter vor. Sie schwitzte. Ihr Alleingang war Wahnsinn. Sie hatte keine Deckung. Renate musste nur hinter der Garderobe lauern, um sie bequem von hinten abzuknallen. Oder ihr ein Messer zwischen die Rippen zu jagen. Aber hinter der Garderobe lauerte niemand, der Vorraum war leer, das Wartezimmer war leer, ebenso die Toilette. Hinter der letzten Tür vernahm Selma Laute. Sie drückte ihr Ohr gegen das Türblatt und lauschte.

»Antworte endlich! War es so?« Die sonore Altstimme gehörte eindeutig Renate, obwohl sich diese Renate ganz anders anhörte, als die der geflüsterten Liebesbeteuerungen, der gejubelten »Willkommen zu Hause!« oder der sonnigen »Guten Morgen, Murmele«. Etwas Metallisches schwang mit, das Härte versprach, Härte, gewürzt mit einer Prise Unberechenbarkeit und einem Hauch Gefährlichkeit.

Nach einer längeren Pause antwortete eine Männerstimme. »Ja, es war so. Ich habe es getan!« Das war der Wotan aus dem Video, gealtert und doch erkennbar. Ein Wotan, der Schmerzen litt.

Selma durfte nicht länger warten.

Sie drückte die Klinke hinunter und riss die Tür auf.

»Waffe weg, Polizei!«

Niemand reagierte. Niemand war da. Nur der gebrüllte Befehl rollte durch den karg eingerichteten Raum und hallte lange nach. Als er endlich verebbt war, legte sich Stille wie ein alles umhüllender Flauschmantel über die Szenerie. Renates Stimme durchdrang den Flausch. Sie kam aus einem rasierapparatkleinen Gerät auf dem Schreibtisch, das an zwei Mini-Lautsprecherboxen angeschlossen war. Selma stoppte das Gerät und ließ ihren Blick durch den Raum schweifen. Ein großes Ölbild lehnte an der Wand, dahinter ein offener Tresor. Auf dem Boden eine zerbrochene Kamera, Akten auf dem Schreibtisch, wild durcheinandergeworfen. Ein dunkelblauer Mantel verhüllte einen unförmigen Gegenstand auf dem Bürosessel.

»Nicht!«, schrie Heisenberg im selben Moment, als sie den Mantel wegzog.

Einen Herzschlag später starrte sie in die weit aufgerissenen Augen Guderas. Er war so an den Stuhl gefesselt, dass er nicht herunterrutschen konnte. Seine Arme und die Brust waren eine einzige Wunde. ICH BIN EIN MÖRDER – EIN KINDERFICKER – UND EIN NAZISCHWEIN!, hatte Renate vermutlich mit einem Messer oder Skalpell in die Haut geritzt. Wegen des vielen zum Teil bereits geronnenen Blutes konnte man die Buchstaben nur mit etwas Phantasie lesen.

Dann entdeckte Selma die klaffende Wunde in Guderas Bauchdecke. Als sie sah, was aus dieser Wunde hervorquoll und sich bis in den Papierkorb ringelte, und als der Gestank von Blut und Fäkalien wie ein Schwarm Fliegen über sie herfiel, der unter dem Mantel auf genau diesen Moment gewartet hatte, musste sie würgen.

Sie schluckte die aufsteigende Magensäure hinunter. Eine bunte Bilderfolge blitzte vor ihrem inneren Auge auf: rattenköpfige, fischschwänzige Ungeheuer; das Fragment eines »Jüngsten Gerichts« von Hieronymus Bosch, das sie in der Alten Pinakothek in München gesehen hatte; durchbohrte, aufgespießte, schlangenumwickelte Leiber.

Gedanken und Gesprächsfetzen wirbelten durch ihren Kopf. Renates Dissertation – »… schreibe erst seit Kurzem …« –»… Der Titel lautet: ›Hieronymus Bosch im Wandel der Rezeption vom 15. Jahrhundert bis heute …‹« – »… Wie spannend! Zeigst du mir …« – »Klar darfst du sie sehen. Aber erst, wenn sie fertig ist …«

Renates Arbeit über Bosch *war* fertig und sie hatte ihr mit dieser eigenen Interpretation des Richtens die Krone aufgesetzt.

Selma fuhr herum, als sie hinter sich ein merkwürdiges Geräusch vernahm, den Finger auf dem Abzug der Glock. Aber es war nur Heisenberg, der sich in eine Ecke des Büros übergab.

Keine zehn Minuten später traf Wurz mit der Staatsanwältin, den Leuten von der Spusi und einem stattlichen Verstärkungstrupp ein. Zu Selmas Erleichterung übernahm Heisenberg das Erklären. Die Fahndung nach Renate Frisch respektive Verena McKenzie wurde eingeleitet. Selmas Haus wurde überwacht, ebenso Renates Wohnung. Mehrere Polizistenteams patrouillierten in und um Bahnhof und Flughafen.

Während Bartsch und seine Leute mit der Sicherung der Spuren in Guderas Büro begannen, nahm Wurz Selma in die Mangel. »Und du hast nichts bemerkt? Wie war das möglich?«

»Sie hat uns alle getäuscht«, versuchte Heisenberg zu vermitteln.

»Wo kann sie jetzt sein? Wenn ihr so ein enges Verhältnis hattet, müsstest du doch wissen …?«

»Ich weiß es nicht!« Selma war den Tränen nahe. »Sie hat mich nicht in ihre Pläne eingeweiht!«

Heisenberg fiel Wurz in den Arm. »Lass sie erst mal den Schock verdauen.«

»Verdauen? Dafür haben wir keine Zeit! Eine brutale Mörderin läuft frei herum. Wir …«

Selma stolperte aus dem Büro. Ihr war übel und schwindlig. Sie brauchte dringend frische Luft.

Jemand lief ihr nach, klopfte ihr auf die Schulter. »Lass dich nicht verrückt machen. Wir sind alle nur Menschen«, sagte die tiefe Stimme von Mitterhofer. Ausgerechnet Mark Mitterhofer, der Streber, der ihr noch nie einen Funken Sympathie entgegengebracht hatte. Ausgerechnet er, den sie verdächtigt hatte, Informationen weitergegeben zu haben, zeigte Verständnis. Ihr wurde noch schwindliger.

Sie taumelte treppab und stürzte aus dem Haus. Lief los, ohne nachzudenken, wohin. Auf dem Gehsteig hätte sie beinahe eine alte Frau umgerannt.

Sie war eine Versagerin. Eine miserable Kriminalistin, die keine Spur von Menschenkenntnis besaß. Die sich von Gefühlen leiten ließ, anstatt ihr Gehirn zu benutzen. Sie hatte sich in eine Mörderin verliebt, hatte sie beherbergt und sich von ihr aushorchen lassen wie eine beschissene Anfängerin. Immer schneller rannte sie, als wäre sie auf der Flucht.

Ein kleines Mädchen starrte sie an. »Was hat die Frau, Mama?«

Erst jetzt bemerkte Selma, dass sie weinte. Sie überquerte die Anichstraße, bog auf das Klinikareal ein und wurde endlich langsamer. Wütend wischte sie sich über das Gesicht. *Hör auf zu heulen! Streng dein Gehirn an!* Vielleicht konnte sie wenigstens helfen, Renate aufzuspüren. Schließlich kannte sie sie besser als die anderen, wenn auch nur um ein paar Bettlängen.

Sie setzte sich auf eine der Bänke vor der Chirurgie, neben einen gipsfüßigen Teenager, und dachte nach. Nach der Liebe hatten sie immer noch lange gequatscht, bevor sie – ineinander verschlungen – eingeschlafen waren. Einmal hatten sie über einen gemeinsamen Urlaub gesprochen. Selma wollte gern nach Island, Renate schlug Umbrien vor. »Ein kleines Häuschen auf dem Land, mitten in einem alten Olivenhain … Ziehst du mit mir dahin, wenn wir beide alt sind?« Mit romantischen Landschaftsbildern im Kopf war Selma eingeschlafen.

Ob Renate jetzt nach Umbrien flüchtete? *Sie wird Bahnhof und Flughafen meiden, ebenso die Autobahn. Auf Bundesstraßen wird sie sich fortbewegen.* »Das liegt auf der Hand«, sagte Selma laut, und der Bursche neben ihr, der gerade eine Packung Marlboro aus der Tasche seines Trainingsanzugs gefummelt hatte, fühlte sich gemeint und bot ihr eine Zigarette an.

»Nein, danke.« Sie schüttelte den Kopf. Renate war eine Querdenkerin. Würde sie etwas auf der Hand Liegendes tun oder eher das, was man am wenigsten von ihr erwartete?

Sie erinnerte sich an eine Szene vor drei Tagen. Renate hatte Bachsaiblingsfilets gebraten, mit Mangold und Kartoffelpüree. Gesund, wie alles, was sie zubereitete, und zugleich absolut köstlich. Nach dem Essen wollte Selma die Teller abräumen. »Du hast gekocht, ich spüle. Das ist nur gerecht.«

Renate widersprach. »Was ich begonnen habe, muss ich auch selbst zu Ende bringen, sonst ist es nicht perfekt. Aber nächstes Mal bist du dran, okay?«

Selma sprang auf. »Das ist noch nicht das Ende«, murmelte sie. Plötzlich war sie sicher. »Sie ist noch hier.«

Der Junge sah sie an, als wäre sie einer Anstalt entsprungen. Er drückte die Zigarette aus, sprang auf und verschwand humpelnd im Inneren des Chirurgieturms.

Mit zitternden Fingern griff Selma nach ihrem Handy und suchte einen Eintrag, den sie erst kürzlich eingespeichert hatte.

»Gundula Morgenroth. Mit wem spreche ich?«

Vor wenigen Stunden hatte Selma die alte Dame noch verdächtigt, die Schreiberin der Zeitungsartikel und womöglich Brunos Mörderin zu sein. Jetzt legte sie so viel Freundlichkeit in ihre Stimme, dass das Handy nur so troff. »Guten Abend, Frau Morgenroth. Sie sprechen mit Selma Tappeiner.« Den Fauxpas, der aufgeweckten Frau zu erklären, wer sie war, beging sie kein zweites Mal. »Ich hoffe, ich störe Sie nicht, ich habe nur eine wichtige Frage.«

»Schießen Sie los.«

»Wo ist Ihr Bruder begraben?«

Das Schweigen am anderen Ende dauerte ein, zwei Herzschläge lang. »Am Westfriedhof. Warum wollen Sie das wissen?«

Selma lächelte. Der Westfriedhof war gleich hier um die Ecke. »Können Sie mir bitte die genaue Lage des Grabes beschreiben?«

Gundula Morgenroths Stimme klang reserviert, aber sie beschrieb das kleine Grab so anschaulich, dass Selma wenige Minuten später davorstand.

Leider war sie offensichtlich zu spät gekommen. Sie hatte Renate verpasst! Ein üppiger Strauß weißer Rosen lag auf der Grabplatte, und in der Laterne zu Füßen des steinernen Engels brannte ein Wachslicht, das erst vor Kurzem entzündet worden war. Sie ließ ihre Blicke über den Friedhof schweifen. Keine Menschenseele war unterwegs, vermutlich weil die Tore bald schlossen. Nur zehn Meter entfernt stand eine dunkel gekleidete Gestalt über einen Brunnen gebeugt und befüllte eine Gießkanne. Als sie das Wasser abdrehte und sich aufrichtete, schüttelte Selma enttäuscht den Kopf. Die Frau hatte kurzes silbergraues Haar und sah aus der Ferne viel älter aus als Renate. Mit der Gießkanne in der Hand kam sie näher, verharrte auf einmal, wie ein Reh, das etwas Fremdartiges gewittert hatte und überlegte, ob es der Jäger war.

Einen Wimpernschlag später flog die Gießkanne zu Boden, und die Frau begann zu rennen. Viel zu schnell für eine vermeintliche Pensionistin.

»Bleib stehen!«, brüllte Selma, zog ihre Glock und sprintete hinterher, dass der Kies nur so spritzte. Sieben Grabreihen weiter hatte sie bereits Seitenstechen.

Renates Vorsprung vergrößerte sich, sie schlug einen Haken und tauchte in die Arkaden ein.

Selma verlor sie aus den Augen. Entschlossen folgte sie ihr ins mystische Halbdunkel des Bogengangs, keuchte vorbei an imposanten Marmorgräbern und goldglänzenden Mosaiken, an bekränzten Grabplatten und Gipsengeln, die die Arme nach ihr ausstreckten.

Plötzlich eine Bewegung aus dem Augenwinkel. Aus einer Mauernische schoss etwas auf sie zu.

Sie drehte den Kopf, starrte für Sekundenbruchteile in die Augen, in die sie sich so gern versenkt hatte; die jetzt vor Zorn sprühten. Ehe sie ihre Waffe hochreißen konnte, detonierte auf ihrem Kopf der Schmerz. Er zauberte farbige Lichtpunkte vor ihre Augen und in die Ohren ein Pfeifen wie aus tausend Murmeltierkehlen.

Dann wurde es schwarz. Und still.

Als sie erwachte, musste sie sich durch eine dicke Decke aus Gerüchen hindurchkämpfen. Es roch nach Wachs und feuchter Erde, nach frischem Gras und welken Blumen, nach modrigem Holz und Kupfer. Die kupfrige Note stammte von dem Blut, das aus ihrer Nase floss und ihre Lippen netzte.

Sie öffnete die Augen. *Wo bin ich?* War das ein Grab? Gemauerte Wände ringsum, ein Boden aus gestampfter Erde, auf dem verwelkte Blumensträuße, abgeschnittene Thujenzweige und Grasbüschel lagen. An einer der Ziegelmauern entdeckte sie die Aufschrift: Grünschnitt.

Sie versuchte, sich auf die andere Seite zu drehen. Kein leichtes Unterfangen, wenn Hände und Füße mit Kabelbindern aneinandergefesselt waren und der Kopf dröhnte, als hätte sich eine Horde Schlagzeuger am Drumset ihrer Schädelwände ausgetobt.

»Musstest du mir hinterherschnüffeln?« Renate kniete über ihr, Wutfünkchen sprühten in ihren Augen, versilberten das Grau, das optimal mit dem neuen streichholzkurzen Haarschnitt harmonierte.

Selma versuchte, ihren brüllenden Kopf zu ignorieren. »Bringst du da nicht etwas durcheinander? Soviel ich weiß, hast du mir einen Sender in die Jackentasche geschmuggelt, Renate.« Sie blickte an sich herab. Das Holster saß noch an Ort und Stelle, leider fehlte die Dienstwaffe. »Oder soll ich dich Verena nennen?«

Renate zog die Glock aus ihrem Hosenbund.

Selmas Herz schlug zum Zerspringen, aber sie zwang sich, ruhig zu bleiben. Tief zu atmen. Mit fester Stimme zu sprechen. »Schieß doch. Auf einen Mord mehr oder weniger kommt's nicht an, wenn man schon vier Menschen umgebracht hat.« Sie versuchte, ihre Beine zu bewegen. Der Kabelbinder schnitt in ihre Fesseln, verursachte einen brennenden Schmerz, den sie als willkommene Abwechslung vom dumpfen Dröhnen ihres Schädels begrüßte.

»Vier? Wie kommst du darauf?«

»Kurt Gudera, Bruno Kleinheinz, Bill McKenzie und die Frau auf dem Beifahrersitz, von der alle dachten, du seist es.« Wie in Zeitlupe setzte sie sich auf. »Wer war sie? Ein Straßenmädchen? Eine Touristin, die keiner vermisst?«

»Ich weiß es nicht. Ich habe ihre Leiche aus einem Sarg in der Aufbahrungshalle gestohlen. Hat schon ziemlich gestunken, die Gute, aber das war es wert. Hab ihr meinen Ehering angesteckt.« Sie schnaubte entrüstet. »Bruno Kleinheinz geht auf Guderas Konto.«

»Bleiben zwei. Immerhin.«

»Gudera war ein Schwein. Und auch Bill hat den Tod verdient. Er hat mich betrogen und auf eine Art gedemütigt, die du dir nicht vorstellen kannst.«

»Du hättest dich scheiden lassen können.«

»Du hast ja keine Ahnung!« Sie lachte bitter auf. »Weißt du, ich habe ihn geliebt, wirklich geliebt. Obwohl er viel älter war. Aber sein Charme, sein Witz, seine Zärtlichkeit haben mich überwältigt. So sehr, dass mein kritisches Denken ausgeschaltet wurde. Ein schwerer Fehler.«

Ja, das war es wohl, dachte Selma. Ein Fehler, den sie nur zu gut nachvollziehen konnte.

»Vor lauter Verliebtheit habe ich nicht auf einem Ehevertrag bestanden. Es war mir egal, und McKenzie galt ja als einer der reichsten Männer in Arizona, also was sollte passieren?«

Sie ließ die Pistole sinken. »Doch sein Vermögen steckte in der Firma. Und mit der ging es steil bergab. Die Konkurrenz, die Wirtschaftskrise. Weil er auf seinen luxuriösen Lebensstil nicht verzichten wollte, hat er auf meine Ersparnisse zurückgegriffen.«

»Du warst reich?«

»Als Model habe ich einige Jahre blendend verdient, und ich hatte ein Händchen dafür, das Geld gewinnbringend anzulegen. Nach zwei Jahren Ehe war von meinen Ersparnissen nur noch die Hälfte übrig. Aber Geld war nicht der Auslöser.« Mit dem Lauf der Glock stocherte sie in einem Strauß verwelkter Rosen. »Eines Tages ist Bill betrunken nach Hause gekommen und hat mir mitgeteilt, er hätte mich leider verspielt. Beim Pokern. Ein Geschäftsfreund hätte eine Nacht mit mir gewonnen.« Sie senkte ihre Stimme zu einem Flüstern. »Ich dachte zuerst an einen geschmacklosen Witz, aber er hat es ernst gemeint. Wir haben gestritten, er hat mich geschlagen und vergewaltigt. Danach ist er eingeschlafen. Ich war so wütend, dass ich das Dampfbügeleisen genommen und damit seinen Schädel zertrümmert habe.« Sie richtete die Pistole auf Selma. »Er war sofort tot. Mir war klar, dass es niemals als Notwehr durchgehen würde. Ich plante meine Flucht. Habe mein verbliebenes Geld abgehoben und alles vorbereitet.«

»Für den erweiterten Selbstmord. Dann bist du nach Washington abgehauen, hast dich operieren lassen, dir Papiere besorgt und dich nach Österreich abgesetzt.«

Renate hob bewundernd die Brauen. »Du bist erstaunlich gut informiert.«

»Warum bist du ausgerechnet nach Innsbruck gegangen?«

»Hier war ich glücklich, als Kind, als Teenager. Ich mochte die Natur, das Skifahren im Winter, das Bergsteigen im Sommer, vor allem das Klettern.«

»Dann ist die Sache mit deinem Vater passiert.«

»Die Sache?« Wut blitzte in ihren Augen auf, eiskristallförmige Wut, die in ihrer Iris aufgewirbelt wurde wie Schneeflocken in einer geschüttelten Glaskugel. »Ich habe alles verloren. Alles. Meinen Vater, meine erste Liebe, meine Zukunft als Kletterass, die Freunde, die Schule. Es war die Hölle.«

Selmas Handy begann zu piepen. Renate fischte es aus ihrer Hosentasche und schleuderte es mit Wucht gegen die Ziegelwand. Es zersprang in mehrere Teile. »Du bist nach Innsbruck gekommen, um dich zu rächen.«

»Unsinn! Ich habe ja selbst geglaubt, dass mein Vater ein Mörder war. Ein Kinderficker. Das war ja das Schlimmste in all den Jahren!« Zu Selmas Entsetzen spielte sie am Abzug der Glock herum. »Alles, was ich nach Bills Tod wollte, war ein normales, ruhiges Leben. Das Vergangene vergessen. Ich habe mein restliches Erspartes angelegt, mir einen Job gesucht, eine kleine Wohnung. Habe begonnen, Kunstgeschichte zu studieren und Bergtouren zu unternehmen, habe sparsam und zurückgezogen gelebt.«

»Bis die Leiche aufgetaucht ist. Tim Kabiersch.«

»Als ich in der Zeitung das Foto des Bronzekreuzes sah und dazu deinen Aufruf las, wusste ich: Etwas stimmt nicht. Niemals hätte mein Vater, der überzeugte Atheist, dem Kind ein Kreuz um den Hals gehängt.« Renate schnaubte verächtlich. »In dem Moment war mir klar, dass er es nicht gewesen ist. Und alles, was ich seinetwegen mitgemacht habe, hat plötzlich doppelt so schwer gewogen. Mit einem Mal ist die ganze Wut wieder hochgekommen. Ich musste etwas unternehmen. Da du mein einziger

Anhaltspunkt warst, habe ich dich gegoogelt und Informationen gesammelt.«

»Du hast mich verfolgt.«

»Ich hätte nie gedacht, dass es so leicht sein würde, bei dir zu landen.«

Ich auch nicht, dachte Selma und schaffte es nicht, den steinernen Knödel in ihrem Hals hinunterzuschlucken. »Worauf wartest du noch? Bring es endlich zu Ende!«

Renates Augen verengten sich zu Schlitzen. »Du hast recht, die Zeit läuft mir davon.« Sie richtete die Waffe auf Selmas Kopf, dann auf ihre Brust.

Selma schloss die Augen.

Hoffentlich geht es schnell.

Hoffentlich trifft sie mitten ins Herz.

25

Kruzifixsakrament. Heisenberg kratzte sich am Kopf. Sie würde sich doch nicht aus Liebeskummer etwas antun? Auch sein zweiter Versuch, Selma anzurufen, scheiterte. Beim ersten Mal hatte sie ihn einfach weggeklickt, jetzt war ihr Handy tot. Dabei wollte er sie nur trösten. Ihr sagen, dass solche Fehler jedem passieren konnten. Nur den Menschen nicht, die sich abschotteten, einigelten und kein anderes Wesen an sich heranließen, aber wer wollte schon mit derart unsympathischen Zeitgenossen zu tun haben? Er überlegte kurz, ob er sich um Selma sorgen musste. Ach, Unsinn. Sie war eine starke junge Frau. Vermutlich wollte sie bloß allein sein.

Während Wurz versuchte, Tobias Lageder zu erreichen, um ihm das eventuelle Versteck seiner flüchtigen Schwester zu entlocken, dachte Heisenberg nach. Wer könnte sonst etwas über die Absichten dieser skrupellosen Mörderin wissen? Ihre Mutter offensichtlich nicht. Und wie stand es mit Gundula Morgenroth? Die Chancen, dass sie ein enges Verhältnis zu ihrer Nichte hatte, waren klein. »Aber Probieren geht über Studieren«, murmelte Heisenberg und rief an. Er nannte seinen Namen und bat sie höflich, ihm ein paar Fragen zu beantworten.

»Gleich ein paar Fragen?«, fauchte Gundula. »Jetzt reicht's mir aber! Meinen Sie, ich habe nichts anderes zu tun, als mit der Polizei zu telefonieren?«

Zuerst stutzte er, dann ging ihm ein Licht auf. Er räusperte sich und legte eine Überdosis Honig in seine Stimme. »Wir können jetzt beweisen, dass Ihr Bruder unschuldig war. Aber wir brauchen noch einmal Ihre Hilfe. Ein letztes Mal, ich verspreche es.«

»Also gut, fragen Sie.«

»Mit wem haben Sie heute schon telefoniert, und worum ging es?«

Als er die geforderten Auskünfte bekommen hatte, packte er Wurz an der Schulter. »Selma ist in Gefahr. Westfriedhof, los, wir dürfen keine Zeit verlieren!«

Mit dem Blaulicht brauchten sie keine fünf Minuten zur Fritz-Pregl-Straße. Der Friedhof war bereits geschlossen, es war auch schon zwanzig nach sieben. Wurz begutachtete das hohe schmiedeeiserne Tor, das von unsagbar spitzen Eisendornen bekrönt wurde, als würde er ernsthaft überlegen darüberzuklettern. Dann fiel sein Blick auf Heisenberg, er bedeutete ihm, zur Seite zu treten, und zog seine Waffe. Zweimal musste Wurz auf das Schloss ballern, bis der Zylinder heraussprang.

Kasper Morgenroths Grab war verlassen. Nur ein Blumenstrauß und eine brennende Kerze zeugten davon, dass jemand hier gewesen war. Außerdem war die Erde rund um das Buchsbäumchen nass, also musste es kürzlich gegossen worden sein. Die leere Gießkanne stand noch daneben. Keine Spur von Selma. Erst als sie den Friedhof absuchten, hörte Heisenberg schwache Hilferufe. »Da vorn!«, rief er Wurz zu.

Die Rufe kamen von einer Art Müllstation mit verschiedenfarbigen Eimern für Kunststoff, Metall und Restmüll, die einen gemauerten Kasten für Grünschnitt flankierten. Selma war noch halb benommen, als sie sie im Kompost fanden. Aber außer einer tischtennisballgroßen Beule auf dem Kopf und einer Platzwunde an der Schläfe war sie unverletzt. Wurz durchtrennte die Kabelbinder mit seinem Leatherman. »Für heute hast du genug Böcke geschossen«, knurrte er. Dabei konnte Heisenberg an der Farbe seiner Ohren sehen, wie froh und erleichtert er war, sie lebend wiederzusehen.

»Ich dachte, sie will mich erschießen«, murmelte sie. »Dabei hat sie nur zugeschlagen.«

Die Glock hatte Renate natürlich mitgenommen.

Selma rappelte sich hoch. Heisenberg sah ihr an, dass sie Schmerzen hatte. Aber sie biss die Zähne zusammen. »Ich weiß nicht, wie lange ich bewusstlos war. Nicht länger als ein paar Minuten, denke ich. Viel Vorsprung kann sie nicht haben.«

Der Wagen der Mörderin wurde in der Schöpfstraße gefunden, sie war also zu Fuß unterwegs. Wurz beauftragte mehrere

Polizeistreifen, Wilten zu durchkämmen, Heisenberg forderte medizinische Versorgung für Selma an.

Bereits nach wenigen Minuten kam einer der Uniformierten, die Wurz losgeschickt hatte, zurück. »In der Peter-Mayr-Straße wurde einer jungen Frau das Auto geklaut, während sie die Einkäufe ins Haus getragen hat.« Er keuchte. »Sie hat die Diebin nur noch von hinten gesehen, weiblich, kurze graue Haare. Das Auto ist ein roter Honda Jazz.«

»Gute Arbeit!«, lobte Wurz.

Die Wangen des Polizisten strahlten wie frisch glasierte Liebesäpfel.

»Hast du das Autokennzeichen, Kollege?«

Der mit den Apfelbacken nickte und überreichte Wurz einen Zettel, auf dem er alle relevanten Daten notiert hatte.

Wurz klopfte ihm auf die Schulter. »Großartige Arbeit!«

Die Liebesäpfel drohten zu explodieren. »Ich habe noch zwei Zuckerl für euch: Erstens ist wenig Benzin im Tank, zweitens hat die Besitzerin ihre Aktentasche im Wagen gelassen.«

Pech für sie, dachte Heisenberg. Leider brachte das für die Fahndung wenig.

»Und da ist ihr Handy drin. Die Nummer steht auch auf dem Zettel.«

Kruzifixsakrament!

»Sie sagte, dass sie in nächster Zeit den Anruf ihres Freundes erwartet. Ich habe ihn kontaktiert und ihm eingeschärft, nicht anzurufen.« Der mit der Apfelbacke rückte seine Mütze zurecht. »Wäre ja schade, wenn eure Zielperson dadurch gewarnt wird und das Handy wegwirft, bevor ihr sie orten könnt.« Er tippte an den Mützenrand und wandte sich zum Gehen.

»Halt!«, rief Wurz ihm hinterher. »Deinen Namen brauche ich noch. Willst du nicht zur Kripo wechseln?«

Danach überschlugen sich die Ereignisse. Es dauerte fast eine halbe Stunde, bis sie endlich mit der Ortung beginnen konnten. Selmas Wunden waren versorgt, sie sah noch immer blass, aber schon etwas lebendiger aus. Renate Frisch alias Verena McKenzie war vermutlich längst über alle Berge.

Doch zu Heisenbergs Überraschung konnte das Handy der Honda-Besitzerin in einer Funkzelle im Bereich des Medicent am Innrain geortet werden. Und es bewegte sich nicht. »Vermutlich hat sie es entsorgt.«

»Oder sie tankt gerade«, sagte Selma.

»Nein, Leute, sie steht seit zwanzig Minuten im Stau. Mopedunfall am Innrain.« Wurz strahlte. »Komm, Willi, die schnappen wir uns!«

Heisenberg stieg zu Wurz in den Dienstwagen. Selma, die immer noch aussah, als müsse sie die Kopfschmerzen durch das Zusammenpressen ihrer Lippen in Schach halten, setzte sich auf den Rücksitz.

»Du bleibst hier. Mit dieser Verletzung –«

»Alles steril verpflastert und verbunden. Mir geht's gut. Bitte, Toni, ich muss dabei sein!«

Wurz öffnete den Mund, um zu widersprechen, aber Heisenberg legte beschwichtigend die Hand auf seinen Arm. »Lass gut sein. An ihrer Stelle würdest du das auch nicht versäumen wollen, oder?« Er wusste nicht, was in Selmas lädiertem Kopf vorging. Aber vermutlich war die menschliche und berufliche Pleite, die sie erlebt hatte, mit aktiver Mitarbeit leichter zu verarbeiten. Mit dem Gefühl, zur Festnahme beizutragen und damit etwas wiedergutzumachen.

Als sie in den Innrain einbogen, begann sich das Handy in Richtung Westen zu bewegen. Und es wurde immer schneller.

»Hardigatti! Der Stau hat sich aufgelöst.«

»Sie ist auf die Autobahn aufgefahren!«

Wurz langte aus dem Fenster und knallte das Blaulicht aufs Dach. Dann gab er Gas.

Heisenberg wurde in den Sitz gedrückt. Er keuchte auf. »Sie fährt auf der Westautobahn Richtung Bregenz.«

»Vielleicht will sie über den Reschenpass nach Italien«, meinte Selma.

Wurz organisierte per Funk eine Polizeikontrolle bei Imst.

Heisenberg rieb seine Nase. »Und wenn sie die Zirlerbergstraße nimmt und nach Deutschland will?«

Er telefonierte mit dem Polizeiposten Seefeld. Mit Sepp Marschitz, einem aufgeweckten, zupackenden Dienststellenleiter, mit dem er früher gern zusammengearbeitet hatte. Er gab die Autonummer durch und bat darum, die Verdächtige vor der Einfahrt nach Seefeld zu stoppen. »Die Frau ist bewaffnet und brandgefährlich.«

»Geht klar«, erwiderte Marschitz knapp. Auf ihn war Verlass.

»Sicher ist sicher«, sagte Heisenberg zu Wurz. »Wird sich bald herausstellen, wer recht hat.«

Da Renate sich an die Geschwindigkeitsbeschränkungen hielt – vermutlich, um nicht aufzufallen –, rückten sie rasch näher. Heisenberg grinste, als das Handy der Honda-Besitzerin sich auf der Höhe von Zirl nördlich von der Autobahn einloggte. »Sie ist abgefahren. Will also doch nach Deutschland.« Wenig später kam die Bestätigung von Marschitz, dass seine Leute auf dem Posten waren.

»Vor Seefeld schnappen wir sie uns«, sagte Wurz und nahm das Blaulicht ab. Sie sollte nicht vorzeitig bemerken, dass sich der Kreis um sie schloss. Er bretterte über die Autobahn, zischte aus der Ausfahrt Zirl-Ost und jagte den Dienstwagen die Zirlerbergstraße hoch, dass der Motor aufjaulte und Heisenberg schlucken musste, um die aufsteigende Übelkeit zu vertreiben. Das Handy und Renate Frisch hatten bereits Leithen passiert.

»In wenigen Minuten muss sie euch erreichen«, gab Heisenberg an Marschitz durch.

Kurz bevor Wurz in die Spitzkehre beim Gasthaus Zirlerberg-Rast einfuhr, meldete sich Marschitz: »Die Verdächtige hat angehalten und gewendet. Sie kommt auf euch zu. Wir nehmen die Verfolgung auf.«

»Also gut.« Wurz schaltete die Warnblinkanlage ein, bremste hinter der Kehre ab und stellte den Wagen quer, sodass nur etwas mehr als ein halber Fahrstreifen frei blieb. Der deutsche Lenker hinter ihm hupte und gestikulierte wild. Als er das Blaulicht aufblitzen sah, verstummte er sofort, fuhr rechts ran und machte den Motor aus.

Ein schwarzer Mercedes kam von oben herunter. Wurz winkte ihn durch. Auch zwei Motorräder und ein Van durften passieren.

»Pass auf! Das ist sie!«, schrie Selma und sprang aus dem Wagen.

Renate Frisch raste halsbrecherisch bergab. Als sie das Blaulicht sah, bremste sie. Der Honda schlingerte und kam in vier, fünf Metern Entfernung zum Stehen.

Wurz ging hinter seinem Dienstwagen in Deckung und brachte seine Waffe in Anschlag. »Polizei! Stellen Sie den Motor ab und verlassen Sie den Wagen mit erhobenen Händen! Ich zähle bis drei!«

Wie paralysiert verharrte der Honda mitten auf der Straße, nichts rührte sich in seinem Inneren. Nur der Motor brummte zornig wie ein dicker roter Käfer, der nicht wusste, wo er hier gelandet war.

Selma ging auf den Käfer zu. Die Hand am Holster, das keine Waffe enthielt.

»Bleib da!«, brüllte Heisenberg, aber sie hörte nicht.

Natürlich hörte sie nicht.

Wie in Zeitlupe stapfte sie vorwärts. Sie hörte nicht, was Heisenberg und Wurz ihr zuriefen. Sah nicht, was links und rechts von ihr passierte, ihr Blick war auf den silbergrauen Kopf fixiert, dessen Umrisse sie hinter der Windschutzscheibe des Hondas erahnte. Sie dachte an nichts, nur an die Frau, die in diesem Auto saß und die sie einmal geliebt hatte. Mit jedem Schritt wurde ihre Wut größer. Die Wut auf diese Lügnerin, Betrügerin und Mörderin, die auf ihren Emotionen, auf ihrem Selbstwertgefühl und ihrer Berufsehre herumgetrampelt war. Sie konnte es nicht den anderen überlassen. Sie selbst musste die Sache beenden. Musste Renate aus dem Wagen zerren und ihr Handschellen anlegen. Renate würde nicht auf sie schießen, sonst hätte sie es schon auf dem Friedhof getan.

»Das Spiel ist aus! Komm raus«, brüllte sie, als sie die halbe Strecke zurückgelegt hatte.

»Bleib stehen!«, rief Renate aus dem geöffneten Fenster und ließ den Motor aufheulen. »Oder du bist tot.«

Der rote Honda duckte sich vor Selma wie ein Raubtier, geschmeidig und sprungbereit.

»Schieß, Toni!«, schrie eine Stimme dicht hinter ihr. »Auf die Reifen!«

»Geh aus meiner Schusslinie!«, schrie eine andere Stimme zurück.

Einen Wimpernschlag später sprang das Raubtier auf sie zu. Sie hätte Zeit gehabt, aus seiner Bahn zu hechten, aber sie war in die Tiefen der eisgrauen Augen gestürzt, die sie fixierten, denen sie nicht auskam. Noch ein Herzschlag, dann würde der Wagen sie überrollen.

Ihr fiel ein, dass sie seit Wochen nicht mehr mit ihren Eltern telefoniert hatte, und ihr blieb ein halber Herzschlag, um es zu bedauern.

Dann ein harter Stoß, und das Letzte, was sie sah, bevor es zum dritten Mal an diesem Tag schwarz vor ihren Augen wurde, war Asphalt, der rasend schnell auf sie zukam.

»Schieß, Toni!«, schrie Heisenberg und stolperte hinter ihr her. Sie war viel zu nah. Die eiskalte Mörderin würde Selma überfahren.

Kruzifixsakrament! Warum war er wieder einmal unbewaffnet?

Die rote Kühlerhaube kam näher. Jetzt hatte Heisenberg Selma erreicht. Mit aller Kraft versetzte er ihr einen Stoß.

»Daneben«, dachte er boshaft, als er sie aus der Gefahrenzone fliegen sah. Im selben Moment riss ihm die Stoßstange die Beine weg.

Sein Oberkörper prallte auf den roten Kühler.

Der Kühler warf ihn ab wie einen dilettantischen Reiter. Er flog nach vorne weg, wurde auf die Straße geschleudert.

Das Vorderrad erfasste ihn.

Er hörte ein Knacken, wie das Brechen eines trockenen Astes unter Stiefelsohlen. Ein unerfreuliches Geräusch.

Statt Schmerz fühlte er Hitze. Statt des Films mit Retrospektiven aus der Kindheit, den Sterbende in ihren letzten Momenten angeblich vorüberziehen sahen, fühlte er nur eine große Dankbarkeit. Er war dankbar für die schönen Zeiten mit Thea, mit Valentina. Nur schade, dass er nicht mehr …

Zwar passten unglaublich viele Gedanken in wenige Sekundenbruchteile, aber den letzten konnte er nicht zu Ende führen. Er tauchte in eine dunkle Substanz ein, die sich warm und wattig anfühlte. Wie Badewasser, ohne nass zu sein. Und dann leuchtete gleißend hell ein Licht auf.

Er hatte keine Angst, als er zügig auf das Licht zuging.

Die gnädige Dunkelheit dauerte nur einen Augenblick. Sie wurde vom Schmerz zerrissen, der durch Selmas rechte Schulter schoss. Die Schulter, die auf den Randstein geknallt war. Ihr Gesicht brannte vom Asphalt und der Schädel begann wieder zu dröhnen. Sie wäre gern liegen geblieben, aber als sie ein lautes Krachen und Knirschen hörte, rappelte sie sich hoch. Der bergab rasende Honda hatte Wurz' Dienstwagen gerammt und zur Seite geschoben. Mit eingedrückter Schnauze setzte er seine wahnwitzige Talfahrt fort, während Wurz auf die Reifen schoss, dreimal, viermal. Selma konnte nicht ausmachen, ob er getroffen hatte.

Wütend heulte der Motor des Hondas auf. Viel zu schnell raste Renate durch die Kehre. Die Hinterräder brachen aus, sie lenkte dagegen. Der Wagen schlingerte auf die Leitplanke zu. Und an der einzigen Stelle, an der sie durchbrochen war, weil ein Güterweg einmündete, schien er zu bocken. Wie ein scheuendes Pferd bäumte er sich auf und stürzte über die Böschung.

Selma schrie tonlos. Sie humpelte über die Straße, zur Absturzstelle, schaute in den Abgrund und hielt den Atem an.

Der Honda war an die dreißig Meter fast senkrecht in die Tiefe gestürzt, wie ein Spielzeug aus Blech gegen Felsen gekracht, hatte sich überschlagen und war schließlich als Schrotthaufen in der Lawinenverbauung hängen geblieben. Zwei, drei Sekunden lang geschah nichts, dann zerriss ein ohrenbetäubender Knall die Stille. Der Wagen, Renate, ein Stück von Selmas Vergangenheit und ein halber Zentner Gefühle gingen in Flammen auf.

Mit Tränen in den Augen starrte sie auf die grausige Szene. *Hoffentlich bist du bewusstlos gewesen oder tot, bevor das Feuer dich erfasst hat.*

Mit einem Ruck riss sie sich los und rannte zurück, weg von dem entsetzlichen Anblick. Der deutsche Lenker, der am rechten Fahrbahnrand stand, signalisierte, dass er einen Notruf abgesetzt hatte. Nur Spezialisten von der Feuerwehr konnten das Wrack bergen. Für Renate würde es keine Hilfe mehr geben.

Selma ignorierte das Stechen in ihrem Knie. Sie rannte an Wurz' lädiertem Dienstwagen vorbei, rannte auf Wurz zu, der mitten auf der Straße kniete, über ein dunkles Bündel gebeugt.

»Atme!«, schrie er, und seine Arme pumpten auf und ab, mit der maschinenhaften Regelmäßigkeit wild gewordener Kolben, die nur stillstanden, wenn er seinen Mund über das Bündel beugte und es küsste.

Selma weigerte sich, das Gesehene zu verstehen. Erst als sie unmittelbar hinter Wurz stehen blieb und an der Art und Weise, wie sich der blonde Wirbel in seinem Nacken sträubte, seine Verzweiflung ermessen konnte, sickerte die Erkenntnis langsam in ihr Gehirn. Und als sie die Beine erkannte, die seltsam verrenkt aus dem Kleiderhaufen ragten, begriff sie endgültig: Das Bündel war Heisenberg.

Er hatte ihr das Leben gerettet.

Und jetzt starb er.

26

16. Mai

Sie gurgelte mit dem extrascharfen Mundwasser, um den Geschmack nach Erbrochenem loszuwerden. Der Anblick ihres Gesichts im Badezimmerspiegel gab ihr den Rest. Blassgrauer Teint, Schürfwunden auf der Stirn und über dem rechten Wangenknochen, Spuren von orangefarbener Desinfektionsflüssigkeit, gerötete Augen, die halb so groß waren wie sonst, weil sie von dicken Tränensäcken überwuchert wurden. Strähniges, mattes Haar. Und das da, um die Mundwinkel, waren das Fältchen?

Wie auch in der Nacht zuvor hatte sie sich stundenlang herumgewälzt und war erst in den Morgenstunden in einen unruhigen Schlaf gefallen. Und wieder hatte sie im Traum auf der Straße gestanden, bewegungsunfähig, wie im Boden verwurzelt. Das Auto war auf sie zugerast. Renates Bob hatte im Abendlicht feuerrot geleuchtet, und sie hatte warmherzig gelächelt, wie früher. Erst kurz bevor sie Selma überrollte, verwandelte sie sich in die silbergraue Frau mit dem Antlitz aus Stein.

Bevor die Vorderreifen ihren Brustkorb zerquetscht hatten, war Selma schweißgebadet erwacht, ins Bad getaumelt und hatte sich übergeben.

Nach einer ausgiebigen Dusche und zwei Tassen Tee mit einer doppelten Portion Zucker fühlte sie sich wieder wie ein Mensch. Ein Mensch, der etwas Großes verloren hatte. Die Dienstwaffe? Einen Körperteil? Vertrauen? Den Boden unter den Füßen?

Sie lachte bitter auf. Dann tippte sie das Schreiben fertig, das sie gestern aufgesetzt hatte, an dem freien Tag, der ihr von Wurz verordnet worden war, um ihre Wunden zu lecken, die sichtbaren und die unsichtbaren. Sie steckte es in ein Kuvert und machte sich auf den Weg.

Niemand lächelte, als Selma den Besprechungsraum betrat und in die Runde nickte. Alle wirkten betreten, sogar der abgebrühte

Bartsch und der immer coole Weinreich. Linda sah aus, als hätte sie geweint.

»Eigentlich wäre jetzt der Zeitpunkt, Korken knallen zu lassen und zu feiern«, eröffnete Wurz die Sitzung. »Wir haben mit dem Fall Tim Kabiersch einen Cold Case gelöst. Die Morde an Bruno Kleinheinz und Kurt Gudera sind ebenso geklärt.«

»Und wer '94 den Sandler erschlagen hat, das wissma auch«, sagte Weinreich.

Wurz nickte. »Außerdem verdanken uns die Kollegen vom Verfassungsschutz den Coup, den sie gegen die rechtsradikale Szene gelandet haben. Die gestrige Razzia im Vereinslokal der Brüder Thors hat zu achtundzwanzig Festnahmen geführt, und neben dem Mord am unterstandslosen Walter Taschner gibt es Hinweise auf zahlreiche andere bisher ungeklärte Verbrechen, die aufs Konto der braunen Brüder gehen.« Wurz versuchte, in die Runde zu lächeln, aber seine Bergbauernwangen wirkten fahl, und die Mundwinkel spielten nicht mit. »Erfolge, die in die Geschichte unserer Abteilung eingehen werden. Die Innenministerin hat mir ihre Glückwünsche übermittelt und lässt euch allen ausrichten, wie zufrieden sie mit den jüngsten Entwicklungen ist.«

»Dann darfst jetzt du statt dem Gschwandtner nach Wien fliegn und mit ihr beim Plachutta speisn, gell?« Weinreich grinste dreckig. »Hast dir schon einen zweiten Vornamen zuglegt? Und Taschentüchln mit eingsticktem Monogramm?« Er verriet, dass er endlich herausgefunden hatte, wofür das R in Gschwandtners Namen stehe. »Remigius. Das is fei Lateinisch und heißt Ruderer. Passt das nicht wie die Faust aufs Aug?« Er blickte in die Runde, aber niemandem war nach Lachen zumute, also angelte er eine Zigarette aus der Packung und drehte sie zwischen seinen Fingern.

Wurz räusperte sich. »Wie auch immer. Ihr habt alle großartige Arbeit geleistet, und ich möchte mich für euren Einsatz bedanken. Und wie schon gesagt, jetzt wäre der Zeitpunkt für den lange versprochenen Sekt. Aber in Anbetracht der traurigen Umstände …«

Linda schluchzte auf. Ihre Augen füllten sich mit Tränen,

die über ihre Wangen kullerten und helle Spuren im Make-up hinterließen. Mit einem Taschentuch tupfte sie in ihrem Gesicht herum, bis sich blaue und schwarze Flecken von Lidschatten und Wimperntusche zu den Tränenspuren gesellten.

»… schlage ich vor, dass wir das auf bessere Zeiten verschieben.«

»Wie geht es ihm?«, platzte Bartsch heraus. »Gestern war aus den Ärzten nichts herauszukriegen. Weiß man heute mehr?«

Linda verlor die Beherrschung. Laut heulend stürzte sie hinaus.

»Wird er sterben?«, fragte Mitterhofer mit kaum vernehmbarer Stimme, als könnte er durch reduzierte Lautstärke das Ungeheuerliche in seiner Frage mildern.

Selma zuckte mit den Schultern. »Sein Zustand ist unverändert kritisch. Die Ärzte sprechen von einem Polytrauma. Trümmerbruch des Oberschenkelknochens, Beckenfraktur, Wirbelfraktur. Ein Wirbelkörper hat sich komplett ins Rückenmark gebohrt.« Sie schluckte. Jedes einzelne Wort, das ihren Mund verließ, wog eine Tonne. Und jedes einzelne Wort führte drei Kollegen im Schlepptau, die da hießen: DU – BIST – SCHULD. Sie presste ihre Fingernägel in die Handballen. »Dazu kommen schwere innere Verletzungen. Eine Leberquetschung, glaube ich, auf jeden Fall ein Milzriss. Die Milz musste entfernt werden. Und ein Schädel-Hirn-Trauma, weil er zuerst mit dem Kopf auf den Asphalt geprallt ist.« Sie keuchte wie nach einem Marathonlauf. »Sie haben ihn in künstlichen Tiefschlaf versetzt.«

»Und was heißt das jetzt genau?« Die Zigarette, mit der Weinreichs Finger gespielt hatten, war in zwei Teile zerbrochen, von denen er einen zerkrümelte. »Ich mein, wenn er aufwacht, wird er dann …?«

»Querschnittgelähmt sein.« Selma griff sich an den Hals. Aber da war nichts. Was ihr die Kehle zuschnürte, saß innen drin. Sie sah niemanden an, blickte stur aus dem Fenster. Sonst würde sie wie Linda in Tränen ausbrechen, und das sparte sie sich lieber für die Nächte und die Momente, in denen sie allein war. »Sofern er nicht an irgendwelchen Komplikationen stirbt«, sagte sie schnell. »Oder ein Wachkomapatient bleibt.«

Sie spürte, dass sie die aufsteigenden Flüssigkeiten nicht mehr lange kontrollieren konnte, stand rasch auf und verließ das Besprechungszimmer grußlos.

Zwanzig Minuten später, nachdem sie sich beruhigt hatte, besuchte sie Mitterhofer, der in Gschwandtners ehemaliges Büro übersiedelt war, weil Wurz dort nicht arbeiten wollte und es fast doppelt so groß und viel heller war als sein bisheriges.

Er tippte gerade an einem Bericht und sah verblüfft auf.

Selma überreichte ihm ein Päckchen. »Ich möchte dir was schenken, Mark.«

»Wieso? Habe ich ein Dienstjubiläum? Geburtstag jedenfalls nicht.«

»Das ist nur eine kleine Aufmerksamkeit, quasi als Entschuldigung.«

»Wofür denn?«

»Sei mir nicht böse, aber das möchte ich gern für mich behalten. Nur so viel: Ich habe schlecht über dich gedacht und erkannt, dass ich arg danebenliege. Es tut mir wirklich leid!«

Sie küsste ihn auf beide Wangen und verschwand, noch während sich das Tomatenrot bis unter seine Haarwurzeln ausbreitete. Weil sie Mark privat so gut wie gar nicht kannte, hatte sie lange überlegt und sich dann für ein edles Notizbuch entschieden und für eine Schreibfeder von Montblanc, die ihr Budget eigentlich überstieg; die sie trotzdem für eine unzureichende Entschädigung hielt angesichts ihrer Anschuldigungen. *Seine klimperkleinen Buchstaben werden damit bestimmt niedlich aussehen.*

Sepp Weinreich überreichte sie ein altmodisches Zigarettenetui, um ihm für seine unbürokratische Hilfe zu danken. »Mei, hab i a Gaudi!«, rief er immer wieder. Und Linda bekam einen Gutschein für eine Parfumerie. »Weil ich dir mehr als einen Gefallen schulde und du mir so oft deine Puderdose geliehen hast.«

Linda fiel Selma um den Hals und brach schon wieder in Tränen aus. *Hoffentlich kauft sie sich wasserfesten Mascara davon.*

Ihr letzter Gang führte sie zum Büro von Toni Wurz, der gerade wie besessen an einem Bericht tippte. Sie schenkte ihm eine neue Tasse mit der Aufschrift »Chef«, weil bei seiner alten das F fehlte, und einen wunderschönen Rosenquarz. »Der soll dich vor Computerstrahlen und bösen Staatsanwältinnen beschützen.«

Er musterte sie mit zusammengekniffenen Augen. »Warum verteilst du Geschenke?«

»Deshalb.« Sie drückte ihm ein Kuvert in die Hand.

»Was ist das?«

»Meine Kündigung.«

»Bist du verrückt?« Er sprang auf und schleuderte das Kuvert von sich, als wäre es eine Giftspinne. »Abgelehnt!«

Selma blickte zu Boden und schüttelte den Kopf. »Netter Versuch, Toni. Aber ich bin fest entschlossen.«

»Ich hab's dir gleich gesagt, ein freier Tag ist zu wenig nach allem, was passiert ist. Ich möchte, dass du Urlaub nimmst und über deine Entscheidung erst wieder nachdenkst, wenn der Schreck verflogen ist.«

»Urlaub steht mir sowieso noch zu.« Nachgedacht hatte sie in den letzten zwei Nächten zur Genüge.

Als sie nach Hause radelte, braute sich vom Westen her eine Gewitterfront zusammen. Erste Blitze zuckten hinter anthrazitfarbenen Wolkentürmen. Selma kümmerte sich nicht darum. Trotz der Trauer und der Enttäuschung über sich selbst, die ihr noch immer die Kehle zuschnürten, empfand sie so etwas wie Erleichterung. Nach achtundvierzig Stunden Dunkelheit entdeckte sie einen schwachen Hoffnungsschimmer am Horizont. Sie hatte eine Tür für immer zugeschlagen und wusste nicht, wohin sie sich wenden sollte. Aber eines wusste sie genau: Nie wieder würde jemand zu Schaden kommen, weil sie eine miserable Polizistin war.

27

18. Juni

Plopp – siebzehn.

Seine Gedanken tröpfelten in unerträglicher Langsamkeit dahin, wie der Medikamentencocktail, den sie ihm täglich verabreichten. Aber was machte es schon, mit welcher Geschwindigkeit er dachte? Er musste dankbar sein, dass sein Gehirn überhaupt noch etwas Ähnliches wie Gedanken zuwege brachte.

Plopp – achtzehn.

Dankbar? Unsinn! Besser wäre es gewesen, die Frau mit den kalten Augen, deren Name ihm nicht mehr einfallen wollte, hätte nicht seinen Unterleib, sondern den Kopf überrollt. Dann müsste er sich jetzt nicht von fremden Menschen den Hintern wischen lassen. Müsste den Steuerzahlern nicht auf der Tasche liegen. Und nicht die Tropfen der Infusion zählen, weil er zu keiner vernünftigeren Beschäftigung mehr fähig war. Fetzen eines vertrauten Songs wehten durch seinen Kopf. »I hope I die before I get old.« Wie gern hätte er den Infusionsständer gepackt und damit die Einrichtung zertrümmert.

Plopp – neunzehn.

Die Sonne schien schräg ins Zimmer, es musste später Nachmittag sein. Gleich würde der »Abendsport« beginnen.

So nannte sich die Massage seiner Zehen durch die dürre Schwester Dingsda. Er konnte sie nicht leiden, obwohl sie sich jeder einzelnen Zehe mit Hingabe widmete. Dass er sie nicht mochte, lag nicht an den handtellergroßen Schweißflecken, die sich auf ihrem Kittel abzeichneten. Ihr Schwitzen störte ihn nicht, denn seit seiner Kollision mit einem Kraftfahrzeug hatte der Geruchsnerv seinen Geist aufgegeben. Es lag auch nicht an ihren großen Füßen und den knochigen Händen. Seinen Zehen war es egal, dass sie nicht von grazilen Samthändchen begrapscht wurden, sie spürten die Berührung ohnehin nicht, waren taub und tot, überflüssige Anhängsel wie seine ganze untere Körperhälfte.

Plopp – zwanzig.

Aber seine Ohren begehrten auf, wenn sie die süßliche Stimme von Schwester Dingsda vernahmen. Ihre permanente Anwendung von Babysprache in Verbindung mit dem Majestätsplural brachte ihn zur Verzweiflung. »Wie geht's uns denn heute? Haben wir schon Stuhlgang gehabt?« Oder: »Ei der Daus, wir haben ja schon wieder Temperatur!«

Vor ein paar Tagen wollte sie ihn waschen, während ein junger Pfleger das Bett frisch bezog. »So, mein Lieber, dann wollen wir uns mal entblättern!«, trällerte sie, und darauf hatte Heisenberg nur gewartet.

»Hilfe!«, rief er. »Die Schwester zieht sich auch aus!«

Der Pfleger starrte ihn entgeistert an, dann färbte sich sein Gesicht knallrot, und er versuchte, das Lachen zu unterdrücken. Schließlich platzte er doch heraus und war von der wütenden Dingsda aus dem Zimmer gejagt worden.

Plopp – einundzwanzig.

Der Vorfall hatte ihm zu denken gegeben. Es war die erste Belustigung, an die er sich erinnern konnte, seit er aus dem Koma erwacht war. Und er fragte sich, ob die kleinen Bosheiten, zu denen er noch fähig war, das einzige Vergnügen bleiben würden, das ihm in seinem Zustand blieb.

Schwester Dingsda hatte seither das Zuckrige aus ihrer Stimme verbannt. Beim Massieren seiner Zehen war sie grob, zumindest wenn er ihrem grimmigen Gesichtsausdruck glauben konnte. Nicht dass seine Zehen den Unterschied gespürt hätten.

Um seine Gedanken von der nutzlosen Körperhälfte abzulenken, tastete er nach dem Stein auf seinem Nachttisch, einem unscheinbaren graubraunen Ding, das wie die Imitation eines missglückten Kekses aussah und sich wie Granit anfühlte. Angeblich hatte es sich während des Unfalls in einer seiner Westentaschen befunden und das Überrolltwerden im Unterschied zu seinen Knochen unversehrt überstanden. Obwohl er nicht wusste, welche Bewandtnis es damit hatte, diente ihm der Stein seither als Glücksbringer. Es war ein gutes Gefühl, wenn seine Linke ihn umschloss und drückte, bis das seltsame Material in seiner Hand immer wärmer wurde.

Plopp – zweiundzwanzig.

Es klopfte, die Tür wurde aufgedrückt. Doch es war nicht das hagere, duttbekrönte Gesicht von Schwester Dingsda, das im Türspalt erschien, sondern ein auffallend attraktives, von tizianroten Locken gerahmtes Antlitz. Grünbraune Augen, so rätselhaft wie die der Mona Lisa, eine prominente Nase, sinnliche Lippen in Mauve. Über den Namen dieser Frau musste er nicht nachdenken, in feurigen Lettern sprang er ihm förmlich entgegen. Und auch die Umstände ihres letzten Zusammentreffens konnte sein Gehirn fehlerfrei aufrufen. Eine Sache, die ihn erfreut hätte, wäre die Erinnerung nicht so unerquicklich gewesen.

»Hallo, Willi!«, sagte Valentina leise.

Einen Moment war er versucht, seine armseligen Kräfte zu bündeln und ihr seine ganze Enttäuschung entgegenzuspucken. Was wollte sie denn von ihm? Ihre Neugier befriedigen? Damit sie sich dann – erleichtert, den Krüppel rechtzeitig verlassen zu haben – umso ausgelassener mit ihrem Tangotänzer vergnügen konnte, diesem Franz oder Frank?

Plopp – dreiundzwanzig.

Aber er spuckte nicht. Er beherrschte sich und überlegte. Und während Valentina Schritt für Schritt sein Zimmer durchmaß und sich dem Bett näherte, gebar sein Gehirn eine Idee. Eine erstaunlich brillante Idee für jemanden, der vor sechs Wochen ein Schädel-Hirn-Trauma erlitten hatte.

Er schwieg und starrte auf einen fiktiven Punkt hinter ihrer Nase, also praktisch durch sie hindurch.

»Wie geht es dir?« Sie streichelte vorsichtig über seinen Handrücken.

Es kitzelte, aber er reagierte nicht. Schwieg.

Dann nahm sie seine Rechte und drückte sie.

Er ließ es geschehen, ohne den Druck zu erwidern, als wären seine Finger ebenso schlappe Lappen wie die Zehen. Dabei fixierte er weiterhin denselben Punkt in der Ferne. Er versuchte, dabei zu schielen. Leider konnte er nicht kontrollieren, ob es ihm gelang.

Plopp – fünfundzwanzig. Oder vierundzwanzig? Mist, er hatte sich verzählt.

Er starrte kontinuierlich durch sie hindurch und blieb stumm.

Seine Linke drückte den Stein, der angenehme Wärme abstrahlte.

Valentina fühlte sich sichtlich unwohl. Sie zog ihre Hand zurück, setzte sich. Ihr Blick glitt über die Geräte, die um sein Bett herumstanden, über seine zerstochenen Arme, den Beutel mit seinem Harn. Dann versuchte sie ihm in die Augen zu schauen. »Ich bin gekommen, um dir zu sagen, dass es mir unendlich leidtut. Dein Unfall«, sie seufzte, »und die Sache mit Fritz.«

Aha, dachte er. Fritz hieß der Tangofritze also.

Fahrig wischte sie eine Haarsträhne aus ihrem Gesicht. »Ach, Willi, ich war so wütend, als du mich versetzt hast. Und ich war eifersüchtig, dass du die Gesellschaft dieser jungen Polizistin unserem gemeinsamen Tanzabend vorgezogen und mich nicht einmal angerufen hast. Da habe ich mit Fritz die Bogenlokale unsicher gemacht. Alles ganz harmlos, ich wollte nur deine Eifersucht schüren. Aus einer kindischen Rache heraus.«

Harmlos, ja freilich. Und mein Schwein pfeift, dachte er.

»Und dann ist es passiert.« Sie hielt ihre Hände an die Schläfen. »Versteh doch, Fritz ist jung, er sieht gut aus, kann phantastisch tanzen. Und er hat auf Teufel komm raus mit mir geflirtet. Da habe ich mich blöderweise in ihn verliebt!« Wieder näherte sie sich seiner Hand, hielt aber auf halbem Weg inne. »Es war wie ein Rausch, ich habe alles um mich herum ausgeblendet. Wie schön es mit uns beiden war und wie weh dir mein Verhalten tun musste. Annas Vorhaltungen und deine Anrufe.« Sie schüttelte den Kopf. »Ich war dumm, habe nicht nachgedacht.«

Doch, das hatte sie. Aber mit dem falschen Körperteil.

»Als ich gehört habe, dass du in Lebensgefahr schwebst, bin ich endlich aufgewacht. Ich wollte dich besuchen, als du noch im Koma lagst, aber die Ärzte haben mich weggeschickt. Du brauchst Ruhe, hieß es. Und als es dir dann besser ging, waren plötzlich Zweifel da, ob du mich überhaupt noch sehen willst.«

Hättest du lieber weitergezweifelt, dachte er und beschloss, seine geniale Idee auszubauen. Langsam ließ er seinen Unterkiefer nach unten klappen. Fast wie in der Übung, die ihm die nette junge Physiotherapeutin gezeigt hatte. Dabei starrte er weiterhin unvermindert auf denselben Punkt hinter Valentinas Nase.

»Ich habe Fritz verlassen.«

Wer's glaubt. Viel wahrscheinlicher war, dass der schöne Fritz die Cellulite ihrer Oberschenkel sattbekommen hatte und lieber zwischen die sehnigen Schenkelchen seiner argentinischen Partnerin zurückgekehrt war.

Valentina versuchte, seinen Blick festzuhalten, aber er hielt sich eisern an seinen Plan und schaute durch sie hindurch. Das war ein Kraftakt für seine angeschlagene Konzentration. Die Anstrengung regte den Speichelfluss an, sein Mund füllte sich.

»Ich liebe dich, Willi. Kannst du mir verzeihen?«

Kruzifixsakrament. Seine Linke krampfte sich um den Stein. Wenn ihn nicht vor sechs Wochen ein Auto überrollt hätte, hätte er Valentina jetzt an sich gerissen, hätte Ja gesagt. Nein, gebrüllt hätte er das Ja, hätte vor Freude geweint, sie geküsst und ihr einfach alles nachgesehen. Jede Affäre, jeden Mord. Zum Tausch gegen den wundervollen, den einzigartigen Klang dieses Satzes: »Ich liebe dich, Willi.«

Aber er war jetzt ein anderer. Ein Krüppel. Einer, der keinen mehr hochkriegte. Der nicht mal allein Pipi machen konnte. Der Speichel in seinem Mund lief über, folgte der Schwerkraft, zog eine Spur über sein Kinn und tropfte auf seinen Pyjama.

Aus dem Augenwinkel sah er, wie sich ihre Pupillen vor Entsetzen weiteten. »Willi, verstehst du mich?«

Er ließ seiner brillanten Idee weiter ihren Lauf und zuckte zusätzlich ein bisschen mit den Armen, als hätte er einen milden Stromstoß erlitten.

»Willi? Ist alles in Ordnung?« Sie sprach lauter, betonte jede einzelne Silbe. »Ver-stehst du, was ich sa-ge?«

Es ging längst nicht mehr um das Verzeihen irgendwelcher Seitensprünge. Es ging auch nicht um den Gedanken, wer Fritz nachfolgen würde. Der Briefträger? Der Friseur? Oder der hübsche Student, der im Drogeriemarkt an der Kasse saß? Was er nicht ertragen konnte, war die Vorstellung, dass Valentina ihn Tag für Tag so sehen müsste. So hilflos. Gebrechlich. Pflegebedürftig. Nutzlos. Impotent. Dass sie womöglich seinen Rollstuhl schieben und seine Exkremente entsorgen müsste.

»Ich lie-be dich!«

Ich dich auch, trotz allem. Vor allem liebte er ihre Buntheit, ihre Leichtigkeit, ihre Flatterhaftigkeit. Die Pflege eines Behinderten passte nicht zu Valentinas Wesensart. Ein Hippiemädel wie sie wollte tanzen, ausgehen, sich amüsieren und ab und zu mit jüngeren Männern vögeln. An einen Invaliden und seinen Rollstuhl gefesselt, würde sie verblassen wie das Gefieder eines ausgestopften Vogels an einer sonnenbeschienenen Wand.

Er ließ seinen Blick noch eine Nuance glasiger werden und den Speichel weiterfließen, zuckte ab und zu mit einem Arm und stieß ein oder zwei unartikulierte Laute aus.

»Bitte, ich flehe dich an. Sag doch was! Gib mir ein Zeichen, wenn du mich verstehst.«

Es klopfte. *Kruzifixsakrament.* Garantiert war das Schwester Dingsda, die zur Abendgymnastik schreiten wollte. Und garantiert würde sie ihn auffliegen lassen.

Fehlalarm. Eine junge Frau betrat sein Zimmer. Schmale Gesichtszüge, große dunkle Augen hinter pink gefassten Brillengläsern. Die junge Revierinspektorin, deren Name ihm partout nicht einfallen wollte, obwohl sie fast täglich aufkreuzte. Ella oder Emma?

»Hallo, Willi. Oh, wie ich sehe, hast du Besuch. Dann komme ich einfach später wieder.« Schon drehte sie sich um.

Valentina sprang auf. »Nein, nein, treten Sie nur ein. Ich wollte gerade gehen.« Ihre Stimme zitterte unüberhörbar. »Ich glaube, er … er erkennt mich nicht mehr.« Sie stürzte hinaus.

Phantastisch! Seine Idee hatte funktioniert. Als er seine verkrampfte Linke öffnete, starrte er auf ein Häuflein Krümel. Der Stein, sein Glücksstein, war zerbrochen. Und plötzlich wusste er nicht mehr, ob er sich über Valentinas Abgang freuen oder enttäuscht sein sollte. Auf jeden Fall wollte er jetzt allein sein, vielleicht sogar die ein oder andere Träne vergießen, sofern sein Gehirn noch wusste, wie man weinte.

Doch schon nahm seine junge Besucherin auf dem einzigen Stuhl Platz. Als sie ihm mit einem Taschentuch den Speichelfaden vom Mund wischen wollte, schob er ihre Hand beiseite. »Was willst denn du schon wieder? Kann man nie seine Ruhe haben?«

»Wie geht es dir?«

»Wie soll es einem Krüppel schon gehen?«, knurrte er. »Um mich das zu fragen, brauchst du wirklich nicht jeden Tag vorbeizuschauen.«

Sie lächelte ihn zaghaft an. »Du siehst jedenfalls viel besser aus als gestern.«

Er versuchte, mit den Augen zu rollen, leider bekam er es nicht hin.

»Weißt du schon das Neueste?«

»Meine Laborwerte, die Fieberkurve oder die Stuhlgangstatistik betreffend?« Andere Neuigkeiten schienen in diesen Räumen nicht zu existieren, zumindest drangen sie nicht an sein Ohr und interessierten ihn auch nicht.

»Linda hat mich angerufen und mir erzählt, dass du einen Orden bekommen sollst. Ein gewisser William R. Ellington, Undersheriff im Police Department Las Vegas, hat ihr gemailt, dass sie den erweiterten Selbstmord von Bill McKenzie noch einmal aufgerollt haben. Deine Theorie hat sich als vollkommen richtig erwiesen! Bill McKenzie wurde von seiner Frau ermordet. Der Einsatz von Luminol hat Blutspuren ans Licht gebracht, obwohl der Raum offensichtlich gründlich gereinigt worden war. Und die Unterschrift auf seinem Abschiedsbrief war eine Fälschung.«

Ellington? McKenzie? Die Namen sagten ihm gar nichts.

»Die Tote auf dem Beifahrersitz, der Verena alias Renate ihren Ehering angesteckt hat, war eine alte Frau, die sie nachts aus einer Aufbahrungshalle entwendet hat. Das Begräbnisinstitut hat das Fehlen der Leiche zwar bemerkt, den Vorfall aber aus Angst vor Negativpropaganda vertuscht.«

Wer um alles in der Welt war Verena alias Renate? Gehört hatte er diese Namen schon. War das nicht die Frau mit den kalten Augen, die ihn überfahren hatte?

Die Revierinspektorin – Erna? Alma? – lächelte. Ein hübsches Lächeln, das ihre großen Augen zum Strahlen brachte, ohne die Melancholie, die in ihnen wohnte, zu vertreiben. Wenn ihm nur endlich ihr Name einfiele! Dabei hatte er vor seinem Unfall viel Zeit mit ihr verbracht, daran erinnerte er sich. »Jedenfalls hat dieser Undersheriff Ellington gesagt, dass sie dich nach Vegas einladen. Du sollst eine Auszeichnung bekommen, irgendeinen

Orden um Verdienste des Staates Arizona.« Sie senkte die Stimme. »Toni hat ihm von deinen schweren Verletzungen erzählt und dass du voraussichtlich erst in ein paar Wochen oder Monaten fliegen kannst. Aber dass du dich sehr über die Auszeichnung freust und den Besuch sicherlich nachholen wirst!«

»Nein!« *Kruzifixsakrament*. Dieser Undersheriff sollte sich den Orden an seinen Cowboyhut stecken, ihm konnte er gestohlen bleiben! Er konnte weder gehen noch seine Zehen bewegen, da wollte er ans Fliegen nicht einmal denken. Und worüber er sich freute oder nicht, das wollte er sich schon gar nicht vorschreiben lassen. So weit käme es noch! Nur weil er ein körperliches Wrack war, ließ er sich noch lange nicht entmündigen.

Seine Besucherin ging nicht auf seinen Protest ein, sondern sprach weiter, ohne Luft zu holen. »Gestern ist übrigens deine Nachbarin wieder nach Hause gekommen. Ich habe ihr Heino zurückgebracht. Sie lässt dir herzliche Grüße ausrichten. Sobald sie sich etwas sicherer auf den Beinen fühlt, will sie dich besuchen.«

An seine Nachbarin konnte er sich erinnern. Die alte Frau Weh…, nein, Woh… Sie hatte sich jedenfalls an der Hüfte operieren lassen. Aber was für ein Heino? Hatte er sich etwa eine CD von dem ollen Schlagerfritzen ausgeborgt?

»Caruso ist übrigens todtraurig. Sie winselt die ganze Zeit. Und ich fürchte, sie ist schwanger. In der Aufregung der letzten Wochen muss ich ihre Läufigkeit völlig übersehen haben.«

Also doch eine CD. Aber nicht Schlager, sondern Oper. Entweder war die Revierinspektorin ein Musikbanause, oder es handelte sich um eine schlechte Aufnahme, wenn sie den Gesang eines Caruso als Winseln bezeichnete. Das mit der Schwangerschaft verstand er nicht. Es war ihm auch egal. Er war müde. Sollte die Plaudertasche doch weiterquatschen, er würde erst einmal die Augen schließen.

Selma seufzte. »Na ja, es gibt Schlimmeres als ein paar süße Welpen. Zwei Interessenten habe ich schon. Linda will einen Rüden haben. Und die Mari-Tant von Sepp Weinreich, die in der Konditorei im Brandnertal arbeitet und ihm immer die Prügeltorten spendiert, vielleicht eine Hündin.« Aufmerksam beobachtete sie seine Gesichtszüge. Er hatte die Augen geschlossen. Seine Brust hob und senkte sich regelmäßig. Schlief er? Oder täuschte er den Schlaf nur vor wie vorhin seine Debilität.

Ihr waren fast die Augen aus dem Kopf gefallen, als ihm der Speichel aus dem offenen Mund geronnen war und er gezuckt hatte wie ein Spastiker. Dabei meinten die Ärzte, er sei geistig wieder fast der Alte, von leichten Gedächtnis- und Konzentrationsproblemen einmal abgesehen.

»Linda will dich morgen wieder besuchen«, sagte sie leise, falls er wirklich schliefe. »Einstweilen lässt sie dich herzlich grüßen. Und Wurz rückt an, sobald er etwas weniger eingespannt ist. Der Severin war ja schon da. Sepp und Mark haben sich ebenfalls angekündigt. Da kommt in nächster Zeit wohl so einiges an Besuchen auf dich zu.«

»Sag ihnen, ich will sie nicht sehen«, knurrte er, erstaunlich wach und munter.

»Aber alle haben sich große Sorgen um dich gemacht. Und Toni hat dir –«

»Das Leben gerettet? Ich habe ihn nicht darum gebeten!«

Also wusste er doch, von wem sie sprach. Manchmal war sie sich nicht sicher, ob er sich überhaupt an sie erinnerte. Oder an die Namen der anderen. Aber anscheinend funktionierte sein Gedächtnis schon ganz gut, nur die jüngsten Ereignisse hatte er natürlich vergessen. Darüber war sie erleichtert.

Seine Knurrigkeit konnte sie gut verstehen. »Willi, es tut mir unendlich leid. Es ist meine Schuld, dass du überfahren wurdest. Wenn ich nicht so unendlich naiv gewesen wäre, hätte Renate nichts von unseren Ermittlungen erfahren. Bruno Kleinheinz würde noch leben. Gudera säße im Knast. Und du wärst noch der Alte.«

Er sagte nichts, nur seine Lippen verzogen sich.

»Auf dem Friedhof habe ich mich überrumpeln lassen wie eine Anfängerin. Und dann, als der Wagen auf mich zugerast ist, habe ich vollkommen unprofessionell reagiert. Ich hätte mich sofort zur Seite werfen müssen, aber ich war wie gelähmt.« Ihr war zum Heulen zumute. Es fiel ihr schwer, sich zusammenzureißen.

»Jedenfalls bin ich froh, dass ich die Konsequenzen gezogen habe. Die Revierinspektorin ist Geschichte. Nächste Woche fange ich als Kellnerin im Babalon an. Im Herbst möchte ich mit einer Ausbildung beginnen. Zur Sozialarbeiterin vielleicht oder zur Krankenpflegerin. Oder … Ach, ich weiß nicht.« Sie schluckte. Warum erzählte sie ihm das alles? Bestimmt interessierte es ihn kein bisschen. »Ich verstehe, wenn du mich hasst. Soll ich gehen und nie mehr wiederkommen? Oder –«

»Selma!«, krächzte er plötzlich. Als wäre ihm ihr Name gerade eingefallen. In seinen Augenwinkeln glitzerte etwas, und er tastete nach ihrer Hand. Fand und drückte sie. »Mir tut es leid. Meine miese Laune, die ich an meinen Mitmenschen auslasse, meine Freude an kleinen Gemeinheiten, der Lebensüberdruss, den ich nicht kontrollieren kann. Noch nicht, aber ich arbeite daran.« Sie bemerkte, dass seine Lippen rissig waren, nahm eins der Wattestäbchen aus dem Plastikbecher auf seinem Nachttisch und befeuchtete sie damit. Er räusperte sich. »Was passiert ist, ist passiert. Es ist nicht deine Schuld. Niemand ist schuld. Niemand, nur die beiden Mörder. Dieser Gudera. Und die Frau mit den kalten Augen. Renate?«

Sie nickte.

»Ich freue mich über deinen Besuch. Aber komm nicht so oft. Leb dein eigenes Leben, ja?«

Die Tür wurde aufgerissen. Eine hagere Schwester mit einem beleidigten Gesichtsausdruck unter dem ordentlichen Dutt rauschte ins Zimmer. Heisenberg verdrehte die Augen.

Selma verabschiedete sich.

Während sie durch den Regen nach Hause radelte, grübelte sie über seine Worte nach. *Leb dein eigenes Leben.* Ja gut, aber wie? Woher sollte sie denn wissen, wie sie leben musste, um ihr eigenes Leben zu erwischen und nicht das Abziehbild von anderen? Sie war dreißig, hatte aber das Gefühl, sich selbst noch gar nicht richtig kennengelernt zu haben. Vielleicht sollte sie endlich damit beginnen, sich auf ihre Wurzeln zu besinnen?

Der Regen wurde stärker. Die Tropfen prickelten auf ihren Wangen und rannen vom Kinn in den Ausschnitt. Nach wenigen Minuten war sie pudelnass. Während ihre Zähne gegeneinanderschlugen und sich Gänsehaut über ihren ganzen Körper ausbreitete, freute sie sich auf ihr Zuhause. Auf trockene Kleider. Auf Caruso. Und sie beschloss, endlich den Semaver einzuweihen, sich ein, zwei Tassen von Aygüns Çay zu gönnen und aus dem Sud herauszulesen, was die Zukunft für sie bereithielt.

28

8. Dezember

In anderthalb Metern Tiefe lag das Skelett, in ein Tuch aus Leinen eingeschlagen und schön drapiert in einer hölzernen Kiste wie eine Praline aus handgeschöpfter Schokolade, und schien zu warten. Sechseinhalb Monate wartete es schon, das Ablaufdatum für handgeschöpfte Schokolade wäre bestimmt längst überschritten. Auch das Skelett sah nicht mehr taufrisch aus, aber was kann man von Skeletten anderes erwarten?

Am oberen Ende der Kiste klafften die Holzbretter gerade weit genug auseinander, dass der kahle Schädel herauslugen konnte. Die leeren Augenhöhlen starrten ins Braun, ein erdiges, gruftiges Braun, das die Unterschiede zwischen Tag und Nacht aufhob. Das permanente Dunkel war so undurchdringlich, dass das Skelett nichts sehen hätte können, nicht einmal, wenn es hätte sehen können. Auch die Hummelkönigin, die sich im Spätherbst in dem verlassenen Mäusenest niedergelassen hatte, nur wenige Zentimeter Luftlinie vom Totenschädel entfernt, blieb ihm verborgen. Mit dem Kälteeinbruch war sie in Morpheus' Arme gesunken und mit ihrer braunen Umgebung verschmolzen. Nur die gelben Streifen, die weiße Hinterleibsspitze und die Blütenstaubreste an den Beinen zeichneten sich ab und verliehen dem Wintergast das Aussehen einer halb angezuckerten Geleefrucht.

Das Skelett grinste – nicht wegen begehrlicher Gedanken an Geleefrüchte, sondern weil kahle Schädel das eben so machen. Es bleckte dabei die Zähne, die wie eine Ahnung von Weiß und Metall durch das bröselige Bunkerbraun schimmerten. Es war kein gehässiges Grinsen, sondern ein gutmütiges; als blicke das Skelett ohne Groll auf die sechseinhalb Monate seit seinem letzten oberirdischen Aufenthalt zurück und habe die verspielte Chance, auf immer bei den Menschen bleiben zu dürfen, akzeptiert. Über Gefühle wie Enttäuschung, Wut, Trauer und Neid war es erhaben.

Wenn es überhaupt etwas empfand, dann höchstens eine

gewisse Langeweile. Denn in den vergangenen sechseinhalb Monaten war nichts Nennenswertes passiert. Heerscharen von Bakterien hatten damit begonnen, das wächserne Bäuchlein und den Po zu zersetzen, deren völlige Verwesung absehbar war. Auch auf den blanken Knochen hatten sie sich angesiedelt und mit dem Abbau ihrer Zellsubstanz begonnen. Außerdem waren Erdkrümel und Sandkörnchen durch den Spalt in der Kiste gesickert, hatten sich auf die Knochen gelegt und mit ihren mikroskopisch kleinen Zähnen an ihnen genagt, bis sie rau wurden und auszufransen begannen.

Um die Zeit bis zu seiner restlosen Verwandlung in Staub zu überbrücken, setzte das Skelett wieder einmal auf die ablenkende Wirkung von Kopfkino. Diesmal griff es zum jüngsten Film in seiner Sammlung. Er hieß: *Tims Begräbnis.*

Auch in diesem Film war es zunächst dunkel, mucksmäuschenstill und langweilig. Dann ein gläsernes Klirren, der Vitrinendeckel wurde abgehoben. Das Skelett wurde herausgeholt und mit Karacho in den gleißend hell erleuchteten Sektionssaal gerollt. Die attraktive Gerichtsmedizinerin nahm es in Empfang. »Hallo, Tim«, grüßte sie und strich zärtlich über seine Patella. Sie sah dabei ihren Kollegen an. »Willst du dich nicht auch von ihm verabschieden?«

»Roll ihn mir aus den Augen, Sibylle. Wenn ich ihn schon nicht behalten kann, will ich ihn gar nicht mehr sehen«, knurrte er.

»Wir haben alles versucht. Mehr hätten wir nicht tun können.«

»Vermutlich nicht.« Die Duschhaube knisterte, als Prantl den Kopf schüttelte.

Das Skelett wurde zur Seite gerollt, neben einen der Metalltische, auf dem ein Neuzugang lag. Dem durfte es Gesellschaft leisten und zusehen, wie er zerschnitten wurde. Irgendjemand, der sehr wütend gewesen sein musste, hatte den Mann übel zugerichtet. Obwohl seine Haut in Fetzen herabhing, kamen dem Skelett die verzerrten Gesichtszüge irgendwie bekannt vor. Es hätte schwören können, dass es ihm schon einmal begegnet war. Bilder von einer Krawatte mit Fröschen flackerten auf. War das denn die Möglichkeit? Sollte das Schicksal siebzehn Jahre nach seinem Tod eine derartige Befriedigung für das Skelett bereithalten?

Hätte es gekonnt, es hätte applaudiert. Gespannt verfolgte es die gesamte Obduktion, begierig, keins der faszinierenden und gruseligen Details zu verpassen. Aus seinen riesigen Augenhöhlen starrte es auf das geschäftige Sägen, Schneiden, Schaben und Schnipseln, seine Ohrknöchelchen badeten in den reißenden, saugenden, klatschenden und schmatzenden Geräuschen. Akribisch hielt es alles fest, als hätte es geahnt, dass dieser letzte Film ihm die Finsternis bis zum Schluss verschönern würde.

Die Männer mit dem Sarg, die der Gerichtsmediziner namens Prantl schon einmal weggeschickt hatte, kamen wieder.

»Bestattung Haugstein«, sagte der jüngere der beiden, diesmal ohne die Hacken zusammenzuschlagen. Vermutlich hatte er sich inzwischen daran gewöhnt, dass die Zeit seines Wehrdienstes hinter ihm lag. »Wir kommen für Tim Kabiersch.«

An dieser Stelle begann der Film zu flackern und ging in schwarz-weißes Schneegestöber über.

Aber das machte nichts. Der Ausgang der Geschichte war ja bekannt.

Schlussbemerkung

Nein, es gibt in Tirol keine Vereinigung, die sich »Brüder Thors« nennt. Sie sind Fiktion, wie die gesamte Geschichte und alle handelnden Personen.

Dennoch finden sich reale Bezüge und wahre Hintergründe.

So ist die von der Kirche offiziell verbotene Verehrung des Anderl von Rinn tatsächlich immer noch lebendig. Ein suspendierter Kaplan, seine Anhänger und Freunde – darunter konzilverleugnende Katholiken, Antisemiten und Rechtsextreme – veranstalten jährlich am Sonntag, der auf den 12. Juli (den angeblichen Geburtstag von Andreas Oxner) folgt, eine Prozession von der ehemaligen Wallfahrtskirche in Judenstein zu Anderls Geburtshaus, wo eine Feldmesse stattfindet.

Der fiktive Mord am fiktiven Walter Taschner hat ebenfalls ein reales Vorbild: In der Nacht auf den 26. Februar 1994 wurde in Innsbruck ein siebenunddreißigjähriger Obdachloser von zwei Jugendlichen mit Fußtritten und einem Kantholz brutal misshandelt. Wolfgang Tschernutter, der sich nicht gewehrt hat, starb kurz nach seiner Einlieferung in die Klinik. Die Täter kamen aus dem rechten Milieu und waren vierzehn und sechzehn Jahre alt.

Eine antifaschistische Skulptur von Alois Schild mit dem Titel »Gegen den industriellen Umgang mit Menschen« hinter dem Universitätshauptgebäude an der Franz-Gschnitzer-Promenade und eine jährlich stattfindende Gedenkveranstaltung sollen an Wolfgang Tschernutter erinnern.

Aber Achtung! Wer die Schar der Prozessionsteilnehmer, die eine antisemitische Ritualmordlegende hochhalten, mit dem Häuflein Menschen vergleicht, das zum Gedächtnis Wolfgang Tschernutters aufmarschiert, und daraus Rückschlüsse auf die Gesinnung in diesem Land zieht, könnte davon Sodbrennen, Kopfschmerzen oder Alpträume bekommen.

Mein Dank geht an:

- Hans, Motivator, EDV-Berater und Recherchehelfer
- Frau Dr. Pia Gigl, Ratgeberin in medizinischen Fragen
- meinen Berater aus dem Institut für Gerichtliche Medizin der Universität Innsbruck, der nicht genannt werden will (sollten sich trotz der kompetenten fachlichen Hilfe Fehler eingeschlichen haben, so ist die Autorin allein dafür verantwortlich)
- meine Agentin Beate Riess
- meinen Lektor Carlos Westerkamp
- das gesamte Team des Emons Verlags

Lena Avanzini, Innsbruck, Dezember 2013